卡拉与海明

[美] 凯·布拉特 著　　张超斌 译

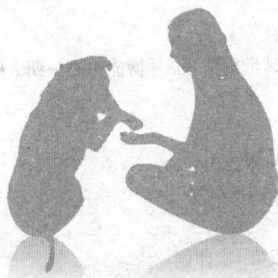

百花洲文艺出版社

BAIHUAZHOU LITERATURE AND ART PRESS

图书在版编目（CIP）数据

卡拉与海明 /（美）凯·布拉特著；张超斌译 . ——
南昌：百花洲文艺出版社，2019.6
ISBN 978-7-5500-3269-9

Ⅰ . ①卡… Ⅱ . ①凯… ②张… Ⅲ . ①长篇小说 – 美
国 – 现代 Ⅳ . ① I712.45

中国版本图书馆 CIP 数据核字（2019）第 090488 号

江西省版权局著作权合同登记号：14-2019-0102

卡拉与海明

[美]凯·布拉特　著　　张超斌　译

出 品 人　连　慧
策划编辑　王　萌
责任编辑　陈　园
封面设计　仙　境
出版发行　百花洲文艺出版社
社　　址　南昌市红谷滩新区世贸路 898 号博能中心一期 A 座 20 楼
邮　　编　330038
经　　销　全国新华书店
印　　刷　三河市兴国印务有限公司
开　　本　880mm×1230mm　1/32
印　　张　10
版　　次　2019 年 6 月第 1 版第 1 次印刷
字　　数　210 千字
书　　号　ISBN 978-7-5500-3269-9
定　　价　48.00 元

赣版权登字：05-2019-122

邮购联系　0791-86895108
网　　址　http://www.bhzwy.com
图书若有印装错误，影响阅读，可向承印厂联系调换。

致科里，世上最好的法院指定咨询专员

第一章

别再回头看了。

卡拉一个人走在路上，她告诉自己。

想想别的事情。权当没看到，它会自己走开的。别因为看见它一瘸一拐的，就心生怜悯。

年近三十，卡拉一心想忘记过去，可连最微小的事情都会像变戏法一样，勾起她断断续续的回忆。虽然身后的那只狗明显跟"小"字挂不上边儿，但乍看之下，那些最好埋在心底的东西却不由自主地涌上了她的心头。

只要它赶紧离开就万事大吉了。

卡拉继续往前走，步调越来越快。来来往往的车隆隆作响，它那轻微的呼吸声和脚掌拍打柏油路面的声音，却能清晰地传入她的耳朵。距离可以拉开，但那只狗激起的记忆却让她无能为力。记忆仿佛有了自主意识，就算不合时宜也依旧来去自如，叫她想起凄惨的童年，还有她所背负的那些情感包袱。

在她和妹妹哈娜七岁那年，妈妈就去世了，爸爸不知所踪。因为没有亲戚肯收留她们，两人便被送入一个寄养家庭，在那里被人当作战利品四处炫耀。先是街坊邻居，接着是亲友聚会，就连去教堂的时候，养母都会夸夸其谈，说自己收养"没人疼、没人爱的可怜双胞胎姐妹"是在尽基督徒的责任。一回到家里，没了旁人好奇的目光，两人受到的待遇就跟那女人的亲生子女大相径庭了。身体虐待倒是没有，而且跟往后来去匆匆的寄养家庭不一样，这家给了她们很多吃的。话虽如此，可毕竟只是收养。小孩子们能感觉得到自己不受待见，或者起码她和哈娜能感觉到。随着时间的推移，她们逐渐明白，收养必须是发自内心的，绝不能有半分追求名利的念头，否则很少能有好的结果。

可是……那家人养了一只狗。

卡拉非常喜欢雷诺，甚至有点过了头。回想当时，那只金色猎犬的个子比她俩还大，是她们两人亲密接触过的第一只宠物。卡拉和哈娜把雷诺当作自己的宠物，给它无尽的关心和爱护，雷诺很快便对她俩忠诚起来，其程度甚至超过了家里的其他孩子。雷诺会在夜里躺在她和哈娜中间，给她们带来安全感。其他孩子——尽管他们向来对雷诺不管不顾，更别说让它爬上床——开始抱怨。

这触怒了两人的养母。

起初，养母只是在卡拉或哈娜对雷诺太好的时候摆出一副臭脸。可没过多久，她就彻底不让雷诺跟两人玩耍了。每当雷诺有所动作，它就会挨骂、挨踢，甚至被关在门外——这样的惩罚弄得它不断哀叫，也使得卡拉和哈娜的心里充满愧疚。

两人商量一番，决定斩断跟雷诺的关系，以免它遭到自己家人的冷落。虽然心里难受，两人还是开始假装不再对雷诺感兴趣，它进屋也不搭理，更不让它爬到床上。回想起当雷诺跑来想要被拍拍或者听句好话，自己却背过脸去，雷诺一脸疑惑，被这突然的冷漠刺痛的样子时，卡拉畏缩了一下——这些简单的动作不正是她和哈娜祈求已久却不可得的吗？所幸两人做戏做得很足，雷诺很快便重新获得了它在家庭中原有的地位。

它变得比以前更加安静了些，但至少能作为家庭中的一员，不用再被关在外面，不明白自己为什么会遭人嫌弃。

随着炫耀两个收养儿童的激情退却，两人很快被转到另一个家庭。她们急匆匆地被推出家门，为数不多的个人物品被装进垃圾袋里，被她们紧紧地抱在身前，连个说再见的人都没有。

为两人离去而悲伤的唯有雷诺，卡拉从未忘记过它。

她觉得有泪水涌出，眨眨眼压了回去。雷诺——还有她作为寄养儿童的身份——早就一去不复返了。忍一忍就过去了，她妹妹总是这么说。眼前还有很长的路要走，她不能停在这里。想想要去哪里，尽力制定一个计划出来。找点事做，什么事都行。

可身后跟着一只狗，而且是一只让她想起雷诺的狗，让她哪有心思去考虑别的事情。她假装没看见，一时间加快了脚步，然后又觉得自己像是个铁石心肠的浑蛋，就又慢了下来，适应它一瘸一拐的节奏。卡拉无奈地叹了口气，在里程标志处盘算了一下。

距离下一个出口还有五英里。

她没办法照顾一只流浪狗。

难道狗不需要拴绳吗？不吃东西吗？还要喝水，这是肯定的。她连自己喝的水都带不够，怎么可能再带上给狗喝的？她居无定所，连自己都养不活，怎么能照顾好另一个生物？

看它瘦骨嶙峋的样子，应该也吃不了多少吧。

打住。她不能找理由、编借口，好名正言顺地把它留在身边，只为排解路途上的寂寞。

一只狗怎么会在州级公路上游荡？瞧它一瘸一拐的，她心想会不会是别人把它给扔出来的。人怎么如此狠心？怎么能不把狗狗和孩子当回事，随便抛弃？或者它的主人是个二愣子，把它放在皮卡车后车厢里，连根绳子也不拴，任由它跳出来。这就说得通了：它一定是从车上跳了下来，为了逃离愚蠢的人类，向着自由迈出一步，最终落得遍体鳞伤。

她告诉自己，别管那只狗，往前走吧，想想别的事情，比如自己现在有多么显眼——身在旷野，谁都能看得到。还有钱也没剩多少了，可能真的要停下脚步，先找份工作了。她的花销不大，但是人总要吃饭，还得偶尔冲个澡。

到目前为止，她还算幸运，卡车司机休息站的人大多会让她花钱洗个澡。可是洗一次要花五美元，她只能偶尔奢侈一回。生活所迫，她已经成了在公共厕所擦浴的老手。

她不想在沿着州级公路走的时候拿出钱来数一数，但如果她没记错，手里应该只剩下三百多美元了。

她这一辈子的糟心事就没断过。

拒绝接受大学教育是姐妹俩犯下的弥天大错之一。要是卡拉有个学位，无论哪个专业，情况就会大不相同。十八岁生日是很久以前的事情了，但是卡拉清晰地记得其中蕴含的重大意义：那一天代表着她们能够第一次决定将来的人生如何度过。

她们可以继续在州政府的监管之下免费读几年大学，也可以从此彻底解脱。

回想当时，那个决定做得轻而易举，现在看来却是那么草率鲁莽。她大可以怪罪哈娜，毕竟是哈娜说服她彻底撇清跟收养体系的所有关联的，可事实是，当时的卡拉也打心眼里想要体验那种自由。

所以她们如愿以偿了。临走的时候，哈娜快人快语，跟她们的案件负责人道了别。一旦要自力更生，卡拉便意识到无论入学教育多么微不足道，都是不可或缺的，因为没有大学学位，两人就业的选择就少得可怜，只能生活在贫困线以下。

正如其他的诸多年轻人一样，两人先从卖汉堡做起，可惜没过多久，两人就成了那里年龄最大的工人。想想别人大多只是把快餐行业当作垫脚石，她们却因为个人情况而有可能一辈子待在这里，真是太丢脸了。

某一天，哈娜第一个觉醒，双臂一挥，辞职不干，顺便把卡拉带走了。

没错，卡拉的妹妹总是替她决定做什么，或者不做什么。瞧瞧她现在的处境。正是因为哈娜，她才拿着几百美元匆匆逃出镇子。这会儿卡拉正徒步而行，目的地未知。沦落到这般田地，她不会更倒霉了。

希望如此。

她偷偷瞥了一眼，瞧见那只狗还跟在自己的身后。它慢慢地绕过草堆和碎屑，小心翼翼地用右前爪触地，努力跟上。她继续朝前走。

自从快餐店"大溃败"之后，卡拉给姐妹俩找了"无言旅馆"的清洁工作。打扫卫生同样让人觉得丢脸，薪酬却够她们租房——直到有一天，某个住客趁哈娜一个人在屋里的时候试图侵犯她。卡拉进来得正是时候，她的尖叫声拯救了妹妹。

那一次。

她停下脚步，弯腰使劲吸了一口气，空气径直钻进肺腑。她突然感到一阵头晕，她得想点别的事情。

除了妹妹之外的其他事情。

那辆车。

卡拉开始继续往前走。她因为开走两人共用的车而感到羞愧，暗自希望能跟哈娜说上话，告诉她那车子已经报废了。

车子这会儿停在它咽下最后一口气的地方——汉堡王停车场，离她有五十英里。

如果妹妹在身边，估计会先大发雷霆，然后再告诉卡拉：车子事小，因为命运显然另有安排。她妹妹就是这样一个人，总爱说什么命运、因果报应，还有宇宙的神力。可是哈娜怎么就没预见到，两人如今都已经年届三十，生活却跟二十岁那会儿比没什么改善？命运显然跳过了她们，只顾着清单上的下一批人了。

卡拉漫无目的地走着，想着要是哈娜知道了她现在在做什么，肯定会心花怒放——随着风飘向远方，只要离开佐治亚州桑迪普林斯就行。可惜卡拉跟哈娜的想法不一样，让她像个吉普赛人那般毫无计划地出行，这简直叫人心神难安。她得确定要去哪儿，远远地逃离过去，安抚她那烦乱的心绪。她得确定一个目的地。

基韦斯特。

她停下脚步。一辆货车飞驰而过，朝她按了按喇叭。这是一天之内的第十三次喇叭声了。慢着，这个想法从何而来？她从没想过要去基韦斯特，那个地方根本就没在她的脑海里出现过。她对基韦斯特的了解仅限于这座城市位于美国本土的最南端，属于佛罗里达州，海明威在那儿有处故居。可她从未踏出过乔治亚州，更不要说去天涯海角一样的地方闯荡了。

为什么不可以呢？也许有了这个目的地，她就不会再像无头苍蝇一样，就能集中精力，加快速度。到了那儿，还能看看海明威写出几部著名作品的地方。

她转身去看那只狗，发现它注意到她的目光时竟然摇了摇尾巴。她停下脚步，打算听听它的意见。"小狗，你觉得去基韦斯特怎么样？"

小狗又摇了摇尾巴，同时紧跑几步，拉近距离，直至她的面前才坐下，发出一阵喘气声，仿佛在说："终于赶上了，现在能歇会儿吗？"

卡拉蹲下身，拍了拍小狗的脑袋，小狗拼命摇尾巴，她都要担心再摇就得断了。"你觉得这主意好，对吗？"

小狗盯着她，仿佛她知道某个远古秘密的答案，它得一字不漏地倾听，直到她吐露真言似的。

卡拉端详着它，试图判断它的品种。颜色只能用米黄色来描述——不过那可能是因为泥土的缘故。它跟拉布拉多犬有点相似，耳朵却又太松软，毛也要更柔软一些。它可能带着些牧羊犬血统，然而她不大确定牧羊犬是不是有白毛。她最后认定这小狗就是只混种，也就是别人所说的杂种狗。

"别担心，我的出身也不高贵。我要是一只小狗，也得被摆在打折出售那一排里。"

她不明白自己怎么会突然有些哽咽。她可不是那种鲁莽的人，凡事都要先想再做。她向来是双胞胎姐妹里比较务实的那个，总会理智地做出正确的选择。常识让她懂得，无家可归的流浪汉养不起别的生物，但是不理智的情感提醒她，一个人在大路上走是很寂寞的。

"好吧，我改主意了。你可以跟我一起去基韦斯特。"

小狗的尾巴摇得更起劲了。

"咱们去参观海明威故居，然后我给你找个舒服的收容所，他们会帮你找个家。"

小狗的尾巴不摇了。

"不乐意也得忍着。接下来要给你起个名字，我不能含糊地叫你'狗狗'。我知道，要是能回到原先的家庭，你家人还会叫你的真名，至于现在，请你任选一个吧。"

卡拉等着它回答。

它等着卡拉说话。

"好吧。现在我脑子里只想着一件事，所以我正式称你为海明威，简称海明。"这个名字脱口而出，她才意识到它跟哈娜的读音有多么相近，或许她在用这种方式营造妹妹陪在身边的感觉吧，至于现在，就先不想这事了。"这个昵称你还满意吧？"

小狗又摇起尾巴，逗得卡拉哈哈大笑。突然，小狗"噌"地一下站起来，冲出路缘石，沿着堤防跑进树线。

"你去哪儿？"她大声喊道，仿佛它会答应似的。

她眼睁睁地看着它跑掉，纠结着要不要跟过去。她真的不应该节外生枝，她心里对此明镜一般，清楚得很。她应该趁它不注意甩掉它，摆脱照顾另一个生物的责任。

然而，良心不肯让她就此离去。

她叹了口气，追了过去。

刚走进小树林，她驻足等了一会儿，让眼睛适应环境。终于，她看到了它。她往前挪了几步，它伸出一条宽大的粉色舌头，大声地喘着粗气。时值春天，天气还很凉爽，所以卡拉猜测它这是出于紧张。两只如大理石般的黑眼睛凝视着她，几乎要穿透她的灵魂。深邃得像人类一样的目光让她明白，这只狗对她没有威胁，只是心存畏惧。

她不知道为什么会有这样的变化。它刚刚还迫不及待地想要博取她的关注，现在却不肯出来。

一缕记忆闪入脑海。她和妹妹肩并肩坐在黑色小衣橱的深处，胳膊抱着膝盖，反复念叨那几个神奇的词语——多年以来，她们以为这几个词语能把她们带离寄养家庭，回到妈妈温暖的怀抱里。卡拉想象着有人打开衣柜门，发现她们两个就像眼前的这只狗一般，怀抱着一点希冀，还掺杂着一丝恐惧。

她们的心愿从来没能实现。魔法不愿照顾两个穷困无依的小女孩。没有人来打开衣柜门，因为没人在乎。眼不见，心不烦，衣橱就是当时最安全的地方，不过她们通常会在肚子饿得咕咕叫的时候自己钻出来。

正想到这里，她的肚子便发出一阵低沉的咕噜声。

等等再说吧，她得先解决这只狗的问题。或许她能在它身上的某个地方找到标牌，或者电话号码，或者别的东西？要是没有人在某处思念着它，心急火燎地想着它去了哪里……她不敢再想下去。

她在原地坐下。反正也没人等着她，距离天黑需要找容身之所还有至少六个小时，她有大把的时间来看看这只狗到底出不出来。

她静静地等着。

它一动不动，只是机警地望着卡拉。它也累了。

卡拉从肩上取下背包放在身前，然后拉开拉链。可供分享的食物不多，但不管有什么，她起码都可以分它一份。她把卷成卷的袜子、一套备用衣服、翻得皱巴巴的平装书和从百货商店买来的洗发水拨弄到一边，手指触到了背包底部的金枪鱼罐头。资金紧张——每天都在持续减少——她发现金枪鱼和饼干能补充身体所需的能量，价钱也不高。她拿出一罐，把背包放在一边，掀开罐头盖子。

她轻轻地把罐头放在地上，用脚往小狗那边推了推。它警惕地看着卡拉，却没动。卡拉本能地伸手去背包里拿手机，这才想起自己把手机放车里了。她看过很多集《日界线》，知道手机信号塔脉冲信号能用来追踪。

即便手机在，她可能也不会用。她不能打给家里，也没朋友担心她失联。说实话，手机越来越叫人心烦，人们会在短信里互相说些当面绝对不会说的刻薄话。心虚地讲，她跟哈娜就用短信进行过无数次的互相讨伐。不仅如此，打字是一件轻而易举的事，就使得人们越来越难保住隐私，因为总有个人在手机的那头问你："在哪儿？在干什么？什么时候回家？"

她为丢掉这个负担而感到高兴。

如此一来，能说话的人没了，就只剩下这只狗。

"跟你说哦，欧内斯特·海明威替咱们国家打过仗。他驻扎在意大利那会儿，开的可是救护车呢。他就是在那儿邂逅了初恋阿格尼斯。阿格尼斯是个美国护士，在海明威被炮弹击中住院的时候照顾过他。"

小狗一脸无所谓的表情。

"当时海明威只有十九岁，阿格尼斯二十六岁，但是他坚持要在两人回国之后娶她。"

小狗眨了眨眼，卡拉心领神会，继续讲了下去。

"阿格尼斯写了一封信，说她已经接受了另一个男人的求婚，这粉碎了海明威的希望。据说海明威因此伤心了好多年。"

卡拉讲着讲着，声音越来越轻，这才意识到自己有多么疲累。当天空露出第一缕曙光时她就出发了，到现在已经走了十五英里，按计划还有至少十五英里要走。她的小腿很疼，茂密的树林挡住了路过的车的大部分噪音。低沉的轰鸣声像是摇篮曲，卡拉厌倦了等待小狗对食物和她的甜言蜜语做出回应。

她看见地上有个斜坑，坑里堆满了树叶，让海明威的回忆录名垂青史的那句话浮上心头："他喜欢秋天，白杨树上挂着金黄的树叶……"

虽然没去过爱达荷州，而且只在照片上看过那里，回忆录和其中美妙的词句却深深地刻在了卡拉的脑中。她理解海明威对室外的热爱。静谧的树林让人心情愉悦，邀请她待一会儿。她抛开思绪，考虑下一步的行动。没错，她所需要的，正是在再次启程之前小憩一会儿。

她拽开背包底部的维可牢搭扣，取出小毯子，慢慢地展开，披在肩上，这才躺下去。头枕着背包，在大自然轻柔的声音的环绕中，她闭上了双眼。随着她沉入梦乡，心头有个小小的声音悄声说道：但愿醒来时，小狗还在。

雨点落下，凉意袭来，卡拉蜷缩着，把两膝抬高到下巴处，丝毫不理会屁股硌在硬地面上带来的刺痛感。原先看似温软的树叶突然不复存在，身体开始无休止地抗议。更叫人心烦的是，有滴雨水落到了她的鼻子上，即使她晃了晃脑袋，它也不肯流下去。她伸手想去把它抹掉，却碰到一个异物。

她睁开双眼，发现那只狗正盯着她，舌头在她鼻子周围又扫了一圈。这哪里是雨啊，除非狗的口水也能称作雨。她抬头望去，天色黯淡，被微风吹动的树林几乎完全遮蔽了天空，显得这里严肃又苛刻，让她想起了守护牺牲的战友的士兵。

可她没死啊。

她猛地坐起，双手挡在身前，阻止对个人空间的骤然侵犯。接着，她先是觉得自己这样有些傻乎乎的，看到小狗退了几步，浑身发抖，又觉得羞愧，赶紧把手放了下来。

它浑身脏兮兮的，却显然没有恶意。

她仔细看了看罐头盒，盒子已经空了，于是为它终于对自己产生足够的信任来把东西吃掉而感到欣慰。但是她又有些惊讶。

"谁家的狗会吃金枪鱼啊？"卡拉嘟囔道。

它竖起耳朵，疑惑不解地歪了歪头。

"你是不是跟我一样饿得不挑不拣了啊？"

它的头向另一侧歪了一下，一只耳朵颤了颤。

"算了。"又一阵饥饿感袭来，卡拉记起还有一罐金枪鱼。看着它深情的眼神，她知道自己又得分享了。任谁都没办法无视小狗突然摆出的期待表情，何况是她呢。

从太阳的位置来判断，现在大概已经是接近吃晚餐的时间了。看来今晚她得在夜里寻找容身之所了。不过在动身前，她从背包里拿出另一罐金枪鱼跟一盒饼干。小狗坐在旁边，目不转睛地看着她打开两样东西。

她从背包里拿出一个塑料勺，往第一块饼干上抹了一丁点金枪鱼，放在小狗面前。

这一次，它只等了几秒钟，然后抬头看着她。

"吃吧。"卡拉朝它点头说道。

它仿佛听懂了，起身跛着脚走向饼干，叼起来一口吞了下去。

"你的爪子怎么了？"她想到小狗一直跛着脚走路，当她看到抬离地面的爪子上沾着泥土和干结的血块时，心里泛起一阵怜悯。她得想想怎么处理伤口，但首先要垫垫肚子。她向来不习惯跟血液或造成视觉不适的东西打交道，每次看恐怖电影看到最惊险的片段，她总要紧闭双眼，而哈娜会在旁边给她解说。

又是她妹妹。

她希望自己别再把哈娜牵扯进她的人生的每一个瞬间。只要妹妹的身影不断冒出来，挥之不去，她就很难开始新的人生旅途。

话说回来，要不是饿得头晕眼花，应付一只血淋淋的爪子应该会更容易些。

金枪鱼很快就吃光了。这只小狗有一点值得赞美，它会耐心地坐在那儿等着轮到自己，仿佛知道并且同意她吃一块、自己吃一块这种分配方式。吃到最后一点儿金枪鱼时，卡拉不忍独享饼干，把它掰成了两半。

小狗摇了摇尾巴，向她的慷慨之举表示感谢。

吃完之后，卡拉双臂抱在身前，面对着小狗。她没找见任何项圈，也没有标识牌。它显然和她一样，都是隐姓埋名出来混的。她在小狗面前跪下，轻轻地——轻得不能再轻——抬起它的爪子，翻了过来。

小狗呜咽一声，她赶紧松手。

"你吓着我了。别哼哼，让我看看伤口。"她重新抬起爪子，手上稍微用了点劲儿。她把爪子翻过来，惊恐地发现，沾满泥土和血迹的黑乎乎的粉色脚掌上，竟然插着一块长长的玻璃。

她抬头看着小狗，觉察它没去看自己的爪子，而是凝视着她的脸。

小狗信任她。

从来没有人给予她这般的信任，除了哈娜。可是哈娜真的算吗？那是一母同胞的妹妹，两人一起哭叫、踢腾着来到这个世界，形影不离。信任自己的双胞胎姐妹是一种本能，不是吗？

至少卡拉是这么想的。和小狗相处了这一段时间——喂它吃喝，发现它受了伤——她意识到自己绝不能动照顾它的心思。

她厌倦了承担责任。瞧瞧凡事都揽在身上造就了怎样的她——一无是处。

虽然话很难说出口，可是她决心食言。"乖，海明。可能会很痛，不过我会尽力帮你摆脱痛苦。别担心，这不是要把你安乐死。我把玻璃拔出来，之后就抱歉了，伙计，你走你的阳关道，我过我的独木桥。"

她放下小狗的爪子，走回背包旁边。她总是随身带着两瓶水，这会儿已经喝得快见底了。她一路清洗塑料瓶，遇到休息区或公共厕所就会给它们灌满水，直到用得没法用了才扔掉，然后再找新的瓶子，如此循环往复。

她从侧包里抽出半满的瓶子，拧开盖，往金枪鱼空盒子里倒了一点水，放在小狗面前。趁小狗滋溜滋溜地喝着时，她自己也抿了几口。

水是从加油站水龙头接的，喝起来却如此甘甜。

她拿起一卷袜子，拆开取出一只，拿着剩下的水回到小狗身边。

"我真是爱心泛滥，用我仅剩的袜子给你包扎受伤的爪子。"

她放下袜子和水，再次抬起小狗的爪子。小狗还没来得及扭动，她就捏着边儿把玻璃拽了出来，一股鲜血从伤口处溅出。她扛住鲜红的血液引起的一阵眩晕，专心把剩下的水倒在伤口上，尽量洗掉泥土和血迹。

"你一定走了不少路，小家伙，爪子都脏成什么样了。"

小狗朝后挣扎，被卡拉紧紧拉住。

"喂，别，别动。等我用袜子给你包好，你那只爪子才能落地。"她连忙拿袜子当绷带，在爪子上绕了几圈，把两端打了个结实的结。包扎完毕，卡拉刚一松手小狗便猛地摔倒，然后又马上坐起来，朝她摇了摇尾巴。它咧出个笑脸，对她表示感谢。

"不客气。"

她把剩下的那只袜子放回包里。谁知道这一只什么时候会派上用场呢？接着，她用专门买来的小铁锹挖了个坑，把两个空罐子、从小狗爪子上拽出来的啤酒瓶碎片和饼干盒塞进去，盖上土封好。

她虽然不循规蹈矩，但至少不会乱丢垃圾。

她一边卷毯子，一边四处扫视，以免落下东西。她把毯子放回背包底部，扣好磨损不堪的维可牢搭扣，把背包甩到肩上。她环顾四周，确定没有留下她曾在此待过的任何痕迹之后，目光回到了小狗身上。

小狗仍旧坐在那儿看着她。卡拉冲它皱了皱眉，为它没有啃咬袜子感到意外。它显然分得清好歹。希望等到它无聊地咬下袜子那会儿，伤口已经愈合，不会感染了。她禁不住想到，除了爪子受伤之外，它那干结的白毛也乱蓬蓬的。

但是它依然很可爱啊。

她做不到。她绝不能故意撇下它，也不能强迫它走开。

让它来决定吧。如果它跟着来，那就跟着吧。

她转身走出小树林，爬上堤防，回到高速路便道上。一辆辆车飞驰而过。

她等了一会儿，然后往身后看了看。

海明站在那里看着她，等待她的下一个动作。

她现在有了明确的目的地。

还有了旅伴。

她希望领着海明跨过州界不会让它更加难以找到家人，但现在停步是不可能的，因为她已经和丢在身后的事情拉开了一段距离。她希望海明有些脏的脖子里面植入了芯片——它的信息全部储存在数据库里，只需要扫描一下，"叮"的一声，就能找到它的家人了。

帮助小狗这个打算让她高兴了起来。拿定主意之后，她觉得心里更踏实，更像自己了。重新寻回使命感就像深深地吸入了一口新鲜空气，她挥手示意小狗跟上。

"走啦，海明。再走几英里有家麦当劳，咱们要是走运，就能吃到一元特价餐啦。"

第二章

　　一人一狗继续前行，卡拉说着话，她注意到海明逐渐跟得上了。要么是袜子很好地缓冲了伤口触碰地面的力道，要么是海明为不再受到忽略而高兴。她不得不承认，有了海明的陪伴，她不再觉得人生黯淡没有出路了——它那么温和，谁见了都会心情好转的。

　　她多么希望哈娜能见见海明。

　　"海明威养过一只六趾猫。"

　　当然，海明不会搭话，卡拉自顾自地接着讲下去。一队车从身边飞速驶过，一个高速巡逻警察打开车上的蓝灯，在拐弯处消失不见。卡拉为那个即将倒大霉的司机感到同情。

　　又是一连串的车子驶过，有人按了按喇叭，又有个人从窗户里扔出一个空水瓶，差点砸中她。卡拉吓了一跳，但心知那司机可能会调头回来，她并没有做出回应。她要时刻谨记自己是孤身一人，毫无抵抗能力。

　　"没事，海明。一群浑蛋而已。"她说道。

她深吸一口气，压住怒火，待心情平复，就又讲了起来。

"海明威喜欢海，经常去钓鱼，或者单纯地跑出来，呼吸带着咸味的空气。有个做船长的朋友送了他一只白色的六趾猫。"

她看见前方的出口，舒了一口气。她已经饿得前胸贴后背了。

"他给那只猫取名雪球，对它宠爱有加，把它养在基韦斯特的家里。据说那地方还有好几十只那只猫的后代，大部分都是六趾呢。"

海明抬头看了她一眼，又把目光投向路面。卡拉觉得它认为她在瞎扯。

"唉，你要是不信我，自己看看就知道了。它们叫作海明威猫，如假包换。"

卡拉一边走一边回想哈娜常说她对跟海明威有关的事物的"痴迷"。可是她就是管不住自己。自从五年级那年为了写一份有关海明威的读书报告而发现他一家人中了自杀魔咒之后，他的事迹就扣住了她的心弦。也许这跟她妈妈的事情有关，但是海明威的许多亲戚都选择接受他所谓的"死亡的礼物"，总让她觉得心醉神迷。

海明威的父亲、妹妹和弟弟全都死于自杀，还有一个孙女也是如此。其实这些事情都可以讲给海明听，但要真说出口却又显得有些变态，更不要说这么一个才华横溢的人选择终结自己的生命这件事给人带来的忧伤了。

海明威衣食无忧，功成名就，有家有室。在小说《丧钟为谁而鸣》里，他甚至说过："世界是个美好的地方，值得为之战斗，我多么不愿意离开这个世界呀。"这是他亲自写下的词句，那么既然他觉得世界是个美好的地方，那还有什么缺憾呢？

卡拉想到了妈妈，一个一无所有、没有勇气继续活在世上的女人。妈妈的懦弱害得她自己命丧黄泉，把卡拉和哈娜推进了挑战重重、不公平的收养体系的火坑，让两人的童年时光都在颠沛流离中度过。除去这一点，卡拉并不恨妈妈。她只觉得同情，还有在最难熬的时刻期望寻回自己失去的一切。

感到好心情仿佛马上就要溜走了，她便把注意力拉回到调整步调上来。食物近在咫尺，她有种想跑起来的冲动。她的胃需要填充，膀胱需要释放。

她叹口气，瞥了眼海明的爪子，发现袜子有松脱的苗头。她得尽快重新给它包扎。前方的那辆高速公路巡逻车再次映入眼帘。巡逻警察把一辆本田车拦在路边，似乎正在司机那侧的窗口写罚单。卡拉肚子里一阵咕噜乱叫，很想直接从他们身旁走过去。

可她心里有谱，不能冒那个险。她匆匆地走下路肩，脚步声压得很轻，希望那个警察不会注意到她们。他的注意力放在夹纸板上，帽子边缘遮住了脸。正当她们快要走到树线的时候，警察抬起了头。

"过来！"警察喊了一嗓子，摆手叫她过去，然后低头继续看文件。

这两个不起眼的词究竟蕴含着多大的权威，卡拉并不知道，但是她向来遵纪守法，警察的那一声命令让她呆立当场。

海明抬头看着她，质疑行走的节奏怎么发生了变化。或许它感觉到从她鼻尖传到脚尖的恐惧了吧。短暂的旅程就要终结了吗？她是不是要被抓回去受审了？海明扭动发出的声音把她拉回了现实。

卡拉惆怅地叹了口气，缓缓地迈步走到巡逻车后面。她领海明走到远离途经车辆的草地上，低头看着它。小狗似乎朝她皱了皱眉。她得向小狗说一句抱歉——现在它得自己去找家人了。

要把它轰走吗？冲它使劲跺脚，吓得它跑掉？

它抬头看着卡拉，等待着，目光里满是信赖。

或许那位警察喜爱狗狗，会帮海明去到它应该去的地方——护它周全，而不是随便送进收容所。

"坐下。"她下定决心，对海明说道。

让她惊讶的是，它真的坐下了。

"乖狗狗。"

她们等啊等，警察终于从纸板上撕下一张纸，递给本田车司机，便放了行。卡拉这才发现，这个巡逻警察相貌英俊，大概三十出头，身材瘦削，但信心十足，气质不凡。这样的男人，妹妹见了绝对迈不开腿。哈娜常说，她最喜欢穿制服的男人。

"祝心情愉快。"警察从白色的警车旁径直走到卡拉和海明站着的草地上。

"收到一张那么大额的罚单，你以为他们还能有好心情吗？"卡拉问道。她对于自己的鲁莽感到震惊，就像突然被哈娜附体一样。她真希望能把说出去的话收回。

警察冲她皱皱眉，瞥了她身后一眼。"这么说吧，就在上个月，有个女人以七十一英里的时速撞了一棵树，我们把她从车里拽出来。她系着安全带，身边的所有安全气囊都弹了出来，可她还是当场死亡。叫人难受的是，她留下了三个小孩，幸亏那天他们没坐在车里。我刚刚开罚单的那位时速已经超过八十英里了。莫非你不知道速度高到那种程度，人开车是会犯浑的吗？"

卡拉摇摇头。她怎么可能知道？运气好的时候，油门踩到底，再加上下坡，她的车也就能跑到时速五十英里。

"你的车呢？"警察一边往卡拉身后看了看，一边问道。

"我走路来的。"卡拉没说她有车，那车子在三天前吭哧吭哧地冒出一阵黑烟，报废了。卡拉看着警察，任由情况向如她所料的方向发展。

预料中的停顿。

接着是上下打量。

但愿能放人走。

无论是站在漫长的高速路边，还是拿着低廉的薪水在柜台这边服务他人，抑或壮起胆子跟那些在商场商店柜台前逡巡的香水四溢、珠光宝气的人同行，这些都无关紧要，因为她一副穷相，人们会想当然地认为她是个傻瓜。由于人们想当然地认为她是个傻瓜，就会当她不存在。即便意识到有她这么个人，也只会给予瞬间的怜悯。对于占少数的精英而言，比如这位巡逻警察，卡拉和妹妹基本上从未被正眼看过。

"好，没车。你怎么沿着州际公路走呢？这是违法的。"

卡拉的脑子飞速转动，试图想出漂亮话，使她免于麻烦，可惜相比巧舌如簧的哈娜，她的舌头就跟打了结一样。于是她只好实话实说。

"我一天前刚上州际公路，之前一直都走高速和便道。"

警察瞧瞧她的背包，又瞅瞅破旧的鞋子。最后，他瞥了眼海明，海明坐在那儿看着两人说话，脸上带着疑惑。"你们俩这是要去哪儿冒险？"

卡拉耸耸肩。换作哈娜，一定胡扯一通"冒险的意义不在于目的地，而在于一种心理状态"之类的东西，可惜她不是哈娜，也没有妹妹那般信手拈来的嘲讽本领，所以她干脆默不作声。

警察点点头，仿佛她开口回答了一样。"我明白了。在这个国家，四处走动并不违法，但是不能在州际公路上走。要是再回上面走，你能不能冲着车来的方向？那样方便看到有什么车朝你开过来。"

卡拉惊呆了。警察只提了个建议，就准备放她走？她最担心警察要看证件，或者询问名字，然后去查证。她不知道会不会查出什么来，也不愿去冒这个险。

"你也是走遍美国的那种人吗？"

呼……这是个好托辞，不过她并不知道其中的真实含义。她点点头："没错，我正是要走遍美国。我原打算沿州际少走几英里，但是我保证再也不了，长官。"

警察看了她一会儿，她屏住呼吸，等待着事情接下来的走向。警察的表情满是质疑："你这身行头，走什么都不行啊。"

卡拉踢开一块石头："唉，原本行头挺好的，半路上遇到个不怎么绅士的家伙，抢了我一半的东西。"

再次虚实参半。她的确遇到了偷她东西的人，但被偷的只有手杖和雨伞罢了。

"你今晚打算睡哪里？"

厌恶感骤然升起，他可真爱管闲事。

"还没想好。"

"今天吃了吗？"警察问道。

卡拉的目光四处飘忽，就是不看他。她讨厌警察同情的语气，怎么着都行，唯独不能表示同情。

"说吧，你到底是要拘留我还是怎样？我得走了。我的小狗饿了，我答应带它去吃芝士汉堡。"她瞥了眼身后，指指前方的金拱门。

近在咫尺。

却遥不可及。

警察挑了挑眉："芝士汉堡？你得给那条狗吃健康点的东西。我家的狗都吃爱宝，直接用罐子吃。"

哦，那挺好，有钱人。

卡拉心里想着，嘴上没说什么。

"上车，我载你一程。如果你想找个地方住一晚，离这儿大概十五英里有个地方能让你和你的狗留宿。到了那儿，你可以把它的爪子重新包扎一下。"

卡拉无视针对她没有好好照顾小狗的冷嘲热讽，因为一张床——很有可能是一间茅舍——自然是很好的调剂。大部分时候，除非能找到仅限女人入住的那种，卡拉都不会选择旅店。然而，大部分城镇还没奢华到男女分开的程度，而她觉得即便是自己一个人住在外面，也比住在那里面安全。可是走路走得背好疼，膝盖也疼，脚也疼，还有踝骨。

好吧，全身上下无处不疼。

她低头看看海明，它又露出那种期待的表情。它累了，爪子也疼了。或许找个遮风挡雨的地方睡一晚，它就会好起来了。但愿能找个地方好好给它洗洗伤口。她无视脑子里响起的警钟，点了点头。到目前为止，警察以为她不过是这个年纪想要靠四处走动逃离生活压力，寻找自我的众多流浪者之一。

她决定冒一次险。这不是为了自己，而是为了海明。"好，我们去。但首先得载我们去金拱门吃点东西。"

警察抬手点了下宽檐帽："保证你能吃到。哦，对了，我是桑德斯警官。你能够信任我，我很高兴。"他朝巡逻车走去。

不是信任，是冒险。卡拉边走边想，海明跟在身后。这不是她第一次坐警车，不过以前通常是她和哈娜坐着警车从一个不安全的地方转送到另一个不安全的地方。转送大多是她们的社工完成的，但地方机关介入的情况也不是没有。

警察先一步走到车前，替她打开车后门。卡拉想起警察还没问她的名字，松了一口气。然而，警察的动作还是刺激到了她。

"你叫我坐后排？"把我当犯人。她差点添上这么一句。

"抱歉，平民不能坐前排，这是规矩。"

卡拉叹了口气，摘掉背包扔到座位上，爬进车里。海明没等她叫就跟着跳了进来。

"系上安全带。"警察说完关上车门，绕回驾驶侧上了车。他首先系上安全带，又用控制按钮打开海明那一侧的窗口。

"小狗们都爱新鲜空气。"警察说道。

海明立刻跑去窗边，把鼻子伸到外面，深深地吸了一口气，尾巴疯狂地甩动，证明他说得对。

警察倒车回到州际公路上，卡拉默默地祈祷他不会径直把他们带到当地监狱进行深入调查，或者以流浪罪逮捕她——或者是更严重的罪名，他知道车后排坐的是什么人。

没错，我有信任危机。

不过所有危机都是有根源的。

第三章

　　警察开过斜坡，上了大路，径直开过金拱门和加油站，使得卡拉心里的疑虑逐步加深。他也根本没问她的想法，当后座的她不存在一样，只顾向前疾驰。她多么希望自己刚看到他的那会儿就一头扎进树线啊。

　　卡拉在后座上看着警察的后脑勺，感觉回到了小时候。有一天，比较和善的养父之一带她和哈娜去金拱门。那时养母正在酝酿无法自控的怒火，养父冲进来，领着她们出了房门，上了车。

　　来到餐厅，在罗纳德和他的朋友在整间屋里贴的艳丽福神的视觉冲击下，威利——当时那位养父的名字，卡拉惊讶于自己竟然还记得——往桌上放了两个欢乐套餐。威利一边催她们快吃，一边讲述他妻子凄惨的童年，解释她没有能力去真心实意地爱任何事物，包括她自己的原因。哈娜不止一次地去撞卡拉的膝盖，这是默默地强压说话的冲动，任由他说出一切，只要她们能享受这罕见的大餐就行。卡拉吃不下，满脑子都在想为什么每一个成年人都觉得两姐妹能够理解——连句抱歉都不说——他们不适合照看她和哈娜的内情。她知道，每吃下一个炸鸡块，她们就离被转送去别家更近一步。

"我感觉你的目光都快在我后脑勺上烧出洞了。"巡逻警察的话吓得她将思绪拉回现实。

"你开过金拱门了。"我快憋不住尿了。她在心里补了一句。

海明什么都没注意到。它踩在靠手上，高兴地享受风吹鼻子的感觉，对车里的一切全不知晓。风吹得它龇牙咧嘴，两只耳朵来回呼扇，像极了卡通狗。

"我觉得你应该吃比金拱门好点的饭，比如能看得出来是什么的肉？或者起码不是含盐和碳水化合物多得能吃死人的那种。"

"那儿有沙拉。"卡拉小心翼翼地轻声说道。她听说警察——高速公路巡逻警察——会假借权威，获得性方面的利益，这会儿她开始觉得自己应该趁着还没到肮脏的地方实现他的小心思之前，凭嘴皮子脱险。

"我妈妈开了家餐馆。不是大餐馆，不过后面有间屋子，我知道她肯定会给你住，让你给自己和那条大狗清理清理。想洗澡也是可以的。"

他说的话，她一个字都不信。说什么让她洗澡，神经病。她多么希望自己没有从小养成惧怕权威的习惯。她厌恶自己突然蹲下，身体因恐惧而蜷成一团的样子。

警察仿佛看透了她的心思，知道她昨天早上在小加油站公共厕所洗手池洗澡时被人粗鲁地赶了出来。洗澡大概是唯一能让她上钩的诱饵，但她见过世面，知道这世上没有免费的午餐。

"你为什么要这么对我？"卡拉终于开口说道。

警察打了个急转弯，卡拉抓住窗户上方的把手才没砸到海明身上。警察一开口，话里全是讽刺的意味："对你做什么？对你殷勤？怎么，你以为所有执法者都是铁石心肠吗？"

她选择不回答，任由那句话从左耳朵进，右耳朵出。

警察看了眼后视镜，跟她对视了一下，又把目光转回路面："对不起，我平常不说脏话。你一定是外地来的，南方人会互帮互助。我没想哄骗你，也不是要弄你。"

"弄我？"自从好些年前跟哈娜看朱迪·加兰德的老电影之后，卡拉就没再听过这个词了。

警察把左手从方向盘上抬起来，在空中挥了挥："对啊，弄你。丢掉那个念头吧。我是已婚男人。"

"从什么时候起，戴上婚戒的男人就不偷腥了？"她低声说道。

警察却听到了："自从我宣誓之后。不管怎么说，我们都已经有孩子了。"

车继续行驶了几英里，慢慢开入一个小社区的商业区。几个人在人行道上散步，有些在看商店橱窗里的东西，有些步伐较快，像是喜剧里面作为片场的古怪离奇的南方小镇。车子驶过一个坐在长凳上的大胡子、满脸横肉的男子，他腿上横着一把吉他，脚旁放了一个杯子，歌声飘荡，钻进车窗。

"那是列诺，靠唱歌挣饭钱和其他花销，我们都叫他韦克罗斯歌手。"

"哦，原来这里是韦克罗斯。"除了希望自己有能力凭借唱歌挣饭钱之外，卡拉不知道还能说什么。

"不是，韦克罗斯离这儿还有大概三十英里，列诺从那儿来，所以我们就那么叫他。这里是纳洪塔，布兰特利郡郡政府所在地，人口只有一千出头。"

听他那语气，一副为自己的话很骄傲的样子。

卡拉冲他的后脑勺皱了皱眉，但没说话。

"等你洗干净填饱肚子，要是想直接去镇上的旅店，我会回来接你。如果你想让我叫牧师过来，这边的教堂也提供外展服务。"

"没事，不用。"卡拉战战兢兢地说。不能跟教堂扯上关系，任何事物都行，唯独教堂不行。别人为她和妹妹的救赎而祈祷太多了，多到她都记不清了。她和哈娜唯一的愿望就是回到妈妈身边，或者有个真正的家。可这些都无关紧要，因为从她目前的处境来看，为她们所做的祈祷没有一个成真的。

警察把车开进一栋小砖石建筑的停车场。房子顶上的标牌写着"鸡肉&饼干"，画着一只鸡追赶长着腿的饼干。

"这是个餐馆？"

警察把车开到一个停车位上，关闭引擎，转身对她笑了笑。

"镇子里最好的餐馆，也可能是全佐治亚州最好的。这我敢打包票。"他打开车门，下了车，缓缓摘下帽子放到座位上，这才转身替她开门。

"海明怎么办？"卡拉扫了眼小狗。它终于从窗口退了回来，摇着尾巴看着两人。

"带着吧，我妈喜欢小狗。"警察说着转身走开，卡拉在后面跟上。

"那好吧，走吧。"她对海明说道，为遇到新的困境感到愤怒。

到了入口处，警察有些犹豫地停了下来。他等着卡拉走近，把手伸了出来："远来是客，你可以喊我格雷格。"

卡拉看着他的手，顿了一下才伸出自己的手。警察一手握住，温暖的手指紧紧缠住她的手指。海明抬头不耐烦地看着他们。

"你叫什么？"警察握着她的手问道。

"呃……我叫……哈娜。"她不知道为什么要报妹妹的名字，她只知道，用别人的名字总比用自己的更安全。她能想象出哈娜觉得这事逗趣的样子，尤其是两人这半辈子总是被人弄混名字。

"嗨，哈娜和海明。自我介绍结束，去吃东西吧。"

警察推开门，铃声"叮叮当当"地响起来，吓了她一跳，刚出锅的炸鸡香味扑面而来，刺激得她大脑里一片混乱。好些天没吃一顿像样的饭了，跟食物距离如此之近，让她饿得连路都要走不动了。

宽敞的房间里一尘不染，十分舒适，红色装饰极具特色，墙上挂着各种各样的可口可乐标识。格子花纹桌子给这里增添了一丝乡村气息，卡拉想着要是这地方就在家乡，自己和哈娜一定会经常光顾的。

几张桌子旁坐满了人，她和格雷格——不用"长官"而用真实名字来称呼他，感觉好奇怪——走进门，所有人都转头来看。

卡拉觉得热气升腾到脖颈和脸颊，担心自己会因为内部过热而炸掉。她想找个地缝钻进去——只要他们不对她品头论足，说她衣衫褴褛和不讲卫生就行。

"格雷格！"有个老汉抬手打了声招呼，坐在他旁边的年纪更大的老婆婆也笑着挥挥手。

"哈丁先生、哈丁太太，很高兴见到你们。"

老太太指指长长的玻璃前台后面："你妈妈在厨房帮梅兹准备明天用的猪肉呢。明天是手撕猪肉节，你知道会怎样吧——会来好多人。"

格雷格点点头："没事，我们到后厨去。"

他走在前面，示意卡拉跟上。卡拉急于逃离就餐区众人审视的目光，连忙跟了上去。海明悄悄跟着，一直和她保持几步的距离。她禁不住为即使不拴绳子它也能主动跟随而感到惊讶。

绕过柜台，卡拉看见一个摆满食物的老式自助餐柜。陈列在那里的食物色彩诱人，香味四溢，她走过时嘴里泛起了口水。她看见青豆配碾碎的培根，还有土豆泥——这是她和哈娜最喜欢的食物——目光最后锁定在一堆金黄色的炸鸡上。

然而格雷格领她走向了另一边，转弯进入小厨房时，两个女人从长长的不锈钢柜台前抬头看着他们。两个女人都很丰满，穿着华美。

她们说到半截的话停住了，而且明显能看得出谁是谁。"格雷格，你怎么来了？"较为丰满的那个说着，把双手叉到腰上，"我跟你说过，不带上孙子、孙女，你就别来这儿。"

"妈妈，他们在练足球呢。"他用敬重而又温情的语气说道。

"天啊，孩子，你比上周来这儿的时候又长高了几英寸。"卡拉猜测名叫梅兹的女人说道。在两个女人里边，梅兹更有活力，戴着五颜六色的围巾，皮肤看起来黝黑而柔软。

她们上下打量着卡拉，可她们的目光不是她所熟悉的那种。她们的目光里没有常见的那种审视和同情。

格雷格把手放在她肩膀上："这是哈娜。"

"你好，哈娜。"格雷格的妈妈双手叉腰，瞪了格雷格一眼，"你不知道狗狗不能进后厨吗？"

格雷格转身看见海明站在卡拉的身后："哎呀，我以为它待在前厅了。"

"噢，非常不好意思。"卡拉意识到自己犯了错，脸涨得通红。

"既然这样……"格雷格浅笑着说道，"那就引见一下她的狗狗海明。哈娜得收拾收拾，再给她俩吃一顿好饭。哈娜，这是我妈妈和她的得力助手梅兹。她们会好好招待你的。"

格雷格的妈妈快步走到洗碗池边洗了洗手，在红色格子条纹的围裙上擦干，然后走到卡拉面前。卡拉还没来得及反应就被一双软乎乎、暖洋洋的胳膊圈住，鼻子里满是爽身粉的香味。

"放心吧，我们一定好好招待你的。"格雷格的妈妈说着松开胳膊，让她挣了出去。卡拉抬头看见她化着整套妆，还戴了长睫毛，抹了玫瑰色的唇膏。这正是卡拉心目中真正的奶奶级人物的模样。她爽快地笑了笑："你喊我吉姆女士就行，大伙儿都这么叫我。"

她那句话说得又快又长，不给卡拉片刻的反应机会。她回到原先忙活的位置，抓起一把碎肉，弯腰吹了声口哨。

海明轻快地跑过去，仿佛卡拉几小时前从它爪子上拔出的玻璃碎片根本不曾存在一样。它贪婪却又礼貌地吃着格雷格妈妈伸出的手里的肉，尾巴都快摇掉了。

"哎哟，天啊，姑娘，你走的时候一定要把这狗领走。我们这儿可不能再养东西了。"梅兹说道，"吉姆女士，你听见没？想都不要想。"

"嗯，好的，我会把海明带走的。"这话脱口而出，吓了卡拉一跳。她竟然这么快就把海明当成自己的了，可它不是啊——到了基韦斯特，一定得跟它讲清楚。

但在此之前，暂且当作是她的吧。

格雷格的妈妈不耐烦地哼了一声："梅兹，恐怕她才不会把狗狗留下呢。没有小狗陪着上路，她会像停车场里的松树一样孤独。"

卡拉瞥了瞥格雷格，后者翻翻白眼，耸了耸肩膀。

"妈妈，我赶时间，得先走了。我回头再来。"他说着朝门口退去。

他妈妈起身追过去抱了抱他，又退后用手指着他的脸："儿子，出门在外要多加小心，别在人看不到的偏远的地方拦任何人的车。我会为你祈祷的。"

卡拉慌了。格雷格真要丢下她？让她们招待？

"可是——我——"卡拉结结巴巴，不知道怎么开口叫他留下。她从来没跟这么热情的女人打过交道，完全不懂该说什么，或者该做什么。

格雷格走过来，侧着头悄声说："我跟你保证，她们的善意不会伤害到你。别一副吓得要死的样子。"他笑着挥手往外走，"妈妈，我一会儿就回来。你知道该怎么办哦。"

就这样，格雷格走了。卡拉的顺风车没了。

格雷格的妈妈搓搓双手，看着卡拉："好了，你想先吃东西，还是先洗洗头？"

"吉姆女士！"梅兹尖声喊道："别那么跋扈好吧。兴许她根本不想洗那头美丽的头发！她这样本身就很漂亮了。"

卡拉伸手摸摸头发，触感油腻得她很是尴尬。她的头发又长又脏，远远称不上美丽，梅兹还是嘴下留情了。

她觉得自己的膀胱快要爆炸了，总算找到了托辞："没事，我知道我很邋遢。这儿有公共厕所吗？"

格雷格的妈妈从房间对面走过来抓住她的手："当然有了，宝贝。我儿子把你带来，送进我的怀抱，你就不是陌生人啦，就是家人了，懂吗？"

家人——每当听到这个词，卡拉都会畏缩，说不出话。这不仅仅是因为她那乱七八糟的一家子，还因为她十九岁时确诊卵巢患有疾病，医生说她永远没办法怀孕。讽刺的是，口口声声说着一辈子都不要当妈妈的哈娜却没有这样的问题。

"就这么定了，你去用客房浴室。跟我来，哈娜。"

吉姆女士领着她和海明穿过厨房远端的门，走进一间半是储藏室半是卧室的屋子。屋子里还有另一扇门。

"有人留宿的时候，我们就会把他安排在这儿。"格雷格的妈妈指指房间，又指指另一侧的小门，"那儿是浴室，里面有新毛巾、洗发露，还有些好闻的东西，能当肥皂使。那是我的克莱德去年圣诞节买给我的，我用着总发痒。你想用完也没关系，哈娜。"

卡拉一时无话。一句"谢谢"似乎不足以表达她的感激，况且她仍然为这一切感到有些惶恐。

海明呜呜叫起来，吉姆女士冲它弯下腰："还有你，帅小狗，我准备了一个写有你名字的大深水池给你。别担心，等洗干净了，就让你吃得饱饱的。"

无论海明自以为听到了什么魔咒，它显然听懂了关于吃东西的那一部分，因为它轻易地就跟格雷格的妈妈走出了房间。卡拉走进浴室，关上门，听到格雷格的妈妈告诉海明它的浴池在另一栋房子里——还有得把它从厨房带出去。

卡拉暗自希望海明此去不是永别，然而当眼前的大号浴缸占据视线，像个久未谋面的故交一样召唤她的时候，她的疑虑便顷刻化成蒸汽，消失无踪。

第四章

　　大多数时候，卡拉和妹妹的身高、体重都基本相同。但有一段时间，卡拉比妹妹轻了十英镑。当时她们十一岁，一整年都在从这一家搬到另一家，远比往常更加频繁。食不果腹，至少在某些家庭里是这样的。配额少得微不足道的时候，她总是假装不饿，把自己的那份让给妹妹。

　　她比哈娜早出生三秒，做姐姐的理应照顾妹妹。

　　但是此时此刻，谁也别想从她手里夺走炸鸡，谁也别想从她的盘子里拿走土豆泥。说这是天赐的美食都还算保守的了。更妙的是，她美美地泡了个澡，全身洗得干干净净，头发散发着桃子的香味。那可是千真万确的桃子味。还有这茶——天啊，简直是她这辈子喝过的最甜、最好的茶了。

　　她在心里默默感谢巡警格雷格的基督教精神。

　　海明蜷在她脚旁的地板上睡觉，可它看起来——闻起来——焕然一新。洗个澡，理个发，就能达到这样神奇的效果。它的毛发现在近乎全白，气味好闻极了。

吉姆女士还用真正的绷带重新包扎了它的爪子。卡拉一眼就看到了，她为自制的袜子绷带感到羞愧。

海明享受的是一级明星狗狗的待遇。

吉姆女士说她喂得海明吃到再也吃不下为止。她告诉卡拉，海明可以跟卡拉一起坐到座位上，但卡拉回绝了。不知怎么的，卡拉觉得让一只狗坐在别人一会儿要吃饭的桌旁有些不好。她自己倒不在意，可她担心别人会说闲话，毕竟有几个零星的顾客进来拿外卖。

吉姆女士坐在卡拉对面，双手握着一个粗实的咖啡杯。到目前为止，吉姆女士都保持着适当的距离，什么话也没问，这让卡拉很是惊讶。卡拉从浴缸里出来穿好衣服，曾考虑过从后门溜走，想要以此来避免她自以为必然要面对的询问。然而炸鸡和土豆泥吸引着她，再加上被"快乐的主妇小姐""挟持"的海明，她只得毅然面对现实。

现实并没有预想中的那么糟糕。

真的。iPod里播放着猫王埃尔维斯舒缓的音乐，混合着她听不出来却很喜欢的蓝调。卡拉一边听一边吃完第二个鸡块，再把盘子上的最后一勺土豆泥刮干净，然后靠在椅背上。她强忍住打出长长的饱嗝的冲动，那样太丢脸了。

"你还能吃下一小块我做的桃子馅饼，对不对？"吉姆女士问道，"今天剩下的正好够做一份甜点，我威胁我丈夫克莱德，他要是敢动一口，我就活剥了他。"

卡拉缓缓摇了摇头："真吃不下了，吉姆女士。非常抱歉，我一口都吃不下了。我能带走吗？"

"当然可以啦，宝贝。"

沉默在两人之间铺展，接着吉姆女士再次抬起头："几年前的一天，我遇到一个跟你一样跨州流浪的人。"

"真的吗？"卡拉装作感兴趣地回了一句。那人的故事跟她是不一样的吧。她这次出门一不为寻欢作乐，二不为寻找自我。

吉姆女士重重地点点头："真的。他也有许多装备，甚至还带着一顶帐篷，找不到旅店就睡在里面。"

"唉，我带不了太多装备。"卡拉想起背包压在肩膀上磨出的水泡。不过她真的希望自己能有顶帐篷。

"哦，不是，他不是背在身上。他推着一辆小推车，东西都放在里面。他说那样能给膝盖和腿部减少压力，还说那辆手推车就是他的救世主。"

"手推车确实方便，但是也很贵吧。"卡拉说道。她拿手指在桌上画圈，想着她囊中羞涩。她穿好衣服之后数了数钱，结果比她预期的少了很多，只剩下二百八十八美元了。

吉姆女士会意地点点头："天色不早了，要我打电话叫格雷格吗？他会顺路过来接你，把你送到你想去的地方。"

卡拉低头看着桌子。她还没做好再次上路的准备。她身上暖烘烘的，肚子饱饱的，洗得干干净净，最主要的是很舒坦，这一切别人也许会习以为常，她却是很久都没有体验过了。

"要么……"吉姆女士说了个半截，直到卡拉和她对视才继续说下去，"你可以在我的客房里住着，好好睡一觉再启程。"

她说完这个建议，给卡拉留出考虑的时间。桌下的海明打了个长长的哈欠，挪了挪身子，朝着另一个方向，然后又闭上了眼睛。

卡拉盯着窗外，目光仿佛要穿透黑夜。她依然记得那天，她和哈娜在法院的黑屋子里等社工时的情景，那个女人带来一个陌生人，向她们做了介绍。

"从今天开始，你们两个就有了专门的法院指定咨询专员。"那个女人说道。

哈娜抢先提出了一堆问题。

"法院指定咨询专员是什么意思？"哈娜在椅子上坐直了身体，问道。

"法官认为你们两个需要一个专员。"那个女人说道，然后指了指她称为法院指定咨询专员的人，"这个词由大写的C、A、S、A组成，也就是法院指派的咨询专员，简称为法院指定咨询专员。她叫梅琳达·巴恩威尔，你们可以喊她梅琳达小姐。"

梅琳达拉来一张椅子坐下，静静地听着她们说话。卡拉盯着她，两人的目光相遇时，她别过头，仿佛对法院上的任何人都不感兴趣。

哈娜也有同感，只不过她说了出来。

"你不就是我们的专员嘛。"她对分派给她们的大概第十个儿童服务社工说。专员这个词从她嘴里说出来，感觉有些滑稽，然而跟社工打了这么多交道，两人对这个词已经非常熟悉了。

"嗯，我是你们的专员，但我是收费的。政府给我支付报酬，而我要顾及除了你们之外的许多孩子，所以你们有时候会觉得没有得到应有的关注。这个人——"她指着梅琳达说，"她不收费，负责的案子也少。找她来的目的就是为你们代言。"

梅琳达这才把手伸到桌子对面跟她们握手。卡拉不想握手，她不信任这个女人，正如她不信任这辈子来来去去的无数个其他人一样。

十岁的卡拉受够了收养体系，她给人以比实际年龄更加老成的感觉。当时她还不知道，梅琳达会成为她们最忠实的同盟，在未来的八年时间里一直陪着她们。这是事实——梅琳达竭尽全力地帮她们找到好的收养家庭，找那些愿意收留她们的家庭。然而，尽管她激情满满，她们始终没有遇到可以称之为家的地方。

不过她在别的方面帮到了她们。

卡拉和哈娜同一周开始来月经，又不敢跟最新的养母说，她们联系的正是梅琳达。

梅琳达抛下手头上的所有事情，带着东西来给她们讲解。梅琳达从二手商店拿来至少十几条裙子，让她们从中选出人生中的第一件舞会裙子。

令人恼火的是，哈娜第一次失恋找的诉苦对象也是梅琳达。由于害哈娜伤心的是卡拉的男朋友，她显然不会找自己的姐姐谈论这事。梅琳达先是安慰哈娜，又把两人叫到一起，帮助她们解决第一次的大型纷争。

梅琳达还让两人互相承诺不再为男孩子而内讧，说男女之情不牢靠，姐妹之情才是一辈子的。圣诞节之前，梅琳达来看她们，问姐妹俩，如果她能实现她们的一个愿望，她们会想要得到什么。

哈娜立刻就替两人说了出来。

"回家。"她说道。

梅琳达的眼睛里蓄满了泪水，她说如果她有那个能力，一定会马上实现她们的愿望。

自那以后，这两个简短的词语就像《绿野仙踪》里的多萝西轻扣脚后跟那样，成了她们每晚睡前反复念叨的祷文。每次祈祷的末尾，她们说的不是"阿门"，而是"回家"。

舒舒服服地洗完澡，吃完饭，又有人提供暖和的床能睡上一晚，卡拉不由得想起了梅琳达。

梅琳达现在更老了吧？应该已经很老很老了。她因为腿疾放弃了志愿者的工作，但不管怎样，她曾说过，但凡用得着她，只要一个电话，随叫随到。

过去几个月的事情在卡拉的脑海里回放，她突然希望她们能接受梅琳达的建议，领受梅琳达的好心，甚至向梅琳达寻求帮助。也许真的那样的话，卡拉如今就不会变成马路勇士，坐在这陌生的餐厅里，睡在用作客房的储藏室这样更陌生的地方。

"哈娜，你觉得怎样？"吉姆女士的话让卡拉想到，别人这么善待她，她却说了假话。但是万一有人在找一个名叫卡拉、在高速路上流浪的人呢？她不能冒这个险。

这也太偏执了吧。但不管怎样，她得保守这个秘密。

"我觉得可以。"她为自己的话感到惊讶。她变了。以往的卡拉肯定会在别人免费提供任何东西的第一时间跑开，因为切身经验告诉她，天上不会掉馅饼。

卡拉往老式棉被里钻了钻，把蕾丝边床单拉到脸旁，纤维软化剂的味道沁人心脾，令人心安——这是她和哈娜从未享受过的。床具散发着清新好闻的气味，吉姆女士借给她的傻乎乎的老奶奶睡袍让人眼花。

海明靠着她的腿蜷在床上，身上盖着吉姆女士坚持送给它的婴儿毛毯。

卡拉刚同意留宿一晚，吉姆女士便像只母鸡一样手舞足蹈，给她安置床铺，教她关灯。吉姆女士说要给卡拉拿一本书，卡拉说自己带的有，两人便聊起她最喜欢的作家。卡拉没跟吉姆女士提及海明威的任何事情，以免被人察觉她要去往何处。所以她说了她喜欢的其他书籍，比如简·奥斯丁和路易莎·梅·奥尔科特的作品，吉姆女士听了高兴得直搓双手。

吉姆女士开始谴责当下的年轻人，说他们在荒唐的真人秀节目里陷得太深，眼睛一刻都离不开智能手机。

就这一代人的现状和缺乏自我驱动的创造力谈了大概一个小时之后，吉姆女士说要给她做一顿丰盛的早餐，然后走出了门。卡拉舒了一口气，因为有那么一刻，她以为接下来会像《草原上的小屋》里的情节那样，吉姆女士要给她掖好被子，吻一下她的额头。

卡拉心情激动地躺在床上，虽然精疲力竭，却久久不能入睡。夜已过半，她得尽量睡上几个小时，可她的脑子不肯休息，各种思绪、恐惧和记忆像飓风一样在她的脑袋里疯狂打转。

幸好至少有海明陪着，因为每到夜里，都是卡拉最想念妹妹的时候，在童年的大部分时间里，她都和哈娜一起睡。这通常是迫不得已，但打心底里说，也是出于她们自己的选择。十三岁那年，她们第一次遇到提供两个卧室的家庭。她们当场拒绝，养父拆开其中一张双人床，放到房间里的另一张床边，拼成了一张大床。养母大失所望，毕竟她花了那么多精力收拾好两间屋子迎接她们，现在只用了一间，但哈娜固执地拒绝分床睡。

度过最初的尴尬期之后，她们觉得那个家也没那么糟糕。养母不酗酒，也不乱发脾气，养父话不多，但人很好。卡拉开始对那个家产生了希冀，甚至想象过那对夫妇会收养她们，从此终结她们的噩梦。哈娜察觉到了这种苗头，便提醒卡拉要对妈妈忠诚。她的梦瞬间破灭。

哈娜说得对。她们寄养还没到八个月，养母怀孕了。刚开始倒没什么，她们甚至还帮她重新装饰了那个空置的房间，把它变成了大多数孩子可望而不可即的育婴室。到了孕期的第三个月，夫妇俩觉得养三个孩子超出了他们的预期，而且，哎呀，他们也不打算收养。

卡拉翻了翻身，面朝另一个方向，试图躺得舒服些。她深吸一口气，在一滴泪水偷偷滑落之前，将那苦甜参半的记忆压了下去。

忍一忍，永远别让人看见你流泪。

如果哈娜在这里，一定会这么跟她这么说。

还有一次，她们连睡觉的地方都没有。那大概是她们住过的最污秽的地方了。那是一辆停在乡村的双宽拖车，里面已经住了五个孩子。她和哈娜被告知随便找个地方睡觉。第一天晚上，连沙发都有人占了，她们只好互相搂着蜷在狗尿味冲鼻的睡袋里。最恐怖的是刚住了两天，家里突然停电，养父母弄来煤油加热器，那味道熏得卡拉脑袋发疼，哈娜还因此吐了。

等到咨询专员梅琳达终于月度回访，她为这悲惨的景象大发雷霆。她跟养母吵得不可开交，可是梅琳达无能为力，因为这样的家庭不必提供电力或者管道来养活孩子。只要他们能提供食物和水，有办法给家里保持温度——这家就用了煤油加热器——那就算符合规定。即便那是个让成年人都无法忍受的肮脏的地狱，只要政府认为合适就行。

噢，她恨死了那个词——合适。

她和哈娜在那里长了满头的虱子。有天晚上，两人从食品室偷了一罐蛋黄酱，互相抹了头发，再罩上食品袋。养母醒过来，冲进厨房，冲着她们大喊大叫，震得她满身的肥肉随着每一个字波浪起伏。哈娜勇敢地指出肥肉涌动的现象，气得那女人差点动脉瘤炸裂。

政府最终判定那女人收养的孩子多得顾不过来，带走了一半，其中就有她和哈娜。

卡拉低声笑了出来，引得海明抬头朝她看了看。

"抱歉，海明。"她说道。

月光从后窗洒进来，卡拉觉得海明的目光里充满了悲伤。突然之间，她心想，海明是不是也和她一样经历过很多家庭，却从来没有安定感或安全感。

海明仿佛知道卡拉在想它，挪到了她的胸口。卡拉把手埋进海明的毛发里，它翻身躺好，显然是要她挠肚子。卡拉照它的意思在它的肚皮上画着小圆圈。她觉得自己是在为它服务，但随着手指一圈圈地转动，她才意识到，是手指在它温暖的肚皮上的触感让她渐渐放松了下来。她感激地叹了口气，双眼沉沉地合上，万事万物化作沉寂。

第五章

即便锅碗瓢盆的哐当声没吵醒卡拉，煎新鲜培根的香味也肯定会诱得她爬下床来。卡拉坐起身，双脚踩在地上，双眼不情愿地睁开，看到海明早已起床，正热切地望着她，仿佛在发脑电波喊她起来。

"好，好了。"她揉揉眼睛，嘟囔了一声。

她看了眼手表，眨眨眼又看了一眼。没错，表上显示着凌晨刚过四点。这些人全都是疯子吗？

又一阵金属撞击声传来，她赶紧冲进小浴室，那里放着她的衣服。她跑过去坐在马桶上解决私人问题，想起跟哈娜小时候总要同时上厕所的情景。她们会一起跑到厕所，挤到马桶座上，两双腿悬在空中，胳膊搂着对方，一边叽叽喳喳地笑闹，一边比赛谁先结束。

她把这搞笑的回忆推到一旁，走到水池洗漱，注意到自己有了黑眼圈。这下子梅兹不会再觉得她漂亮了吧。

她脱掉睡衣，伸手去拿挂在毛巾架上的牛仔裤，却差点吓得瘫倒。裤子不见了！她环顾四周，看到牛仔裤跟昨天穿的所有衣物全都被叠得整整齐齐，一个小小的淡紫色香包——用丝绸制成，用细绳绑着——被放在衣服堆上。

这一善举引发的情感充溢着她的内心。吉姆女士溜进来——卡拉直到半夜才睡着，所以推测不出具体时间——把衣服拿去洗了。

卡拉抱起衣服堆，捂到鼻子上，吸了一口令人迷醉的薰衣草香味。她迅速穿好衣服，梳了梳头发，刷了刷牙。最后，她走出浴室，看到海明等在门外。海明看见她，呜呜地叫起来。

"哎呀，对不起，我忘了你也要放水。"卡拉说完领着海明朝后门走去。她打开门，海明便噔噔噔地跑下楼梯，挑了一片临近的灌木丛开始放水。尿完之后，海明又噔噔噔地爬上楼梯，下一个目标显然是填饱肚子。

卡拉再次考虑一走了之，尤其是现在她人已经站在外面了。可是她得拿回背包，再者说，食物的香气扑鼻而来，实在是叫人迈不开腿。

海明从她身边跑过，领头往厨房走，那姿态认真极了。卡拉没办法，只好跟上。她打开门，看见梅兹朝桌上甩了一大团面粉，旁边是已经卷好的生面团和切好的饼干。

吉姆女士站在炉边搅弄着一口大锅，立刻就注意到了卡拉。

"早上好，瞌睡天使。"吉姆女士说道，"赶紧穿上围裙，帮我们把饼干放到烤盘里，送进烤箱吧？我正在做香肠肉汁。第一波饿肚子的顾客应该就快到了。"

卡拉挑了挑眉毛。她倒是想看看这么早的饿肚子顾客是从哪里来的。

"围裙挂在门口的钩子上。"梅兹咧嘴笑道，"要抓紧时间啊。要是咱们进度落后，吉姆女士脸色变得可快了。"

卡拉的脚终于动了起来。她走到门口，拿起一件黄花围裙系到干净的衣服上面，然后穿过房间，跟案板前的梅兹站到一块儿。

"你会做饼干吗？还是想摆盘烘烤？"梅兹问道。

"全听你吩咐。"卡拉答道。

梅兹停下双手揉捏的动作，转身严厉地看着卡拉："你是说，你懂做饼干？"

"对啊。"

她的话换来又一个严厉的眼神。

梅兹凑过来悄声说道："孩子，假如我让你来做饼干，你却不知道怎么做，那两个小时之内，餐厅里就会有人拿枪毙了我们。告诉我，你是不是真的会做饼干？"

卡拉罕见地涌起一阵自豪感。这些年来，她用寄养家庭稀缺的食品做简单的原料，做了许多饼干。她十岁左右就做出了第一批，之后几年便越做越熟练。她决定冒个险，让梅兹见识一下，她可不是一般的流浪者。

"让一下。"她说道。

她看到厨房另一侧的吉姆女士扫过来的眼神，还给她使了个眼色。至少其中一个人对她是有些信心的，但没时间去担心梅兹的想法了，她得赶紧动起来。她要让热水澡和晚餐物有所值。

但愿还能赢得一顿早餐吧。

卡拉伸手摸了摸绑住头发的彩色大手帕。那是梅兹给她的——从口袋里掏出来，叫她动手揉面团之前扎好头发。

卡拉不敢相信上午的时光多么愉悦，六个小时过得那么快。时间刚过十点，她们便齐心协力，招呼了将近一百个顾客，其中大部分都是在去建筑工地的路上顺道买早餐的工人。身穿电气公司、机械公司和其他各种制服的工人们进进出出，多数人都友善而谦恭。哇！给那么多饥肠辘辘的人提供丰盛的南方早餐，可真费力啊！

卡拉想不出两个女人每天早上是怎么应付过来的，因为她们三个全都拼尽全力，尽可能地提高速度，才能让每一个人都开开心心的。

"哈娜，过来坐。"吉姆女士在墙角的桌子旁喊道。

梅兹朝她挥挥手，叫她赶紧过来，一会儿又得准备应付来享用午餐的大队伍了。

午餐？这刚做完早餐，就又要做午餐？她想不明白两人是怎么完成这么大的转变的。厨房像被龙卷风袭击了一样凌乱不堪，但是她径直朝两人走去，欢喜地看到三个盘子里装满了与早上卖的相同的食物。

卡拉原先总是这吃一点儿，那吃一点儿，只要能避免肚子咕噜咕噜地叫就心满意足了，而来一次令人满足的全餐正是她所需要的。她坐在两个人的对面，拿起了叉子。房间的另一个角落里，海明从铺着吉姆女士给的毛毯的指定位置起身跑过来，在卡拉的脚旁躺下。

"介意我先祈祷吗？"吉姆女士问道。

卡拉放下叉子，头垂了下去。她不在乎她们祈祷什么，只求早点结束。她不知道她们信仰什么宗教，只希望这种宗教的祷文念得快一点儿。

吉姆女士轻声念着祷文，声音低得卡拉几乎听不清楚。不过她听到希望她一路平安，海明的爪子早日康复。吉姆女士刚说完"阿门"，三人便同时开动了。

吃的时候，卡拉一直看着梅兹的盘子。饼干堆最上面的一块饼干的形状远远称不上完美，显然是卡拉的"作品"。她暗自祈祷，希望老太太一定要觉得她的手艺配得上她所展现的信心。虽然没有一个顾客抱怨，但梅兹才是真正的考官。梅兹首先尝了尝培根，又吃了几勺奶油谷粒。最后，当卡拉认为梅兹再也吃不下的时候，她拿起一块饼干，咬了一口。

梅兹慢慢咀嚼，脸上一副古怪的表情。紧接着，她脑袋后仰，哈哈大笑："真不敢相信！跟你讲，这饼干真好吃。太好吃了！还是这小姑娘做的！你一定得把秘方传授给我。"

卡拉被梅兹脸上不可置信的表情逗笑了。她觉得自己越来越喜欢这样的性格。心中的舒畅感十分强烈，可她不知道为什么。今天就要跟这些人道别，为什么还要在乎她们的想法？

可她还是在乎。

她对梅兹笑了笑："哪有什么秘方。我尽量避免过多揉捏，卷之前大概混合一下就行。"

梅兹使劲点头："做饼干就跟人际关系一样，用力过度反而不好。"

卡拉哈哈大笑："幸好你用了白百合面粉，我发现只有这种面粉能做出好饼干。"

"我就知道。"梅兹再次用力点头，"某些异想天开的大厨说面粉类型无关紧要。对谁无关紧要？我得问问他们。那些傻瓜上各种烹饪节目，现在竟然还编了低脂酵母饼干配方。你说说，但凡脑子正常的人，谁会吃低脂酵母饼干啊？我光听一下就觉得恶心。"

卡拉咧嘴笑了笑："我赞同。饼干就一定要充满热量，脂肪越多越好——每一个颗粒都会刺激味蕾。"

"我早就看出你一定行。"吉姆女士一边优雅地往饼干上浇一大勺奶油，一边柔声说道。她咬下一口，洋洋自得地嚼起来。

"还有一件事。你往盘子里摆饼干的时候，饼干边都挨着。它们就像好朋友一样互帮互助，共同膨胀起来。"梅兹说完对吉姆女士笑了笑。

卡拉没搭话。除了哈娜，她从来没结交过好朋友，更不打算就此谈论她妹妹。

三人知道时间紧迫，便开始全心全意地吃饭。卡拉盘算着怎么提起尽快上路的想法。白昼逐渐逝去，虽然合作得很愉快，她却不能留下来帮忙做午餐。

梅兹起身端走空盘子："我去看看烧烤。今天应该会轻松些，我最喜欢只做手撕猪肉和卷心菜沙拉的日子了。我闭着眼睛都能把活干完。"

"谢谢，梅兹。我很快就过去。"吉姆女士放下叉子，擦了擦嘴。

卡拉拿起饼干，蘸上最后一点肉汁，放入口中。不得不说，这是她吃过的最好的香肠肉汁。她感觉到吉姆女士的目光，觉得自己要被说教了。果然，当卡拉咽下最后一口，用橙汁把食物冲到肚子里的时候，吉姆女士出招了。

"你愿意的话，可以在这里待一段时间，站稳脚跟。我给你提供食宿，每小时几块钱工资，小费你全留着。"

卡拉咽了口唾沫。她不想拂了吉姆女士的好意。说实话，她想象过自己留下来，沐浴在浸透这家餐馆的南方好客的风气之中。可她不能留下来，他们对她这么好，留下来是不对的。她只会给她们带来麻烦，而她绝不能背上这个良心债。

离开是唯一的选择。

"吉姆女士，我对您的感激无以言表。谢谢你们所做的一切——热水澡、床铺、早餐——你还给我洗了衣服！谢谢你，只是我不能留下。"

吉姆女士严肃地点点头："第一次看到你的时候，我就从你的眼神看出你是很快就要走的，但我该说的还是要说出来。"

"再次衷心感谢你。我们——我和海明——非常感激你们。"卡拉低头看着海明，仿佛期望它接话。可是它在打盹，满肚子的食物让它迷迷糊糊的。

吉姆女士起身说："那好，既然你坚持继续上路，我送你一份礼物。其实是我和克莱德一起送你的。"

"我不能再拿你们的东西了，真的——"

吉姆女士抬手说道："怎么不能拿，你一定要收下。我知道你还没见过我的克莱德，不过我把你的事都告诉他了。我告诉他你做的事——跟狗狗一起旅行。你以为是我给它洗澡、理发、包扎的吧，其实不是我，是克莱德。别看他人高马大的，其实特别有爱心。他熬了半夜给你做了一样东西，现在可以给你看了。"

卡拉不知道该怎么回答。她震惊了。这些人该不是梦里的吧？他们为什么做这些事情？而且都是为了她？

"来，跟我来。"吉姆女士领着她走出前门。

海明起身跟了出去，他们沿着房子的边去往车库。车库里摆满了工具和物件，让卡拉想起丢在半路需要维修的那辆车。

"克莱德？"吉姆女士喊道。

一个白胡子老人从锈迹斑斑的旧卡车角落出现，手里推着一辆自行车，后面还带着类似拖车的东西。他一路走到他们面前才停下，然后朝海明点了点头。

"嗨，小家伙。"他说道。

海明摇摇尾巴，克莱德用脚踩下支架，蹲在小狗面前："看来你不再因为我清理那只爪子对我生气了呀？"

海明使劲摇着尾巴。

"对，我知道。我还知道为什么。"他起身摸了摸衬衫口袋，拿出一大块肉干，他掰下大概一英寸，递给海明，海明一口吞了下去，"这是鹿肉干，狗狗们的最爱。"

"过来，克莱德。跟她讲讲你做的这个东西。这姑娘急着上路，你的狗也该喂了。我敢说，它们在后院隔这么远都能闻到肉干味儿，再等一会儿非得从那破烂狗舍里窜出来不可。"

卡拉有些迷惑。他怎么推着辆自行车？

克莱德看着卡拉，脸变得红扑扑的。卡拉立刻感觉出来他是夫妻两人里面沉默寡言的那个——他不像他老婆那样能说会道。她曾和他这样的男人相处过，其中一些是养父，有些真的非常好，只可惜相处的时光从来不长久。

"这自行车和拖车是给你的。"他说，"你会骑行车，对吧？"

吉姆女士哈哈大笑："她肯定会骑自行车啊，克莱德。你见过她这种年纪的孩子还不会骑的吗？"

卡拉起初无言以对，因为她和哈娜学习骑车的时间远远晚于其他孩子——没有人愿意花心思教她们。最后，两人在学校篮球场找到了一辆废弃的自行车，就互相教了对方。她们沿着球场骑了几圈，轮换在后面扶着，回到家里时已经是满身淤青和血迹，心里却充满了喜悦：再也不用因为不会骑车而自卑了。这段记忆对于弄清当下的状况毫无帮助，她只得将它放在一旁。

"对不起，我不明白。"她终于说道。

"哈娜，有什么地方不明白？好多年前，格雷格有了别的爱好，就把这辆自行车扔下不管了。车子旧是旧了点，但材质很好。克莱德昨晚熬夜换了新轮胎，做了方便你装设备的那个拖车。"吉姆女士说。

"狗狗也可以坐。"克莱德看着海明说。

"狗狗？"卡拉仍然一头雾水。他们是要她出钱买这辆自行车吗？她已经濒临破产了，剩下的钱还得用到实处。

"对。"克莱德指着顶篷下面的木板说，木板上放了一个小枕头，像是从狗舍里拿来的衬垫，"我把拖车的重心做得很低，轴距很宽，这样就很结实，轮子不会卡到障碍物上。这个衬垫是给海明的。你扎营的时候，可以把衬垫拉出来，让它躺上去。不过，小姑娘，睡觉一定要挑地方。"

他的语气在仅仅两秒钟内就从责备变成了关怀。

"我加装了顶篷，下雨的时候它也不会被淋湿。不过通风换气还是足够的，你乐意的话，可以把顶篷往后拉，用那个小钩子挂住。每天要让狗狗走一段路，但在那只爪子痊愈之前，千万别走太多。还有，要记住，灼热的人行道和高速路会烧伤狗狗的爪子，就跟人的脚一样，尽量让它走草地。"

他停顿了一会儿，走到自行车后座上的挂包旁边。卡拉的心思还放在他制作的炫酷顶篷上，那顶篷让她想起了拓荒时期带有盖顶的马车。克莱德指指袋子："这些袋子有点破旧，不过应该能承得住你背包里的所有重东西。目前袋子里装满了吃的——吉姆女士忍不住放进去的。"

卡拉不敢相信克莱德为这一切所花费的心思，还有吉姆女士，她怎么会有这么多小把戏。卡拉从来没遇到过像克莱德和他妻子这样的人。当然，这自行车和拖车肯定不会是白送的。她把手伸进口袋，拿出钱包。

"我只有几百块钱，得留下一些买吃的。"她拉开钱包说道，"不过剩下的都给你们——"

"小姑娘，把钱放回兜里。"克莱德生硬地瞪着她说道，"这些是送你的，我们一分钱都不要。"

吉姆女士拍了拍手，开始兴奋地跟她讲包里都放了什么："花生酱、饼干、果酱馅饼、干果、什锦杂果，还有一些给海明的狗粮——哦，对了，克莱德，给哈娜说说那个帐篷！"

克莱德指指拖车后面的一个蓝色小包："这是格雷格当童子军的时候用的帐篷。上面可能有几个洞，送你了。我在下面放了张地图。不知道路就到不了目的地，而且据我所知，你可能没有地图。给你个建议，别走州际公路，只走四条车道和小路。一号高速公路离这儿只有几英里，我建议你在院子里先骑上几圈再把狗狗放进去，确保你能应付得来。"

卡拉险些不能控制自己。这么多年来，她构筑起来抵御所有伤害和憎恨的堤坝——她和哈娜一同构筑的情感藩篱——就快要倒塌了。她狠狠地吸了一口气，接着又吸了一口。

最后，当她觉得情绪有所缓和的时候，她抬起头来。

"谢谢你们。"她轻声说道，"太谢谢你们了。对不起，我对你们撒了谎。我不叫哈娜，我叫卡拉。"

吉姆女士走过来抱住了她。

"噢，宝贝。难道你不明白，让你如此可爱的并不是你的名字？是你那淡褐色的眼睛里闪烁的温柔的目光。要是能让你心里好受点，让我们喊你乔治也行。我们只想让你明白，这世上还是有好人的。"越过吉姆女士的肩膀，她看见克莱德那浓密的大胡子上方第一次露出了笑意。

他点点头，转身进了工具间。

第六章

卡拉扬起下巴，深深地吸了一口突然带有咸味的微风。佐治亚州终于被她甩在了身后，尽管动用那些她叫不出名字的肌肉产生了极大的痛苦，她们终究到了。这里虽不是最终的目的地，却几乎同等重要——这是列在她遗愿清单上的地方。

她前半辈子都居住在拥有海岸线的州里，然而令她羞愧的是，到了这般年纪，她连海都没见过。她和哈娜的寄养家庭通常距离海滩数百英里，而且大多只能勉强保证温饱，度假旅游想都不用想。少数几家有钱旅游的，也从未说过要带她们去。小时候，海滩和翻滚的海浪就像牙仙或圣诞老人一样，你希望他们是真的，却自甘于可能永远也见不到他们。

她和哈娜读高中三年级时，两人讨论过偷偷溜掉，趁春假跟同班同学去这个或那个沙滩，可惜她们从来没钱做路费，或者买跟其他姑娘一样的可爱的夏季短裤或泳衣。时间慢慢流逝，直到很久之后，她们都已经忘掉了看海这个念头。然而有一天，当这个念头重新浮出，两人便定下规矩：攒钱，一旦摆脱州收养体系，就立刻一起去看海。

等到她们终于脱离管束，第一次住进公寓时，两人拿出一个存钱罐，为第一次的度假旅行做准备。谁有余钱就放进去，这儿一块，那儿一块，逐渐累积，某一天海滩之旅就会变成现实。可那存钱罐似乎总是因为别的事情被掏空——都是些她们微薄的薪水不足以应付的小紧急事件。

今时今日，卡拉期待已久的梦想成真了。可惜哈娜没在这里和她一起分享这份喜悦。卡拉侧过头，好让海明听到她说话："海明，你见过海吗？"

它默不作声，她就当成否认，想到至少她们能第一次一起看到海，她笑了。虽然哈娜不在这里，至少她还有海明陪在身边。

她离海如此之近，已经能闻到海水浪花中的咸味，感觉到水花溅到脸上的舒爽了。

进入佛罗里达州的时候，她们把佐治亚州的吉姆女士和克莱德抛在了脑后。她曾短暂地思考跨越州界的意义，但她随即便把思绪甩到了一边，因为在朝南方行进的路上，每走一英里，她就离海明威更近一分。

卡拉骑自行车的第一天有些颠簸，不过海明信任她，它摆出骄傲的姿态，完全相信她不会把车骑翻。那天她骑得非常非常慢，刚出发三个小时就停了下来。当她意识到骑自行车比步行能多走多少英里时，愉快的心情促使她第二天顶住疲劳，骑得快了起来。

想到胳膊腿上逐渐成形的肌肉，她笑了。她是一台健身机！

然而有的时候，连神奇女侠都不得不停下脚步歇一歇。

基韦斯特虽然是她的终极目标，但此时此刻，海滩正在呼唤着她，稍微绕点路也是值得的。

她听说过阿米莉亚岛，这里虽然以度假胜地闻名遐迩，却也以保留着许多维多利亚时代的庄园著称。她希望能够毫无阻碍地骑过那些庄园，去看上一眼。大多数庄园都已被改造成了食宿酒店，卡拉多希望自己有钱去住一晚。在具有历史意义的房间里，躺在维多利亚时代的大床上睡觉，这才是值得纪念的事情。然而，只要能看一眼海滩，她就心满意足了。从地图上看，阿米莉亚岛的海滩长达十三英里，但愿她能找到一个不碍事的地方，撑起帐篷住一晚。

在通往阿米莉亚岛的大桥顶端，她找到了全新的力量之源，越蹬越起劲。切身体验说明：上坡拼尽全力，下坡就能省力。

下了大桥，卡拉路过一块木牌：欢迎来到阿米莉亚岛，费尔南迪纳海滩历史古迹之家。

她减慢速度，欣赏美丽的风景，一股满足感油然而生。路两旁高耸入云的橡树尤其夺目，巨大的枝干向外舒展，上面长满了苔藓，仿佛站在那里迎接她的到来。

左边是一处码头，环绕码头的水域和船坞里停满了各种形状、各种尺寸的船只，桅杆和船帆在风中摇摆，等待着人们上船驶向海域。码头竖了一圈高高的金属篱笆，还开了几道门——看来她没办法从那里去到水边了。

她沿着一条条人行道上上下下，直至看到远处的一片蓝色。

卡拉起初以为那是天空，可她一边蹬着自行车，一边盯着看了一会儿，才发现那就是海。

她蹬得更起劲了。

骑了半英里，她看见一个写着"梅恩海滩公园"的牌子。"海明，我看到了。"她大喊一声，蹬得更快了。

再绕过几个弯，她来到自行车和拖车所能到达的离海最近的区域。她看见一条小路，路两旁停放着自行车，就把自己的车停在杂草丛生的海滩路前方的大块空地上。

海明没等卡拉开口就跳了下来，她瞪了它一眼。

"你跟我一样激动，我知道，所以这次就不怪罪你了。"

她抓起背包朝路上跑去，试图从将沙滩和道路分开的大棵莎草望过去。她踩上木板路，海明跟在身后，鼻子因海的味道而耸动。

爬到沙丘顶端，她站在木板路边缘，体会强烈得出乎意料的暖风拂弄脸颊的感觉。目之所及，全是水和沙。这是她见过的最美丽、最祥和的景象。想到哈娜不能和她一起体验这种感觉，她的心里生出一股悲伤，然而海明欢快地叫着朝海水跑去，打断了她的思绪。

卡拉跟在海明后面，迫不及待地把沙子踩在脚下。踏上沙滩的那一刻，卡拉扔下背包，一屁股坐下来脱掉鞋袜。她卷起牛仔裤腿，追着海明冲了进去。

她们嬉笑玩耍，看着海明试图咬住每一道波浪，又在波浪不退却的时候往后急跳，卡拉体会到一种简单的快乐。海水冰凉，随着她移动，逗弄她的双脚。卡拉不敢相信，自己活了半辈子，才终于真切地看到如此瑰丽的自然美景。

玩累了，她回到背包旁边坐下，两只胳膊抱住膝盖，面向大海，极目远眺。海明也终于回到她身边，满足地叹口气，躺下来合上了双眼。

卡拉又看了一会儿，脑子里想着个人境遇的讽刺意味。她大半辈子都受人监控，州政府知道她的所有事情：住在哪儿，健康状况如何，连她在学校做过什么都一清二楚。自那以后，她和哈娜也还是同进退，做什么事情都要一起行动。

可现在呢，她坐在这里，看着广阔无垠的海面，让海浪的声音平息她紧绷的神经，全世界谁都不知道她在哪儿。

这就是自由的感觉。

还有一点孤寂。

她低头看看海明，庆幸至少还有它陪着。不管怎么说，能陪一天是一天吧。她一时不知自己是高兴还是伤感，只是叹了口气，拿背包当枕头躺下来。她要闭上眼睛休息一会儿，海风轻轻拂过皮肤，舒服得她很快便睡着了。

半小时后，卡拉从海明的呜呜声和脑袋下的晃动中惊醒，心里还有些迷惑。

卡拉坐起身，正好对上拉扯她背包的男人狂暴的目光。那人打着赤膊，光着双脚，一看就是个流浪汉。他头发蓬乱，根根直竖，牛仔裤上沾满泥巴，下半截烂成了破布片。可是他很健壮，这一点倒不能否认。他差点把包从她脑袋下面拽出来。

"喂！住手！"卡拉拽住背带喊道。

海明再次嚎叫起来，冲着那人的手猛地冲过去。卡拉伸手拦住海明，夺过了背包。

那人哈哈大笑，挥舞着双手走开了。

卡拉看着他远去，浑身抖个不停。她环顾四周，发现海滩上已经基本没人了。多亏海明勇敢的维护，否则情况可能会更糟糕。

紧接着，她明白要想在天黑前到达下一站，她们就得赶紧出发了。州立公园在八英里之外，她打算在那里睡一晚，再骑上A1A公路，结束前往佛罗里达群岛的旅程。

她们紧赶慢赶，勉强在天黑之前抵达州立公园。

到了那儿，卡拉只用几分钟就找到一个停放自行车的地方，又选了任何人都会想要占据的最后几处营地之一。这里没有野餐桌，没有电力供应设备，只是三棵树之间空出来的一小块地方。她之所以选择这里，是因为虽然有许多野营的人开了卡车，带了帐篷，甚至还有小型移动拖车，这个小缺口却很容易被忽视。这还意味着她走去浴室的时候能安心地把自行车留在原地。她的肚子咕噜咕噜地乱叫着，提醒自己她已经饿坏了，但在把自己洗干净之前，她是绝不肯触碰仅有的食物的。

她迅速搭好帐篷，以免回来的时候再弄得一身脏。搭帐篷没用多长时间——她搭设这古老的东西越来越熟练了。帐篷搭好，床铺整理完毕，她把大部分食物挪了进去——跟四周烧烤的美味晚餐相比，这些食物显得贫乏而无味——又朝四处看了一圈。感觉很安全，于是她们一起朝浴室走去。

"海明，你在这儿等着。"卡拉把它绑在巨型绿色建筑的女厕外面的柱子上。离开海滩时，她在沙子里找到这根绳子，就顺手拿起来，心想上厕所的时候可以拿来当拴狗绳。她现在就要洗这几天来的第一个淋浴，只希望海明能自个儿在外面好好待着。

海明呜呜几声，卡拉看它最后一眼，进了门。

这里有六个淋浴隔间，她溜进靠门的那一个小隔间，希望尽可能地靠近海明。自从相遇以来，她从未把它独自拴在外面，这次不知道它能不能接受。

她把背包放在恰好位于淋浴隔间另一侧的长凳上，又回到喷头下面。她不打算洗得太久、太舒服，但在脱衣服之前打开水喷头试水温的时候，她希望能把一路的风尘全部洗掉。

水管发出喧闹的噪音，吓了卡拉一跳，然后发现这不是水管发出的声音。她关了水，庆幸自己还没脱衣服，接着走出隔间。刚转过角落回到外面，海明就停止了嚎叫，尾巴像冲天的火箭一样摇动起来。

"海明，你不能乱叫。"卡拉在它面前弯腰说道。她环顾四周，看见一家人在营地吃晚餐，孩子们正注视着她的一举一动。

她尴尬地略微挥了挥手，然后朝海明喝了一声："我要洗澡呢，狗狗不能进去。"

卡拉起身往门那边走，双眼一直盯着海明。可她刚绕过水泥墙，人影一消失，海明就又叫起来。那叫声大得吓人，还充满了痛苦，肯定会引起很多人的注意。

"好吧。"卡拉回到海明身边解开绳子，领着它进了浴室。别人能拿她们怎样？把她们赶出去？就算这样，她也要先洗个澡再说。

海明很开心，卡拉带它来到她放包的隔间。幸好包还在原处。她指指长凳，还没说一句话，海明就跳了上去，坐在背包旁边。

"你可真懂事。"卡拉嘟囔着从包里拿出洗发露。她脱掉鞋子和衣服，趁没人举报之前赶紧洗完。她拧了下手柄，热水冲到脖子和背上，不由自主地发出一声愉悦的叹息。她很想慢慢地享受，要是有剃须刀，再把腿上的毛刮一刮，可是这浴室给人一丝阴森恐怖的感觉，于是她只是洗了洗头发，用水流肥皂泡擦了擦身子，最后迅速地冲了一遍。她用余光瞥了一眼，看看海明还在不在，见它一脸严肃地看着自己，仿佛有人叫它在那里守着，而它对这份职责很认真的样子，她便笑了起来。

四分钟不到，卡拉伸手关掉水，把头发上的水拧干。她拿吉姆女士放进包里的毛巾擦干身体，裹住湿漉漉的头发。她用任何人都无法想象的速度穿上唯一的一套干衣服，光着脚套上鞋子。

"走啦，海明。"她把洗发露放回包里，抓起背包和脏衣服朝一溜洗手池和镜子走去。看到六个厕所隔间依然空荡荡的，她舒了一口气。

她把背包放在台子上，脏袜子和其他衣服扔进洗手池，倒了一大捧洗衣粉，再灌满热水。

海明坐在她脚旁，她无视咕噜噜叫的肚子和全身酸痛的肌肉，使劲洗起衣服。她把衣服揉了一遍又一遍，接着拿牛仔裤的两条腿揉搓，洗掉所有的泥土。

洗到觉得可以再穿的时候，她把水拧干，用清水把每件衣服漂洗了好几次，直至再没有泥土出现。最后，她觉得胳膊快要散架了，便停止绞弄，把衣服全收起来。她伸手拿起包，把背包拿得离身体远远的，示意海明她洗好了，就一起离开了浴室。

回到外面，各个方向传来的烧烤食物的香味冲击着卡拉的感官，让她再次意识到自己多么孤独。她试图屏蔽周围那些家庭发出的声音，垂着眼只看眼前的地面。她不需要这些东西来提醒自己所失去的一切。

"去解决你的问题吧，海明。"她一边把衣服搭到自行车拖车顶篷上，一边说道。她累了。她现在只想喂喂海明，吃些花生酱和饼干消除饥饿感，然后蒙头大睡。

忙完之后，卡拉转身叫海明回来。它在营地四周晃荡，活动的距离刚好让她有点担心，不过它一听到声音就立刻跑了回来。

"该睡觉了。"卡拉庆幸自己带着手电筒，一弯腰钻进了帐篷。她一眼便看到了一个白色的小塑料袋——通常用来装杂货的那种——一下子呆住了。

海明摇摇摆摆地进来绕过她，走到袋子前嗅了嗅。它晃了晃尾巴，眼睛瞅着卡拉。

"你这是说袋子安全，可以看看？"卡拉问道。

烧烤食物的味道依旧在她的鼻尖缭绕不去，只是这一次源头很近。

特别近。

　　卡拉放下戒心，抓起袋子，迅速解开。里面装着用锡纸包着的热狗，不是一个两个，而是三个。她拿起一个放到鼻子下面，深深地吸了一口气，在默默感谢无名氏的慷慨馈赠的同时，还保持着一丝警惕。她想起那个古老的童话，里面讲到饥饿诱使两个孩子不顾个人安危，然后把这可怕的思绪推到一旁。如今的卡拉已经脱胎换骨了——正在学着相信他人，她告诉自己。

　　海明看着卡拉，眼神里带着祈求。

　　"啊，别急。"卡拉对海明说，"我肯定会吃的，而且肯定会分给你的。"

　　她打开第一个锡纸包，发现热狗上没有任何作料。正合我意！她祈祷好运连连，他们不会中毒身亡，然后把整个热狗递给海明。它顷刻间吞了下去。

　　"慢点吃，小家伙。"

　　她打开第二个，见上面撒了厚厚一层辣味浓烈的辣椒，卡拉强忍住跟海明一样狼吞虎咽的冲动，慢慢地一口一口咬下去，细心体会美妙的炭火味和辣椒带来的暖意。她抓起水瓶，把嘴里的东西冲进肚子。

　　当她和海明都没有因为中毒而躺在地上痛苦地打滚的时候，她从袋子里拿出最后一个。锡纸打开的那一刻，看见热狗上只有芥末和番茄酱，她笑了，心想馈赠的人细心周到，给她们准备了各种口味。馈赠者不知道，即便撒上松鼠屎作为调料，她也会吃得一干二净。

不过她很庆幸馈赠者没有那么做。

海明呜呜了一声，卡拉被它被辣到的样子逗笑，然后把热狗掰成两半。她递给海明一半，开始慢慢地品味自己的那一份。

吃完后，她给海明倒了点水，看着它喝下去。热乎乎的惊喜晚餐下肚，它心满意足地叹口气，躺到自己的衬垫上，立刻合上了双眼。

卡拉钻进毯子下面躺好，双手放在胸前。她打算明天一早起床，日出之前就上路。明天将是个大日子——她期待已久的大日子。

不得不说，她很为自己骄傲。她在不断进步，四处流浪，竟然还能活下来。如果妹妹在身边，她知道自己一定会在这种时候提醒哈娜，世上还是有好心人的。

第七章

在寄养体系中的大部分时间里，卡拉和哈娜见到的法官总是那几位。每次从一个寄养家庭出来，两人还得走一系列的法院程序，借以判断为什么此次寄养未能奏效，接下来的最佳应对方案是什么。第一位叫弗里曼法官，她脸色严峻，负责她们的案子达八年之久。通常情况下，按照约定来到法院之后，她们往往会跟临时保姆——社会服务找来的低级雇员——待在一个房间里，由社会工作人员向法官呈递最新的情况或建议，因为两人年纪还小，对自己的人生没有发言权。然而，某天下午，法官要在议事室里跟她们直接对话。

卡拉很焦急，哈娜却咚咚咚地冲了进去，仿佛一直在等待这次机会来说出自己的心里话。

她的确说出了心里话。

法官以长长的叹息开场，说："我该拿你们两个怎么办？"哈娜列出了一长串她认为"不可再犯"的事情，替法官说完了这句话。

回想起哈娜站起来，双手架在瘦削的腰上向法官提要求的模样，卡拉不禁笑了起来。寄养家庭没有电力，不行；长头虱的地方，绝对不行；养母不能有精神病，养父的眼神不能飘忽不定。哈娜还说要跟寄养家庭签订协议，写明她和卡拉不介意做点家务，但如果其他人偷懒养膘，她们也绝对不做免费劳动力。

连法官都被这句话逗笑了，可是卡拉心急如焚，心想哈娜乱说话，这下要被送去少年感化院了。

哈娜说完，法官坐在那儿，脸上没了笑意和逗小孩的样子。法官的目光转向州社会工作人员，眼神里满是责备。几个人走出议事室之前，法官指着社会工作人员，一字一顿地慢慢说了一句话。

"你好好照顾这两个姑娘。"

社工果然好好照顾她俩了。

至少照顾了一段时间。

接下来的寄养家庭很像回事，甚至可以说得上舒适。卡拉为妹妹替两人出头感到骄傲，正因为她敢于直言，她们才换了好点的环境。卡拉一次又一次地告诉哈娜，这可能就是她们的归宿，试图让哈娜敞开心扉，思考在这里安家的可能性。

琼和哈利——夫妻俩让她们直呼其名——年纪中等。琼没有亲生的孩子，这种事情总会让你想不明白，世界为什么会如此残酷。在楼上紧挨着卡拉和哈娜共用的卧室的房间里，有一个超乎所有人梦想的育婴室。直到今天，卡拉都还记得那里的样子：墙上画着栩栩如生的动物和热带雨林景象，架子上摆着一摞摞尿不湿和其他婴儿用品，全都未曾用过。夫妻俩显然很想要孩子，努力尝试失败之后才决定收养。

卡拉记得琼是幼师，哈利是消防员，两人养了一只白色的狗，叫麦克斯，那只狗小得看起来像个玩具。夫妻俩给予卡拉和哈娜的将会是一个充满爱和教养的家。

但是哈娜不肯听。在她看来，这些都是暂时的。她那时只认亲生妈妈，对任何事、任何人都不肯敞开心扉。卡拉心里也有妈妈——至少她自己是这么认为的——但妈妈也不想让她们整天来回折腾吧？妈妈也会想让姐妹俩跟在意两人身心健康的家庭长久地生活在一起吧？

一天晚上，琼和哈利叫她们坐好，提出了一个问题："你们愿意让我们收养吗？"

卡拉觉得那一刻恍如昨日。想想体系内的人所谓的收养家庭，这可是永久的，她的心跳骤然加速。可是她还没来得及开口，哈娜就替两人做出了回答。

养父母失望的表情永远地铭刻在卡拉的脑海里。那次寄养结束了，虽不是立刻就结束的，但终归是结束了。卡拉忘了官方给出的理由是什么。之后不久，法院给两人指派了新的州社会工作人员。在一次碰面时，那个女人告诉她们，她的案子多得忙不过来，姐妹俩最好别给她惹事，因为她没有时间和耐心去管。

卡拉想不通为什么每次寄养失败都要怪她们，更想不通这些多年前就已深埋的记忆，为什么会突然涌现。她再也不想去回忆了，永远都不要。

"走开啊。"她怒气冲冲地喊道,引得海明抬头看她,仿佛在问怎么回事,"没说你,小家伙。"

海明发出呜呜声,卡拉喂了它一口玉米粉圆饼。吉姆女士一定是施了魔法,才把那么多食物塞进她那紧绷绷的挂包里。今天的晚餐是玉米粉圆饼蘸花生酱和果酱,这样的美味佳肴,她从来没想过自己能吃到。

她起身舒展了一下身体。在过去的几天里,她和海明快速前进,阿米莉亚岛早已被抛在了身后。海明是个值得称赞的旅伴,每当卡拉心情低落,想要放弃时,只要看一眼它深邃的眼睛,她就会鼓起劲头,决心兑现自己对它的承诺。

当天晚上,她们在杰克逊维尔市外的一座小镇过夜,卡拉选择的宿营地位于学校体育馆后面。这天是星期六,她想着晚来早走,不会有人注意到。帐篷早已搭好,她把从庭院二手售卖会上买来的瑜伽垫铺在海明的小衬垫旁边。她在四处仔细查看了一圈,没见着一个人。她迫不及待地爬上床,希望小腿肚能休息休息。

卡拉把背包拖过来,拿出吉姆女士塞进去的书。她垂下眼帘,目光落在梅兹的大手帕上——那天早晨,她把大手帕绑在了手腕上。

梅兹和吉姆女士。回味着那段记忆,她微微一笑。

"海明,要尿尿就赶紧去,我准备拉上拉链啦。"

海明缓缓起身,慢悠悠地舒展了一下身子,才朝一小丛灌木走去。它把腿抬得老高,尿了好长时间,卡拉心想它会不会一头栽倒。她哈哈大笑，海明暴躁地瞪了她一眼，然后回到帐篷旁边。她让海明先进去，它走到衬垫上躺好。她拉上拉链，给它盖上毯子，然后钻到自己的毯子下面。

卡拉翻开《傲慢与偏见》的封面，读了题字，只觉得吉姆女士的花体字带来了一股暖意：

简·奥斯丁曾说过，她要学会满足于超出自己应得的幸福。我相信这句话也适合你。愿你找到内心的平静。爱你，吉姆女士。

这本书显然是经常被翻阅的，折了角的书页上有几个黄色的指尖状斑点。可是卡拉并不想要一本没有任何痕迹的新书。吉姆女士把可能对她有特殊意义、保存多年的书送给卡拉，这其中有着深远的含义。当然，任何书都比不上卡拉最爱的海明威，但这一本已经很接近了。

她凑近海明，把手电对准昨天晚上读到的那一页。虽然她决定今晚读上几个小时的简·奥斯丁，但她打算尽快重拾海明威。

第八章

海的味道再次传来，卡拉近乎狂喜地吸了口气，迷醉地闭上双眼。她更加用力地蹬自行车——以至于乱了节奏——为这些天来跟自行车融为一体而自豪。身体有点疲累，但还不足以影响正常速度。这一天很是漫长，她已经骑了很远，可是离到头还远着呢。她决心在天黑之前赶到圣奥古斯丁市。

爬坡耗尽了卡拉的体力，不过她终于蹬上了桥面，并且在自行车沿车道加速下坡的时候向海明发出了提醒。海明很值得表扬，它学会了在收到提醒的时候趴伏下来。一路上，卡拉发现，佛罗里达州的桥只给自行车和行人留出了最窄的路肩。她不止一次地担心强风会把她们从桥上卷下去，摔个粉身碎骨。

她应该聚精会神才对。她的目光只从眼前的路面挪开了百万分之一秒，不知怎么的，一位母亲便领着两个孩子突然出现，正朝她走来。

如果自行车上装了喇叭，她的手肯定按在上面不松开。那位妈妈停下脚步，正全神贯注地给小一点的孩子系鞋带。另一个小孩，一个大约九岁的女孩，正目瞪口呆地站在那里看着卡拉朝她们冲过来。距离尚远，卡拉听不到，但可以看见小女孩的口型，她正在一遍一遍地喊"妈妈"，试图引起那个女人的注意。

这几秒钟像是慢镜头一样，卡拉低声念出绝不能撞伤小孩或让海明受伤的祷文，就在往右侧拧车把手的那一刻大声喊了出来。

听到近乎野兽似的咆哮，那个女人抬起头，跟卡拉一同喊了出来。她凭借着唯有当妈妈的人才会具有的超人般的应变能力，双手一把揽住两个孩子，把他们从路上推了出去。但是对于卡拉和海明来说，一切都太晚了。可喜的是，她们已经冲下了桥，可悲的是，下坡速度太快，猛然转弯让自行车失去了控制。

卡拉拼命地想要重新掌控自行车，可惜事与愿违。她使劲握住手闸，可惜什么反应都没有。她们掠过几丛灌木，自行车撞上用作花池护边的轨道枕木，径直飞到了空中。自行车摔落的同时，拖车撞了上去，两相分离。卡拉撞到了车把上，眼睛余光瞥见海明的彩色毛发一闪而过。

它连发出嚎叫的时间都没有。

她没看见海明落地，因为她也被抛到了空中。她只记得自己心里在想要买个头盔，接下来又想到了海明，然后一切都化作了一团漆黑。

卡拉想翻身，肩膀上的疼痛让她翻到一半就停下了。她使劲吸了口气，在双眼紧闭的半梦半醒之间，她松懈下来，重新坠入过往的记忆。

"我数到一百，你们俩藏起来，我来找你们。"这句话妈妈说过好多次。在听到这句话的某个晚上，卡拉和哈娜溜到草木丛生的院子里，躲在垃圾桶后面等妈妈来找她们，却看到一个男人开车过来，下车进了屋里。

哈娜想跟进去，卡拉拽住她的胳膊，劝她听妈妈的话，等那人走了以后再进去。那人不是妈妈的一般朋友——常来常往的有很多，唯有这个人，妈妈曾专门警告她们要留意。她告诉姐妹俩，如果他来家里，两人一定要躲开。虽然等待的时间长得好像过了一辈子一样，姐妹俩还是照做了，一直等到那人出门离开。

她和哈娜冲进门里，一方面是担心妈妈有没有事，另一方面是要告诉她，她们两个很听话地躲开了那个人。

我多么希望那天晚上没有听妈妈的话啊。

卡拉听到水流声和刷盘子洗碗的声音。她眨眨眼，想看清眼前的事物。她不再是那个躲在暗处的小女孩了，可是她在哪里呢？

她环顾四周，目光落在逼仄的厨房区域。水池边，有个女人弄掉了一件金属物品。应该是个叉子，或是勺子，反正咣当一声，吓得卡拉终于清醒过来。她看着那女人的背部和耷拉在上面的黑色长发。那很可能就是妈妈。

我肯定是回到童年的记忆里了。

"妈妈，她醒了。"一句喊声传来，震得卡拉脑袋发疼。

那女人转身走过来。她比卡拉大不了多少，亮闪闪的耳环反射出一道光，照得卡拉又抖了一下。

"嗨，又见面了。"那女人说道，"我把你的手包扎之后，你就又睡着了。感觉好点了吗？"

卡拉迷迷糊糊地看着她，挣扎着坐起来。她想起正是这名年轻女子领着她走过人行道。在此之前，她蹬着自行车往大桥上爬，爬到顶端，风吹得头发飘起——哦，对了，接着她便看见她们三个人，于是只能从路上跳开，结果撞到了树上。后来女人扶她起来，带她回家洗伤口。卡拉坐在沙发上，打算稍微休息一会儿。

"我的狗呢？"她四处寻找海明的身影，自从上次见到哈娜之后就再没体验过的恐惧感油然而生。

那女人——卡拉想起她自称劳伦——把手放在卡拉的肩膀上："别担心，它跟汤米在门外。它没事，只不过像个马戏团的狗狗一样飞过空中，差点就四肢着地了！孩子们很喜欢它。他们早就想要一条小狗了。"

"汤米霸占着小狗，不让我抱。"小女孩走到卡拉面前，双手叉着腰说道，"嗨，我是莱西。我跟妈妈说有自行车冲过来，可她不听。"

这下卡拉才想起了自行车，心猛地沉了下去——车子摔散架了，至少在那女人坚持带她回家洗伤口之前是这样的。清洗伤口也很痛，但必须把所有泥土和细砂洗出来。她咬住嘴唇，一声不吭，内心里却不断号叫，直到过氧化物消毒剂把脏东西全洗干净。卡拉举起双手，仔细看了看手掌。绷带下传来刺痛感。

"幸好你双手着地，抵消了冲力。"劳伦说道，"但是你碰到了头。碰得不重，应该不会导致脑震荡，我可以带你去找个地方检查检查。"

卡拉摇了摇头。她没有医疗保险，就算有，那也意味着她得出示身份证件。这可不行。她把腿挪到沙发边上，这骤然的动作弄得她脑子里一阵疼痛。然而，她的心里无所畏惧。

"不用了，我没事。我该走了。"

"听着，我不知道你要去哪里，也不知道你为什么这么急着走，我不会开口问你，但是你还不能走；我弟弟正在给你修自行车。"

"弟弟？"卡拉不记得这家里还有另一个成年人。

劳伦点点头："嗯，我叫他来还我一个人情。他立刻赶过来看了看，说没我想象中的那么严重。他明天就能修好。我那样挡着路，真是不好意思。汤米总爱叫我停下来收拾这、整理那——在他的世界里，凡事都要完美无瑕，否则他就受不了。我那会儿正忙着防止他精神崩溃。"

卡拉直愣愣地看着她，不知道该说什么。劳伦的儿子跟卡拉认识的许多成年人很像，他们力求万事井然有序，一旦有什么不如意，就会行为失控。但她没见过这样的小孩子，紧接着，她想起那个女人说的话。

自行车要到明天才能修好。

她该怎么办？在女人家的后院宿营？她没了主意，但首先要见一眼海明，确定它真的安然无恙。她不想给人留下忘恩负义的印象，毕竟她差点撞了这一家人，人家却在给她修自行车。

"谢谢你。我叫卡拉。呃，海明——就是我的小狗——能进来吗？"

莱西跑到门边，开门伸头喊了一声："汤米，把狗狗领过来。这位女士要看它。"

不出三秒钟，那个黑发小男孩走进来，海明跟在他后面。

"海明。"卡拉喊道，它跑过来，摇着尾巴亲她的手，然后用鼻子嗅了嗅，露出担忧的表情，"我没事，小家伙。你呢？"

她低头抵住海明的脑袋，双手在它身上摸了一遍，又把每条腿都摸了摸，确定各处都完好无损。她吸了一口气，体会它熟悉的味道。

她抬起头，小男孩就站在几步之外，面无表情地看着她们。

"哦，嗨。"她被自己语气中的尴尬吓住了，她从来不知道怎么跟小孩说话，"谢谢你陪海明玩耍。"

小孩没回答，莱西走过去用胳膊揽住他，领他往前走近了点。两个小孩看起来很和睦。小女孩穿的是旧衣服，但干净整洁，亮闪闪的头发梳成两个小辫，一边一个。小男孩同样衣着整齐，只是鼻子和手上沾了些泥土。可那是因为他在外面玩耍，做男孩子们都爱做的事情嘛。

"汤米话很少。"莱西说道，"他想让我告诉你，他想养你的狗狗。"

姐姐护着弟弟的肩膀，做他的传话筒，这个场景很温馨，但小女孩的话震住了卡拉。卡拉伸手拉住海明，海明跳上沙发，坐在她旁边。她扫了一眼狭小而整洁的房间。

也许这里会是海明的好归宿。

这个想法让她的头再次疼痛起来："我……呃……"

"莱西，别乱说。"劳伦说道，"她没想要给狗狗找个家。真要找的话，她会说出口的。你们俩出去玩吧，我跟她说说话。"

小女孩叹了口气，乖乖地带弟弟转身朝门走去："走吧，汤米。咱们玩捉迷藏，我来数数。"两人走出门外，门在他们身后关上。

劳伦手里拧着抹布走过来坐在沙发另一头。

卡拉使劲往后躲，虽然那女人看起来并不危险，但是防人之心不可无。她环顾四周，试图辨明自己的位置，看看有没有别的人。

"对不起。"劳伦说，"她正是凡事都想做主的年纪。都怪我，很多事都依赖她帮助她弟弟。她似乎真的能看透弟弟的心思。很多时候，我都还没弄清他想要什么，她就已经知道了。如果没有她，我都不知道自己该怎么办。"劳伦看着地面，卡拉能感觉到她有着很大的精神压力。

"就你们三个吗？"卡拉想知道男主人的情况，又不想问得太鲁莽。劳伦很漂亮，是让人舒心的那种美。他们的房子很朴素，但是非常舒适，点缀着枕头、彩色沙发罩等带有个人情感因素的东西。

劳伦点点头："嗯，大多数时候是我们三个。他们的爸爸神出鬼没，不过因为我们的状况，他常常没个人影。"

"你们的状况？"

"汤米啊，他患有自闭症，他爸爸觉得他很懦弱。他爸爸根本不懂，残疾人根本不懦弱，他们要学着克服远多于常人的困难，他们才是世上最坚强的。汤米遇到的困难只是比普通孩子多了点。某些人的问题比他严重多了，你明白我的意思吧？"

卡拉点点头："你作为单身母亲，怎么坚持下来的？"

"就差那么一点儿，险些坚持不住。"劳伦皱着眉头说道，"熬一天算一天，熬一周算一周，熬一个月算一个月。我们经常搬家，但是目前为止，我们一家人还在一起。总来检查的社工案件负责人大失所望，因为我那专横的婆婆很想把我的孩子带走。"

劳伦露出苦涩的表情。

卡拉听得心头一震。她妈妈也曾努力维持一家人的状态，经常打两份工，有时候甚至做三份兼职。有人警告她，卡拉和哈娜年纪太小，不能独自留在家里，可她们没得选啊。总得有人挣钱保证衣食住行，妈妈就是那唯一的一个人。

州政府介入带走卡拉和哈娜之后，两人成长得很快。也许应该有人告诉妈妈，说她尽职尽责，鼓励她或者帮助她，免得她那么劳累，最后走上绝路。

可是眼前的这位妈妈——劳伦——她在努力维护家庭。不知怎么的，她正在做卡拉的妈妈没能做到的事情。

卡拉心想，如果妈妈再坚强一点，如果妈妈没有遭遇不幸，任由生活扯进抑郁和自卑的深渊，最终酿成一个又一个弥天大错，自己的人生会是什么样。

时光不能倒流，她永远都没办法知道了。

卡拉笑着说道："真厉害。"

劳伦皱了皱眉："什么真厉害？"

"这一切啊。"卡拉挥手指了指周围，"这个家，你的孩子，还有你。我觉得应该由我这个站在客观立场的人来告诉你，你做得很好。正如我所说，以你现有的状况，我觉得你很值得钦佩。"

"唉，哪有什么值得钦佩的。"劳伦红着脸说道，"我把他们带到这个世界，我爱他们，所以这就是我的职责。这是当妈的天性。"

不是所有当妈的都这样，有些人会图省事而逃避问题。

卡拉想这么说，但是忍住了。

劳伦扮了个鬼脸："我扶你起来走走，别因为你那场特技表演把身体弄僵了。你可以帮我做晚饭，然后我在沙发上给你铺个床铺。要是孩子们不缠着你，你还可以洗洗澡，泡个盐浴。"

第九章

　　卡拉开始觉得哈娜常说的神秘因果开始报应在她本人和前往基韦斯特的旅程上了。她夜里睡不踏实，劳伦去厨房的时候，她醒了好几次。每次翻身，她都会想起摔到车把上的场景，以及那场特技给她的身体造成的伤害。总而言之，怎么躺都不舒服。有一次，她打开灯看了几章小说，接着脑子像大卡车开过一样，连书也看不下去。

　　"真是对不起。"中间有一次，见卡拉坐起来，劳伦说道，"汤米发烧了，我在想办法喂他吃泰诺。你愿意的话就去我床上睡吧。"

　　卡拉拒绝了。她不喜欢睡别人的床。

　　她之所以睡不踏实，还因为海明没在身边。劳伦在沙发旁铺了一张鸭绒被，可是冰冷的沙发太窄，容不下她们并排睡，而卡拉真的非常怀念有它温暖的身体贴着时的安全感。

　　辗转反侧了几个小时，当第一缕阳光刚刚照进窗户，她立刻就起来了。厨房里的钟表显示六点三十三分，此时劳伦和汤米都已睡熟，所以她的动作很轻。

她洗了洗脸，把头发扎成马尾，然后带着海明出门进行晨间排泄。

就在卡拉开门之前，海明给了她一个哀求的眼神，瞬间窜出去沿着墙角寻找放置晨间"礼物"的完美地点。

卡拉看着它跑出去，发现车道上停着一辆长斗皮卡车。她的自行车停在皮卡车后面，一个满身脏污的男子正双腿跨在前轮上调整车把。她寻找海明的拖车，发现它被放在车斗里，似乎完好无损，便松了一口气。

"车能骑了吗？"她问道。

听到她的声音，那人直起腰板转过身。他站直时头发从脸上散开，露出俊朗的面孔。卡拉从他身上看得出劳伦的影子，姐弟两人的面容都很瘦削，不过姐姐不足的地方，他却全都弥补上了。

她扭过头去。

"孩子怎么样了？"男子无视卡拉针对自行车的提问，反问道。

卡拉耸耸肩，被男子上下左右打量的目光弄得很不舒服："他们昨天晚上醒了很多次，现在正睡着。我猜你外甥女也睡了，我在屋里没见着她，也没听见她说话。"

男子指指皮卡车驾驶室。卡拉转身看见莱西坐在方向盘后面，嘴巴跟着电台唱着，手上转动着方向盘。小女孩抬手朝他们挥了挥。

"哦。"卡拉说，"她一定是从我身旁溜出来的。"

"嗯，她可狡猾着呢。"他笑着伸出一只手，"我叫麦克。"

"我叫卡拉。"她伸手握了一下就赶紧蜷回来。她又一次顺嘴说出了自己的真名。她叹了口气，感叹自己如果参加证人保护计划，一定会失败。

"你的自行车现在跟新的一样好用，或者说跟二手的一样。以前是什么样，现在就是什么样。"他神气活现地挥了挥胳膊，"前轮弯得太严重，我只好卸下来拿去维修店。我还换了新轮胎，调了调车闸，下次再有人挡你的路，就用这个声音大得能传一英里的喇叭吓跑他们。"

卡拉瞧见了红灯泡和亮晶晶的银色喇叭："哇，谢谢你。我手里的钱不多，但是应该够抵得上你花出去的。"早上的空气凉爽，她却出了一身汗。她没料到或者要求别人花钱去修理自行车。

麦克摇了摇头："除了三块钱的车胎，其他都是旧零件，从修理店拿来的，费点手工而已。就当是没撞到我姐姐和她的孩子的谢礼吧。"

"噢，都怪我，我应该看着点路。"卡拉对他感激的话语感到羞愧。

麦克疑惑地看了卡拉一眼："你我都知道那不是你的错。汤米那会儿可能是要精神崩溃了，劳伦只能竭尽所能地去阻止。她跟我说，那是在各种场合第五次绑鞋带，总是绑不成他想要的蝴蝶结的样子。"

卡拉愣住了。麦克似乎对他姐姐家里的事情一清二楚，感觉是个好弟弟——卡拉和哈娜一直渴望有这样的兄弟。

身后的门“咣当”一声被打开，卡拉转身看见劳伦正往外走。她一脸疲惫，还穿着睡衣和袜子，头发乱糟糟的。

“你准备走了吗？”

卡拉不知道劳伦在跟自己还是麦克说话，以防万一，她点了点头。这句话大概是对她说的，因为劳伦应该很想收回起居室。

“如果你问的是我的话，对，我正准备走呢。你弟弟刚刚在跟我说修自行车的事。”

劳伦哈哈大笑：“不是跟你说的，是跟他说的。”

“你不做早餐了？”麦克噘嘴问道，两只胳膊抱在一块儿凝视着她，摆出更有男子汉气概的样子。

卡拉看着姐弟俩互相瞪视，等待对方让步。“我这就去做。”为了和睦，卡拉最终说道，她转向劳伦，“你有做蓝莓烤饼的材料吗？”

话刚说完，他们听见莱西大喊一声打开车门蹦了出来。原来她一直在透过车窗偷听，烤饼把她勾了出来，而且一秒都不浪费地把他们全领进了屋里。

桌子中央的大浅盘只剩下两块烤饼和一块培根，卡拉起身收拾碗碟。劳伦家里没有蓝莓，可是这烤饼依然很受欢迎，从几乎被一扫而空的大浅盘就能看得出来。现在她希望把厨房恢复到干净如初的模样，半个小时之后就出发上路，不能再拖了。大路又在呼唤她，提醒她此刻可能正有人追踪着她的足迹，她没有在这里消磨时光的自由。

脚步不停，保证安全，这是她的新格言。

"你不用洗碗的。"劳伦说道。

"说得对。饭是她做的，所以她不能再洗碗了。"麦克插了一句，然后往嘴里又塞一口，把空盘子递给卡拉，接着，他看着姐姐，语气温和下来，"不过你也忙了一整夜，我来洗吧。"

卡拉犹豫了一下，瞥了眼卧在脚旁地板上的海明："既然这样，我们就该走了。海明，咱们得把耽误的时间补回来，对不对？"

海明往地上甩甩尾巴，又闭上了眼睛。

"大懒狗。"麦克说，"你说耽误了时间，可以说说你要去哪里吗？"

卡拉看了看靠在后门的背包，脑筋飞速转动，盘算着怎么说才不会暴露她的最终目的地。

"别多管闲事。"劳伦对弟弟说道，"你让她为难了，笨蛋。"

"噢，对不起，我不是有意打听的。"麦克低头看着几秒钟前盘子还在的位置。

卡拉把一摞盘子端到水池边放下，转身回到桌旁："我也不知道。我只是沿着海岸线走，一直走到想出要去哪里。"

麦克耸耸肩："那是你的事，我完全理解。有时候，找寻自我就得漫无目的。不过，如果你想弥补耽误的时间，我正打算去基拉戈完成一份日工。我很乐意载着你的自行车，把你送过镇界。那个小镇很棒，适合游玩。"

卡拉并不是为了寻找自我，说放逐自我更为合适，而麦克主动提出载她也是一片好意。可惜她从来不坐陌生人的顺风车，这是她的信念之一。除非是警察坚持要求，她心想，吉姆女士和梅兹的身影又浮上心头。

"这样说话才像样，麦克。"劳伦冲卡拉眨眨眼睛，说道。

"你闭嘴吧，大姐姐。"麦克说道，"我知道怎么跟女人说话。我最近长进了很多。"

劳伦瞪了他一眼，卡拉觉得要是自己没有在场，他们很可能会像两个小孩一样吵起来。

"别走啊。"莱西哀叹道，"你把海明带走，汤米会伤心死的。"

"莱西！"劳伦说道，"我已经说过了。卡拉不能因为汤米假装海明是他的狗狗就留下来。我们挡她的路那会儿，她正往别处去呢。如果汤米精神崩溃，我们就像往常那样应对。"她转身看着卡拉，手里拧着抹布："真是对不起。"

大家说话的时候，桌子那一端的汤米用手一遍又一遍地画圈，描画只有他自己才能看见的东西。他的烧在早上之前就已经退了，虽然一口早餐都不肯吃，却还是跟他们一起坐在桌前。卡拉心想，为了汤米，劳伦和麦克可千万别老是互相顶嘴。

"哦，没事。"卡拉趁他们终于平息的时候说道。她希望自己已经上路，而不是待在劳伦家的厨房里听他们一家人讨论。

莱西沮丧地哼了一声，可是汤米似乎没意识到海明就要永远地离开他了。

"怎么样？"麦克说道，"如果你打算跟我同行，我十分钟后出发。对了，莱西，这次你不能跟最爱的舅舅去哦。"

脚跺在地上的咚咚声证明莱西非常生气，紧接着她就从后门跑了出去。门关上之前，她把头凑进来。

"海明。"她喊道。

听见这句话，汤米溜下餐椅。海明等着小男孩来到面前，起身跟他去了后院。

"有狗狗在身边，他的情绪会好很多。"麦克说着也出了门。

卡拉希望他们不是要劝她留下海明。去往基韦斯特的路依然漫长而孤寂，在人生第一次没有妹妹陪伴的情况下，唯有海明的陪伴能让她忍受路途的艰辛。她不会轻易放弃海明的。

"你有想过养一只狗吗？"卡拉问劳伦。

"或许某一天会吧。"劳伦一边往洗碗碟里放水，一边说道，"可是养狗要花钱的，它们也得吃喝，还得打针，甚至还要有玩具。谁来出这些钱？我连我们三个都快养不起了。"

"我明白。"卡拉说道。

劳伦转过身，双手叉在腰上："听着，我知道你可能不信任我弟弟，但我向你保证，他人很好的。如果你想赶时间和路程，就接受他的提议吧。基拉戈很漂亮，你坐他的卡车就能毫不费力地到那儿，这样也能给你的肌肉腾出恢复的时间。你知道去基拉戈差不多有四百英里，对吧？"

卡拉没有仔细想过，不过劳伦说得对，以她的行进速度，她需要至少一周才能骑四百英里。换作以前，一周不是什么大事，反正她不必在某个时间点之前到达任何地方。可是现在，想想毫不费力地大幅度靠近基韦斯特，这样的好事简直难以拒绝。而且麦克也不算陌生人了，是吧？

"你真的觉得他不会介意吗？"卡拉为自己竟然在考虑这个提议而感到惊讶。她以前可是很少相信人的，尤其是男人。

劳伦露出一丝微笑："不会，我敢保证，他不介意。等你把他困到跑不了的地方，帮我个忙，跟他聊聊他的爱情生活，好不好？我只希望他能找个别的人替他做饭，可是他老想着照顾我们，不肯去想那方面的事。"

卡拉摇了摇头。她不擅长谈论私人话题，尤其是跟个人关系相关的，况且她也没有可供参考的正面经验，提供不了好建议。

"我，呃，我对那方面不太懂。"

她的表情一定很惊恐，劳伦看着她哈哈大笑。"不谈也行。"劳伦说道，"要不这样，好好欣赏路上的风景，就当我谢谢你虽然有机会却没撞上我的孩子。说实话，虽然两个可爱的小家伙让我很头疼，我还是很爱护他们的。"

这一点卡拉倒是能做到。享受路上的风景，大幅度接近基韦斯特，这听起来似乎是个很棒的计划。说真心话，如今这年月，有计划总比没计划好。

第十章

上路的第一个小时最是尴尬，两人谨慎地你来我往了几句。海明坐在两人中间，卡拉拿它当手头玩物，一会儿戳戳脸，一会儿捏捏鼻子，直到它欣喜得缩成一个球靠着她的腿，感激地叹了口气。

麦克扭头哈哈大笑，但没有说话。卡拉想到自己正跟一个完全不熟悉的人同行。

"我……呃，还不知道你姓什么呢。"她说道。

"麦克布莱德。"他全神贯注地看着路面说道。

"麦克·麦克布莱德？"

"呃，不是，其实不是。我的名字比较书呆子气，所以伙伴们从初中开始叫我麦克，我就一直用了。"

卡拉点点头。这就说得通了。她想不出更多不涉及私人的话题，只是好奇他的真名是不是赫尔曼或者阿尔弗雷德之类的。但出于很明显的理由，她不愿多谈名字的问题，于是只能默不作声。

到了第二个小时，卡拉开始觉得这种尴尬的沉默真的很古怪。于是她提起了汤米，谢天谢地，这个恰如其分的问题引得他打开了话匣子。他们很快就像正常人一样互动起来，让她松了一口气。

"你看见他关注狗狗的爪子了吧？人们以为他不知道那是怎么回事。我跟你说，那小子的小脑瓜里想的东西多着呢。"麦克瞥了她一眼，然后重新看着路面。

"我也觉得。"卡拉发现，一聊到汤米，甚至是莱西，他的脸色就会缓和下来。她没跟任何舅舅舅妈接触过，但是麦克似乎在这方面很在行。

麦克咧嘴笑了笑，单手握住方向盘："他们拆了差不多一整卷厕纸，一圈一圈地缠到那只爪子上。"

卡拉点点头。那场景非常震撼，一看见她走出门，海明便露出了"快救救我"的表情。

"我还以为它的爪子到现在已经愈合了。大概一星期之前，我从它爪子里拔出了一块玻璃，之后看着像是好了，我就把绷带拆了。拆完之后也没见它再一瘸一拐的。"

海明最近走了很多路，她突然想到。或许在它走路的过程中，她并没有注意。她觉得羞愧，就像个疏忽大意的妈妈一样。

"你把莱西的杰作拆掉那会儿，她也很不高兴。别叫她给糊弄了，俩人做的所有事情几乎都是她领头的。不过她对汤米很有帮助，她把他当作有时会比较讨厌的小弟弟，而不是一个残疾人。"

听他的话，感觉有人把汤米当成残疾人看待，但是卡拉不打算问过于私人的问题，就没再接着问。话题一定要保险。

"谢谢你给他绑上正经的绷带，以后我会多注意它的。我在基拉戈下车之后，会去买些绷带和消毒剂。"她努力不去思考开销的问题，也不去想靠着手头的那一点点钱，该怎么去基韦斯特。

麦克猛地转了个弯，从主高速公路拐上了便道。卡拉担心自行车，回头看了看。车子没问题。

"这是条捷径。"麦克说，"诉讼开始之前时间比较紧，我多数都是从这里去法院见当事人的。"

卡拉一脸不可置信地看着麦克："你是律师？"

麦克笑了笑："嗯，确切地说，我确实是个律师。别那么惊讶，律师也得干些脏活累活。有些律师还喜欢开轰轰隆隆、油乎乎的皮卡车。别不信，必要的时候，我们连长筒靴都穿。"

卡拉无话可说。她设想过他是个机修工，或者……她不知道还有什么，但绝不是律师。

"来这里之前，我在大城市当律师。每天太阳一升起来就出门，累得瘫倒才回又贵又没生气的公寓，第二天再起床，再回家，反反复复。我连让我动心的案子都没做过，全都是胡扯淡，坑蒙拐骗，闲着无聊的人提出的鸡毛蒜皮的小事。腐败多得我看不下去，等到我再也承受不住，就辞职了。"

"离了律师行当？"

"全都一刀两断了。"麦克朝她笑了一下，"我远离了大小公司的名利之争，受够了玩弄政治手腕和对上层的腐败睁一只眼闭一只眼。我收拾好行李，把东西都卖了个干净，就来到了这里。"

"小镇子就没有腐败了吗？"卡拉不知道自己为什么要问这句话。想到哈娜和她最近惹下的麻烦，她明白，没错，小镇子的高层也有不少坏人，他们是腐败滋生的温床。

麦克哈哈大笑："肯定有啊，但至少我不用再蹚他们的浑水了。我决定重拾高中最爱做的事情。以前我爸不支持，说那是浪费时间和精力。"

"什么事情？"

麦克从方向盘上抬起双手，翻过来给卡拉看他的手掌："做手工活。我制作东西，能卖的卖出去，挣口饭吃。要是卖不出去，生活很艰苦，我就靠存款。不过，这么跟你说吧：我一天都没为中年危机悔恨，因为除了逃离之前的快节奏职业之外，我发现自己回到了那个最需要帮助的人的身边，虽然她从来不肯承认。"

"她很坚强，不是吗？"

麦克瞥了卡拉一眼，眼中露出了瞬间的温情，然后把目光转回路上。

"她的确很坚强。你看她全靠自个儿做的事情。那栋房子感觉很温馨，像个真正的家。房子不值多少钱，却充满爱意，而且舒适，而这些正是我的公寓和我爸妈的房子所缺少的。"

"你很为她骄傲嘛。"卡拉轻声说道。

"我必须为她骄傲啊。她以为是我跑过来救她于水火之中，但是说实话，她才是我的大英雄。"他有些哽咽，伸手摆弄电台搜索频道，又把电台关了——这些全都是为了掩饰他试图压抑的情感。

"她很担心你的爱情生活。"卡拉脱口说道。

麦克往后一靠，哈哈大笑，把紧张的气氛缓和了下来："我知道！她老问我什么时候会认真谈恋爱。"

"你有恋爱吗？"

"当然有啊，只是我不带约会对象见劳伦，否则她会在我们互相了解之前叫我赶紧订婚，在干净的小区买个房子，养只家庭宠物。"麦克皱着眉头看向她，"你问这个做什么？对我有意思？"

卡拉的脸一直红到了脖子根。她不聊私人话题的原因就在于此：话题最后总是会绕回到她身上。她不愿谈及这个话题。

"呃——没，我不谈恋爱。"

"瞧把你吓得，我开玩笑的。你不谈恋爱？可以说说原因吗？你人看起来挺好的，相貌也可以，怎么不谈恋爱呢？"

卡拉盯着车外的路面。怎么不谈恋爱呢？自上次约会以来，差不多一年过去了，不过中间也有人提出过几次邀约。她一般会拒绝，因为要工作，或者哈娜想和她一起做什么事。有时候，她得用闲暇时间做家务。

现在仔细想来，她发现自己总是在找各种借口。如果要对自己说句心里话，她知道自己不过是为了避免受伤害罢了。她并不是没有约会过，她约会过，可是她人生中的每一个男人最终都选择了弃她而去。

如今，要说到抛弃，她要做主动的一方，反正她也没办法跟任何人组成真正的家庭。可是她不想让麦克向她表示同情，她不需要同情。最后，她做出了回答："可能是还没遇到能让我奋不顾身的人吧。"

车子继续行驶，中间停了几次让海明撒尿，他们终于驶进了一个小社区。

"罗克港。"

"什么？"卡拉被麦克的声音吓了一跳。她依偎在窗户上，脑子里对比着莱西和汤米，觉得他们的情形跟卡拉小时候的认知相似但又有所不同，想到劳伦不肯向这世界屈服。

"这儿是罗克港。你就在这里下车吧，我好去赴约。"

卡拉很高兴能够再次回到路上，只剩她和海明享受微风的吹拂。麦克停下车，卸下自行车和拖车，两人道了别——再次很尴尬——不过卡拉很开心自己和海明又能重新孤身上路。

第十一章

　　卡拉一路骑过一座又一座桥，从罗克港来到塔弗尼尔，进入伊斯拉莫拉达的第一座岛屿，身上的刺痛感远非简单的疲劳所能描述，而且她开始焦躁起来。钱几近于无，她很快排除找个能让狗狗入内的廉价旅店的想法，向海滩驶去。她希望在身体散架之前能有力气撑起帐篷，给她们两个找点吃的。

　　"海明，我觉得汤米把病毒传给我了。"她嘟嘟囔囔地说道，却没力气转身看海明有没有听到。

　　塔弗尼尔给卡拉增添了不少麻烦。从麦克的车上下来之后，她拐错一条路，试图回到正路的过程中又拐错了几次。她几乎有了停车问路的冲动，可是她的自尊心太强烈，不愿那么做，于是干脆偷懒去伊斯拉莫拉达，把那当作歇脚的地方。

　　"海明，今天就快要结束了。"卡拉虚弱地喊道。她又跟海明低声说了几句，连她也不知道自己在说什么，只是尽量让它在后面不觉得那么孤单。她好奇小狗会不会感染感冒细菌或病毒，希望它不会吧，因为她越来越难受，觉得只顾自己就已经很艰难了。

海明一整天都很乖，基本没怎么出声。卡拉让海明跑了四分之一英里，发现它稍微有点跛脚，就把它叫回拖车上。她不明白海明的爪子怎么还没愈合，对此很是担忧。那只爪子虽然没有渗血，却红通通的，明显是发炎了。她真的有必要找个兽医，最好是能免费看病的那种。她心里明白，海明需要一些抗生素。她竭尽全力地跟海明说话，头转到一边，努力调动继续前进的精力。

她们真是一对难友——海明的爪子受伤，卡拉像个头脑发热的神经病一样胡言乱语。

十五分钟后，她们终于来到海滩，卡拉的双腿已经软得像面条了。她没了寻找营地的力气，只是随便找了个能打掩护的小树丛。细微的波浪声从远处传来，她很想把帐篷扎在离海水近一点的地方，但又觉得半遮半掩的最好。她不了解伊斯拉莫拉达的岛屿，要是这里贼很多，她希望他们今晚正好休息。四处没见到"禁止露营"标识，不过她此时全然失去了观察能力，没看见也实属正常。

车子停好，海明跳下来，开始巡察整个区域。卡拉由着它去，知道它不会跑远。海明显然把保护她很当回事，从它不断折返查看她的情况然后再跑出去，就能看得出来。

卡拉搭好帐篷，在她们的衬垫和毯子上躺了会儿，才转身拿背包找东西吃。

"海明！"她一边撕开狗粮包装袋，一边喊道。

火鸡和肉汁的香味扑鼻而来，她的胃差点咕咕乱叫。连狗狗都比她吃得好，她觉得有点荒唐，但由于她已经破产，身体也不舒服，就拿咸饼干和花生酱凑合凑合吧。

卡拉刚把湿狗粮倒进海明的碗里，它就从外面冲进了帐篷，时间恰好过了两秒。海明差不多吃完的时候，卡拉连饼干盒都还没打开。

"小家伙，饿坏了吧？对不起，我今天把晚饭的时间拖得太久了，是不是？"卡拉知道，一旦停下，她就不会再爬上自行车，所以今天比平常蹬得久了些。她抬手摸了摸额头，试图判断发烧的严重程度。她愿意拿任何东西换几粒布洛芬，可是附近并没有药店，人家也不会免费发放，她只好放弃这个念头，吃了口饼干。

吃完晚饭，卡拉把所有东西收好，拿着空包装袋去找垃圾箱。海明紧随其后，让她在昏暗的光线中磕磕绊绊地走回帐篷时觉得很安全。她掀开帘子，海明先钻了进去，她跟在后面拉好拉链，头还没着地就已经睡着了。

海明最初的呜呜声没能吵醒卡拉，但它的吠叫声做到了。现在她明白了二者的区别：呜呜声是警告，说明它可能听到了异常响动，吠叫就是绝对的警戒了。她两眼雾蒙蒙地坐起身。

"海明，怎么了？"卡拉嗫嚅道，"我病了。求求你，别叫了。"

她一说话，脑袋就愈发疼痛。

"谁在里面？"帐篷外面传来沙哑的喊叫声。

卡拉没吭声。

"我问谁在里面？这里禁止露营。"那人再次喊道，"你要是识字，就能看见到处贴的告示。禁止露营。严禁露营。"

卡拉听出那是一个老人，她稍微安心了点，但也只是稍微而已。她沮丧地扶住海明的脖子，拉开帐篷拉链。

"是我。"卡拉伸出头说道。

"出来收拾行李。"老人说道，"马上离开这里。前面路边上有宿营区。"

夜色已深，月亮高高地挂在空中，沙子反射的月光让她看清了眼前的人。他年纪很大，衣着褴褛。

"你是管理员吗？"

卡拉一边爬出帐篷，一边问道，一只手还拉着海明。不知怎么的，她觉得这暴脾气的老头要是被咬一口，绝对不会善罢甘休。她抬头一看，老头也牵了只狗——规规矩矩、安安静静地坐在那里，向海明展示一丝不苟的姿态。那只狗又黑又壮，又长又宽的耳朵耷拉在脑袋两旁，像帽檐一样。卡拉看不清那只狗的表情，可它眼睛周围淡黄褐色的圈让人觉得它的神情很忧伤。

"不是，我不是管理员。"那人吼道，"我一辈子都在这海滩附近住，差不多九十年了，所以我想赶你走就可以赶你走。我这地方绝不能变成嬉皮士的宿营区，想都别想。"

如果卡拉没那么头晕，脑袋没那么疼的话，她肯定要哈哈大笑。她可是跟嬉皮士最扯不上关系的人了。事实上，据她所知，她是她所认识的人里唯一一个二十九岁还没碰过大麻的人。不过，哈娜倒是很容易扮成嬉皮士，而且扮相还很传神。

卡拉努力稳住身形，可她刚出帐篷，把海明安抚到可以松手，起身的那一刻，老头的手电就恰好照在她的眼睛上。那道光照得她脑袋像被闪电击中一般，她捂住脸猛往后退。她原本就因为头晕而有些摇晃，这一下晃得她差点直接栽倒。

"你怎么了？嗑嗨了吗？"老头吼道。

卡拉摇摇头："没有，我的头好疼。我发烧了，没有药，真是谢谢你了。"她知道自己的语气中带有嘲讽，可她忍不住。

老头熄灭了手电筒，好一会儿没说话。再次开口的时候，他的语气缓和下来。

"小姑娘，你确实看着有些发热。你得了哪种热病？"

瞧这老头问的，她该怎么回答？平常人得哪种热病？热病还分种类？热病不就是热病吗？紧接着，她想起来了，在老头那个年代，热病的确有不同种类。是哪几类来着？腺热病。猩红热。这些是瘟疫吧？卡拉的脑筋转不动了，她头晕得想要跌倒，一屁股坐在了沙子里。

海明凑过来，用肩膀蹭了蹭卡拉的腿，呜呜地叫着。

老头很不高兴："起来。你是不是想糊弄我？我告诉你，你不能待在这儿。"

卡拉还没说话，就觉得喉咙里有东西翻了上来。幸运的是，她反应很快，不幸的是，老头因为她反应太快而遭了殃。她往前猛吐，以免弄脏自己的衣服，却好死不死地全吐到了老头的拖鞋上。

吐完之后，卡拉虚弱地躺倒在地，然后翻身把脸贴在凉爽的沙子上。老头想怎样就怎样吧。逮捕她，埋了她，她都不在乎。她没力气在乎了。她只希望能有人照顾海明。

就在这时，海明又呜呜地叫了一声，用鼻子推了推她的脸。

突然之间，卡拉感觉有双手拉着她把她扶了起来，带她爬上山坡，离开沙丘。兴许老头是个连环杀手，或者是个老年强奸犯，不过卡拉任由他摆弄，只要能带她去个软和的地方睡觉，别的她就真的都不在乎了。

卡拉闻到咖啡的味道。这说明她还没死，然而她很怕再次经历昨天晚上撕心裂肺的头痛，犹豫着不敢睁开双眼。海明在哪里？

她伸出一只手。

她往右摸了摸，又往左摸了摸，都没找到海明。

紧接着，她突然觉得这不是自己熟悉的毯子或帐篷材质。

她噌地一下坐直，眼里充满了恐惧。

"哟，你醒啦。恭喜你活过来。"老头坐在一张小桌旁，啜着咖啡说道。

卡拉低头看看双腕，惊喜地发现上面没有手铐，也没有绳子。她不是被绑架了吗？她到底在哪里？她看着老头，试图判断他虽然一把年纪，是不是还很危险。

目光移动，她看见海明坐在老头脚边，脸上带着满足，甚至还有些无聊。

叛徒。

"我在哪儿？"

"你在从没有人涉足过的地方。"老头生硬地说道。

卡拉斜眼看着老头，思考着他是不是在开玩笑。不得不说，老头看起来并不危险。然而，泰德·邦迪也是一副人畜无害的样子啊。

老头一脸严肃，不过使了个眼色："你在我的海景房里，对了，我要为把你从海滩上拖到我家这一粗鄙行为表示歉意。你仔细看的话，会发现除了鞋子之外，衣服都还穿在身上。你的贞节没有受到损害。我无意害人。"

"你？扛着我？"

"我没说扛着你，你也别看不起人。我虽然人老了，又没死。你自己走过来的，不过瞧你没个爆米花派重，我要想扛也能扛得动。"老头被自己的笑话逗得哈哈大笑。他见卡拉没和他一起笑，便骤然停住了。

"听着，你当时明显是生病了。我没给你量体温什么的，但我看得出来你浑身发烫。我虽然是个坏脾气的糟老头，却不是一个无情无义的人。这世上有太多道德败坏、四处乱窜的坏蛋，我绝不会把生着病、毫无防身能力的你扔在那儿。"

卡拉为自己的疑神疑鬼感到惭愧："对不起。我是说，谢谢你。"

"噢，我喂你吃了几片布洛芬，喝了几口水，可能你不记得。

你当时像个疯子一样胡说八道，提到你妹妹，还有要逃跑、逃跑、逃跑。"

卡拉猛然间完全清醒过来。她还说了什么话？她觉得胃里泛起一股沉重的恶心感。她得离开这里，立刻就走。

海明从地上跳起来，走到卡拉坐的沙发旁边。卡拉转身把脚放在地上，海明爬到她的怀里。卡拉撅起嘴，它亲了一口。它又自学了一招。突然，她产生了一股与在陌生人家里醒来完全不相干的恐惧。

"我的自行车呢？"卡拉看着老头说道。

"在我的库房里，跟你的其他装备一块儿放着。在你赔偿我的鞋子之前，先把东西押我这儿。"老头起身走进小厨房，"你吃不吃早餐？"

鞋子？噢，糟糕。卡拉想起来了——她吐到老头的鞋上了。她脸上一红，然后摇了摇头："不吃了，我可以喝点凉的。我不喝咖啡。"

老头嗤之以鼻："新时代的孩子，不喝咖啡。怎么的，喝咖啡对身体不好？瞧瞧我，我喝咖啡喝了快一百年了，怎么还没死？"

老头走到冰箱前，拿出一瓶橙汁。他没问卡拉喝不喝，直接倒了一杯端给她。

卡拉两手握住杯子，体会那冰爽的凉意。她还没适应佛罗里达群岛的闷热天气。

"谢谢。"

老头轻哼了一声，回了厨房，在水池那儿打开了水龙头。

"你妻子在吗？"卡拉一边四处看着，一边问道。这里似乎是个小小的移动房子，虽然不豪华，却收拾得干净整洁，干净得不像单身汉能做到的样子。

"嗯，她在。"他头也不回地说道。

难怪这么整洁，卡拉心想。她看向小过道，希望他老婆走出来，好让她起身溜掉显得不那么尴尬。

"她就在你面前。"

卡拉嗖地往后一退。她面前只有一个小娱乐中心，上面放着电视机、书籍、几个相框和一个花瓶。角落里有张空空如也的木质摇椅，旁边摆着灯和一摞书，说明那是整个房间里最经常使用的家具。她怎么都看不到另一个人的存在。

"哪儿呢？"

老头还没搭话，卡拉就反应过来了。那个花瓶。

卡拉浑身一震，强忍住起身逃掉的冲动。她始终应付不来死亡，更不要说人的骨灰了。

"对不起。"她挤出了这么一句。

"哦，你之前说过了。"

"可是……我的意思是——"

老头转身冷冷地看了她一眼："我明白你的意思。我不需要那些安慰话。我一个人过得挺好，很快就能跟卡拉拉团聚了。"

"卡拉拉？"她终于等到把自己从坑里拉出来的机会。

老头拿起毛巾，迅速擦干了双手："对，卡拉拉，我去世八

107

年的妻子。哦，等等——你又要说对不起了吗？如果那样，我收回这句话。"

唉，这老头可真活泼啊。

"不是，我想说我叫卡拉。除了多一个'拉'之外，拼法是一样的。"

老头冲天花板翻了翻白眼，才把目光转向卡拉："看见没？又来一样如今你们这些小孩子做的事情。你为什么你非得玷污卡拉拉这么一个好名字？这名字是不是有什么问题，让你非得把它扭曲改造？卡拉拉是个好名字。我告诉你，这是个好名字。"

老头脸上因愤怒而堆起的皱纹渐渐消失，他叹了口气。卡拉看得出来，老头很倔，却是真的很想念他的妻子。

"名字不是我自己起的。"卡拉看着老头回到桌边坐下，"我妈妈给我取名卡拉·格蕾丝，我妹妹叫哈娜·玛丽。"

"就是你昨晚唠叨不停的那个妹妹？"

卡拉点点头。她莫名其妙地觉得这老头没什么危险。说实话，所有的秘密压在心头，开始让她觉得自己是个罪犯。

"卡拉，既然我知道了你的名字，想必也该告诉你我的名字。"老头卷着舌头讽刺她的名字，"我叫亨利。"

"很高兴见到你，亨利先生。"

"你姓什么？"老头一副可能认识她家人的样子。

机会渺茫。连她都不认识自己家族的人。

"巴特。"这两个字好难说出口——这是必然的。每次低声说出自己的姓，卡拉都会想起她和哈娜为此受到的揶揄和嘲弄。

"巴特姐妹"——卡拉·巴特和哈娜·巴特，还有那句流传已久的笑话——巴特姐妹，看身材美若天仙，看脸蛋吓死老天。她很多年没听到了，但每次互报名字的时候都会想起来。

亨利只是点了点头："我也有过妹妹。"

"她去世了吗？"卡拉看看屋里，问道。希望别又来一个花瓶。

亨利走到摇椅前，笨拙地躺进去，仿佛全身的力气被突然抽离。

"去世了，很久以前就去世了。所有人都走了，只剩下老布斯特陪着我。"他用脚轻轻碰了碰那只狗。

布斯特转头看看亨利，在卡拉看来，这一人一狗之间的眼神交流只能用终身朋友的深情来描述。卡拉把目光转向海明，希望它有一天也能找到那样一个人——无条件地爱护它、要什么给什么的主人。

她希望自己能做那个人，可是海明应该有个更好的归宿。在成年以来的大部分时间里，卡拉的工作换了一份又一份，住的地方换了一处又一处——通常不允许养宠物——这就是她不稳定的生活的缩影。海明需要一个安稳、长久的家，不能跟着她一起流浪。

卡拉决心要让海明过上她一直渴望的生活。如果身边的一切都将变得支离破碎，那么在此之前，她的最后一个善意之举将会是为它找到一个家。

第十二章

　　卡拉推着真空吸尘器走来走去，老机器的声音和往复的动作给她带来一丝安慰。这是卡拉和海明跟亨利和布斯特相处的第三天，那天早上，卡拉告诉亨利，这是他们待的最后一天，不能再推迟了。她得回到路上，完成朝拜海明威的目标。现在她离那儿只剩下不到八十英里，那种急切的心情越来越难以抗拒。

　　听完卡拉的话，亨利愠怒地看了她一眼，踱步出了门。卡拉看见他从库房出来，手里提着钓鱼竿和钓具箱。他扭头往身后看了一回，像小孩子试探妈妈会不会叫他回去一样，然后走进挡在他的房子和海滩之间的小树林。

　　海明和布斯特相处得很好，不过看着海明试图引逗那只上了年纪的狗一起玩却每次都遭到冷漠的对待，实在让人忍不住捧腹大笑。布斯特总是一副慵懒的样子，只在早晚餐的时候才会起身。然而，海明非常开心，因为布斯特不介意分享自己的玩具和骨头饭，导致年纪较小、精力充沛的海明疯了一样地追逐玩具。

与此同时，卡拉努力地替亨利干活。亨利曾跟她说过，他不想死了之后被人看到他和卡拉拉的家被他搞得乱七八糟。当然，从表面上看，一切都井然有序，可一旦打开橱柜、抽屉和柜子，就能看出来这个老头这些年可真会藏东西。他什么都舍不得扔，卡拉做清洁的时候，他得跑出门去，免得看见她扔东西心里难受。举个例子，卡拉忙了半个上午，扔了好多过期食品，擦洗积垢和脏污，才把他的冰箱和冷柜清理干净。

　　卡拉还给亨利做饭，用他现有的最简单的调料做出看似一般却营养丰富的饭菜。他很高兴能吃到热乎的食物，可是当卡拉端上她最拿手的生面团和蒜末烤面包鸡肉的时候，他却喊着不要这些"花里胡哨的东西"。结果，亨利把盘子里的食物吃得干干净净，还羞怯地喊着再来点。

　　他不停地说起他的妻子，说得卡拉觉得自己好像亲眼见过卡拉拉一样。卡拉最喜欢听他们见面当天的故事，在一场异常猛烈的热带风暴之后，它发生在为被摧毁的邻居家举办的老派谷仓募捐会上。

　　卡拉喜欢听他谈论那时候的社区居民互帮互助的事情。亨利说，正值豆蔻年华的卡拉拉穿着她哥哥的工装，头发扎在脑后，往皮卡车的后挡板上放了一盘热气腾腾的苹果派和一篮子炸鸡，然后静静地站在那里，一副要跟所有人做出同等贡献的样子。两人肩并肩地卸下胶合板，运给修理旧房屋框架的工人。他们聊到总统，聊到海洋上空酝酿的另一波暴风雨，聊到亨利十八岁参军的打算。

"她不仅是我遇见的最漂亮的姑娘，还是做工的一把好手。那一天下来，我不只被她什么话题都可以聊的能力折服，我简直是被她俘获了。"亨利笑着说道，那嘴咧得卡拉都能看见他的牙缝，"我在谷仓后面拦住她，表明了我的心意。她哈哈一笑，说我只是在开玩笑，可是一年之后，我们就在那个谷仓结了婚，当天参与募捐的人都来为我们作见证。正如我从看到她的第一眼就知道的那样，她让我这一辈子没有白活。"

卡拉心里明白，亨利对妻子是一片痴心。如果卡拉见过自己的祖父，他一定是老亨利这个样子。对于终日只有一只狗作伴的人来说，冷眼对待打扰清静的闯入者也是人之常情。但在那冷峻的外表之下，他的和蔼不止一次流露出来，比如他从库房里推出卡拉的自行车，动作缓慢却有条不紊地擦洗、充气，拧紧所有螺栓，再试试车闸是否安全，一忙就是一整天。

而且亨利非常忠诚——当他讲述一九三五年的那场台风和他的狗狗丢失的故事时，卡拉发现了这一点。那时的亨利还是个小孩子，所有人都放弃了搜索。亨利没有放弃，正因为这个信念，在他像闲暇时坐在前廊上扫视地平线的时候，他最好的朋友在五天后跛着腿回家了。

最神奇的是，那条狗后来产下了一窝又一窝的小崽，几十年间保持着血统的传承，一直延续到如今躺在海明身边的那只。

"我每选一只狗，心里始终都会想着第一段有关布斯特的记忆，可是现在我们俩都快不行了。人生苦短，至少我们能互相陪伴着老去。"亨利说道。

卡拉把头扭到一边，不想让亨利看见因为他诀别的语气而蓄积在眼角的泪花。她不断提醒自己，别跟亨利和布斯特产生太深的情感联系，因为她和海明只不过是匆匆的过客。

吸尘工作终于完成，卡拉拔出吸尘器的插头，打开橱柜。最顶层的一个盒子吸引了她的目光，她拿下来，掀开盖子。里面装满了相册和零散的照片。

第一张照片里是一个小男孩和他的小狗。一看到那张歪着嘴的笑脸，她就知道那是亨利。他穿着成套的夹克和裤子，衣领上歪歪扭扭地别着小小的蝶形领结。照片已经褪色，但卡拉敢说那只狗跟布斯特十分相像。

卡拉拿着照片仔细端详，陷入了回忆。那天是复活节，她和哈娜兴奋地等待参加当天晚些时候的邻里寻蛋活动。她们好几周前就在教堂听说了这个活动，当时的养母答应姐妹俩带她们去参加。寻蛋活动的那天早上，她和哈娜找来棕色纸袋，拿出一桶马克笔，一起往廉价袋子上画兔子和迎春花。两人忙活的时候，家里的其他人都在教堂里。

她不介意独处，而且说句公道话，养母说她们没有合适的复活节服装，所以不能去教堂，也确实没说错。装着从一个个寄养家庭拿来的百家衣的袋子里面没有复活节衣裳。

哈娜的嘴撇了好一会儿，可是家人刚一出门，卡拉就搜遍食品室，找到一盒藏起来的"果味麦圈"——在开始做手工之前就吃得一干二净——让妹妹终于高兴起来。

"至少我们还能去寻蛋。"哈娜的坏心情终于消散，最终说道。

可惜天不遂人愿。

早餐过后，姐妹俩画完袋子，穿上最好的衣服——虽不精美，却也绝不丢脸——在前廊上等着。漫长的等待让人心急如焚，哈娜时不时地跑进屋里看表，每次出来都为又过去一分钟而更加生气。寻蛋的时间到了又溜走，一家人还没回来，卡拉立刻就明白，他们撇下了姐妹俩，自个儿去了。

哈娜却仍然心存希望。

哈娜的信念持续了几个小时，直到天色已晚，他们还没回来。卡拉劝妹妹进了屋，妹妹倔强地憋着眼泪，把火气全撒在了厨房里。

卡拉哀求哈娜停手，可是她倒空了面粉、糖和所能找到的每一个已经被打开了的容器。

接着，她开始对那些没有打开的容器下手了。

当一家人终于回来时，哈娜已经被洗得干干净净，跟卡拉躺在床上了。门被打开的那一刻，哈娜浑身一僵，而在养母的第一声尖叫传遍整栋房子的时候，她的身体更加僵硬了。然而，什么也阻挡不了哈娜脸上满足的微笑和卡拉心头无尽的恐惧。

卡拉和妹妹一起挨骂，一起受罚：一周之内全靠罐装猪肉和豆子过活，包揽所有家务。哈娜曾说，能让养母稍微体验一下被人遗忘所带来的怒火，这一切都值了。

离开那个寄养家庭之后，两人谁都没再碰过猪肉和豆子。不仅如此，哈娜还拒绝了参加复活节寻蛋活动的任何邀请，这就意味着卡拉永远也无法体验跟其他孩子争着寻找彩蛋和糖果的乐趣了。因为那个下午，姐妹俩发誓从此不过复活节。

卡拉又翻了几张照片，觉得仿佛在看一个男人生平的剪辑：婚礼、毕业典礼、家庭聚会，甚至还有钓鱼、放风筝和夫妻之间的感人时刻。这感觉就像看着他度过了卡拉梦寐以求的人生——家人和睦，子孙满堂。

可他们现在都在哪里呢？

门哐当一声被打开，卡拉听见亨利拖着脚步踩在硬地面上——她现在已经很熟悉这种声音了——朝她所在的房间走来。她把盒子推回橱柜，刚起身就看到了亨利。

亨利先是露出一副奇怪的表情，这个表情让卡拉捉摸不透。一时间，卡拉怀疑亨利会因为她侵犯他的隐私而把她赶出去。

紧接着，亨利笑了："原来你一直在打探我的生活啊？我几十年的记忆全都放在一个小盒子里，你觉得怎么样？明白我们有多渺小了吗？"

卡拉觉得自己的脸红得都要滴水了。

"我真的很抱歉。我没想乱翻东西，可是看到第一张照片之后，我就停不下来了。我想看看你和卡拉拉第一次见面是什么样。求求你……我——对不起。"

"拿着盒子去厨房，在那儿我能看得清楚。这些照片好些年没动了，我这双老眼需要足够的光线。这是你自找的，现在你得听听老头追忆逝去的人生。如果你觉得前几天的我有些絮絮叨叨的，这回就让你好好体验一番。"亨利转身"砰砰砰"地走出了房间。

卡拉回到橱柜前，拿起那个盒子。老亨利自以为能用故事折磨卡拉，可他不知道，聆听充满爱意和忠贞的家庭故事，卡拉一直都乐在其中。她等不及去听亨利讲故事了。她要一字不落地从头听到尾。

第十三章

从通往马拉松群岛的第一座岛屿的大桥向下望去，卡拉脚下使足了劲。这一路走得心情舒畅，如明信片一般连绵的风景冲击着她的感官，让她越来越为自己朝拜海明威故居的决定感到高兴。虽然努力专注于自己的终极目标，但不得不承认，她已经在想念亨利和布斯特了。

跟他们道别真的很不舍。亨利逐一取出盒子里的纪念物，彻底向她吐露心声，讲述每一样纪念物背后的故事，然后恳求她留下，说她的身体还需要恢复，暂时不能上路。

卡拉一眼看穿了亨利的心思：他觉得寂寞，想要有人陪着。

在亨利家寄宿的几天时间里，他们不知不觉地找到了某种令人舒适的相处节奏，可是当那个地方开始有了家的感觉，卡拉就知道，天下没有不散的筵席。她或许不是世界上最好心的人，却不至于无情到让自己的麻烦拖累一个老头。留下来只会给老头添麻烦。

当卡拉告诉亨利明天就要启程，说这是情非得已时，他看起来十分沮丧。

卡拉别过头，给亨利时间去重振精神，然后带他看收拾得焕然一新的冰柜，里面装着她用几个下午烹制的砂锅菜。每一样菜上都贴了一张纸条，列出解冻和加热的方法。她记得亨利给她看过一张照片，吹嘘当年的他是多么英俊潇洒。她告诉亨利，那些食物大部分有益身体健康，可说实话，她往里面加了一点辣豆——亨利特别喜欢她的这种烹饪方法，这下他的肠胃要遭罪了。

亨利向卡拉表示感谢，拿出五十块钱作为打理房子的酬劳，说真希望自己能多给点。卡拉知道亨利的生活有些拮据，却在她给他列出食材清单，叫他拿着去商店里买来做饭的时候几乎毫无怨言。她很感激亨利给她钱，毕竟她还想在路上再买些狗粮。然而在她离开之前，这个任务就被划掉了——亨利递给了她两个一加仑装的密保诺袋子，里面装满了布斯特的粗磨狗粮。

亨利弯腰告诉海明，它玩得那么欢，他几乎——不是非常，只是几乎——想再养一只狗了。紧接着，他挺直腰板跟布斯特道歉，说他纯属开玩笑。听到这话，卡拉不禁笑了。

从伊斯拉莫拉达出来的路上，沿途景色秀丽，一派静谧，卡拉几乎质疑起自己的坚持离开是否是正确的选择。她看得出来，就连坐在顶篷下的海明也很享受这三英里的乡村风景。

看着大桥下方的景致，卡拉心想，要是脱下牛仔裤，跳进清澈见底的水里，那感觉该有多美妙。她往后瞥了一眼，看出海明也有这样的心思。它喘着粗气，口水顺着舌头滴了下来，目光朝着广阔的蓝色海洋飘忽不定。

卡拉想象着她们——她手里抓着它的项圈——停下车子，走到栏杆前，一起跳进桥下闪闪发光的水里。

可惜桥面离水太远，而且她们还要继续前进。

"小家伙，只剩不到五十英里啦。"她头也不回地说道。她们就快要到了，车轮每转一圈，她们离目的地就更近一分。那天，她们骑过一座又一座桥，每座桥都连接着两小块陆地，她像玩拼图一样走过一块又一块，最终到达目的地。

目的地近在咫尺，卡拉心中腾起一股兴奋感。到现在为止，她都没去想过到了基韦斯特之后会怎样。现在她心里只有两个念头：第一，实现朝拜海明威故居的心愿；第二，尽管知道自己会心疼，她还是要把海明送到收容所，看看能不能让它和家人团聚。

或者，给他找一个新家。

这个念头略微抵消了她的兴奋感，但她很快把这个念头撇到一边，决心在余下的路途中只往好的方面去想。想想这辈子即将头一次完全实现一个目标，她感到欢欣鼓舞。她多么希望能把这件事告诉哈娜——妹妹一定会被吓到，因为妹妹总以为没有她在身边，卡拉会一事无成。

有人猛按喇叭，吓得卡拉跳出了沉思。虽然原先根本就没有挡道，她还是骑着车子往桥边靠了靠。那辆车开了过去，却又在她正前方停下，挡住了她的路。两个小伙子各从一侧车窗探出头朝她挥手。从他们的表情和话语来判断，她觉得他们早已进入了狂欢状态，远在到达基韦斯特和著名的杜瓦尔聚会街之前就开始了。

"这下可好。"她嘟囔道，"这几个毛头小子想干什么？"

卡拉继续蹬车，小心地避免让他们觉察她很紧张。自行车离汽车越来越近，汽车还没开走，她只好减慢速度。

就在离汽车几英尺的地方，一个小伙子下车站在路上，逼得卡拉停了下来。她听见身后传来海明的嗥叫。

"海明，待着别动。"她单脚踏在人行道上说。

"嗨。"那小伙子说道，"你去哪儿呢，美女？"

"那边。"卡拉指了指他前面。他看不出来她这年纪已经够当他妈妈了吗？最起码也够当他姐姐了吧。

"请挪一下车，拜托。"

小伙子纵声大笑："把你车子放那儿，跟我们走吧？我们带你去要去的地方，路上乐一乐。"

卡拉强作镇定。自从上路以来，这已经不是她头一次被人骚扰了。她弃车徒步的第一天就遇到了别的车、别的人。他们大多只是污言秽语一通，或者冲着窗外吹口哨，有辆车还停了下来。她得来的教训就是要语气平静友好，但也别太友好。不过上次遇到这种事的时候，她身边还没有海明。她只希望海明别让现在的情况雪上加霜。

"谢谢，不用了。我带着狗，还有一堆东西。"卡拉朝海明点点头，"你们先走吧。"

"带着小狗一起呗。"小伙子往前走了几步，"车子放在这儿很安全。"

卡拉知道他是在胡说八道。把自行车丢在这儿，肯定不安全。她绝对不会丢下自行车去任何地方，尤其是跟一车醉醺醺的傻瓜蛋一起。

卡拉抬起一只手，希望能阻止小伙子的靠近："不，不用。谢谢。"

小伙子继续往前走，另一个染着扎眼的红发的小伙子从后座跑出来追上同伴，两人一起再度靠近。

卡拉双脚踩在脚蹬上，试图拐进车流。一辆车直冲过来，朝她按了按喇叭，然后转个弯开走，她赶紧停下。

"哎哟，哎哟喂。"第一个小伙子喊道。

卡拉不得不停住。路上车太多，没办法挤进去，而他们的车又挡住了自行车道。她往身后看了看，盘算能不能在这逼仄的空间里把自行车和拖车调头。她还没来得及尝试，两个小伙子就已经走到她的身前，一个抓着车把，红头发那个则凑近了她的脸。

海明吠了一声，这一声在卡拉听来是一种警告。接着，它又换成了嗥叫。卡拉转身去抓海明的项圈。

"别动，海明。待着别动。"卡拉说道。她不知道海明会对他们怎样，或者更严重的是，他们会对它怎样。海明个头不小，可他们毕竟是两个看着相当强壮的小伙子。海明平常很听她的话，她只希望它这回别乱来。

当那个红头发小伙子把手放在卡拉的胳膊上时，一切都有了定论。卡拉把那只手甩开，正当此时，海明从自行车上跳了下来，咆哮着朝那小伙子的腿冲去。

"海明，别！"卡拉追过去，弯腰伸手想挡住被追那人的拳打脚踢。

"叫它停下！快叫它停下！"那小伙子喊道。

另一个小伙子被朋友的糗相逗得笑弯了腰。

卡拉看不出这有什么好笑的，可她话还没出口，海明的牙就咬了上去，红头发小伙子猛地一脚踹出，海明飞出一英尺高，扑通一声侧身摔在地上。

卡拉嘴里咒骂着跑过去。海明摇摇晃晃地站起来，摆出再次扑咬那人的姿势。卡拉趁机拽住它，把它揽在身前。

"搞什么？"红头发小伙子抱住腿问道。他穿的是短裤，卡拉看到血从海明咬到的位置涌出，一直流到脚踝。

她绝不会道歉。她没做错事。

红头发小伙子抬起头，迎上卡拉的目光。见他一脸愠怒，卡拉心里怕得要命，马上打消了不道歉的念头。

"对不起。"这句话脱口而出，她抱住呜呜着要往前扑的海明，"真的非常抱歉。"

开车的人下车朝她们走来，途中停下捡起被风吹落的纳斯卡棒球帽。现在是他们三个人对她一个人了。笑得上气不接下气的那个终于觉得无趣，三个人站在她面前，他们无处发泄的怒火像一堵墙一样困住了她。

还有海明。

那个因为碰她的胳膊而被咬的小伙子踏出一步，指着卡拉

122

和海明。

"你这烂狗咬了我。"红头发小伙子咬牙切齿地说道,"我可能得缝针,谁来掏这笔钱?啊?"

"我……我……"卡拉张嘴说不出话来。

戴棒球帽的小伙子走出来:"得了,哥们,别搭理她啦。拉斯蒂,那是你自找的。"

红头发小伙子把朋友推到一边,又往卡拉面前凑了凑。

"你,你什么?"他说道,"你赔钱吗?要我们从你的狗皮里面拿吗?"

他的话让卡拉心生恐惧,她抱起海明,被它压得颤巍巍地往后退了一步。海明不喜欢突然被抱住,摆动着要挣脱开。卡拉紧紧地抱住它。

"它不是故意咬你的。"卡拉说道,"是你吓着它了。"

红头发小伙子抬高嗓音,模仿她惊慌的语气:"'它不是故意咬你的……是你吓着它了。'放屁。要我说,干脆把这狗扔到桥下,看看它能不能游泳。"

卡拉越过他们看了看自行车,期望自己能想出办法跑过去。可就算跑到车边,她又该如何抱着海明骑车呢?它个子那么大,放不到怀里,而她又需要两只手扶车把。时间一秒秒地流逝,眼前的状况越来越严峻。

她得靠嘴皮子脱身。

"这样吧。"她说道,"这事我负全责,而且我会付钱。钱全给你们。钱不多,你们全都拿去。让我去拿背包就行。"

戴棒球帽的小伙子同情地看了她一眼，另外两个则对她怒目而视。接着，被咬的那个挪开，另外两个也挪开步子。卡拉绕过他们，尽量跟他们保持距离。

走到拖车旁，卡拉把海明放下来。

"海明，待着别动。"她用最严厉的口吻说道，"不许乱来。"

所幸背包近在眼前，卡拉一手按着海明，一手去拿背包。她听见身后的几个小伙子窃窃私语，确信自己听到他们说要抓住她，把她强拖到后座上。其中一人还提到了钱。从寥寥几句话来看，戴棒球帽的小伙子显然试图劝他们别搭理她，但另外两人却因受雄性荷尔蒙的驱动而怒火高涨，她觉得劝服他们的希望渺茫。

一辆辆车驶过，却没人注意到她所处的困境。卡拉感觉自己开始颤抖，却假装没有听到他们的话。她摆弄着背包的拉链，一边拖延时间，一边迅速思考如何逃离。

"你有多少钱？"红头发小伙子问道。

卡拉打算把钱全都给他们。这是她唯一的办法。她从内口袋掏出一沓现金，然后转过身："大概有八十。"

红头发小伙子走过来，从她手里夺走现金，引得海明再次咆哮。卡拉拼命拽住它。

刚才笑得像个疯子一样的小伙子朝她这边走来，或者更准确一点，是大摇大摆地走过来。现在他脸上没有了笑意，目露凶光。"八十块算什么。叫我说，得教训教训这只狗。"他说道。

卡拉把胳膊伸进背包带里，一把将背包甩到肩上，站到海明身前。

红头发小伙子看着她，脸上带着满足的讥笑："我赞同。要是你丢下这垃圾畜生跟我们玩上几个小时，这事就一笔勾销。"

"我不能丢下它，也不会跟你们去任何地方。"卡拉小心翼翼地避免自己的语气过于尖刻，缓缓说道。

刚说完这句话，卡拉就见那小伙子气得满脸通红，简直跟她这辈子遇到的许多男人一个样。他是来真的，卡拉看得出来。他早就打算找借口为难她。卡拉看看身后，心里有了逃跑的想法。她真后悔没早些给海明拴根绳子。万一她跑起来，海明却没跟上怎么办？

卡拉进退不得。她看向戴棒球帽的小伙子，看看他能不能施以援手。看得出来，他并不想伤害她。可是他能鼓起勇气替她说话吗？

那个小伙子跟她短暂地对视了一眼，然后转身看向朋友。"拉斯蒂，你这是要把我们往火坑里推啊。"他说道，"咱们走吧。"

红头发小伙子转身面对他："你再说一句话，就自己走回去。你要么就帮我们，否则就是跟我们作对。莫非你也想下去游个泳？"

戴棒球帽的小伙子举起双手，往后退开，仿佛他也不知道该怎么办。另外两人没理他，径直朝卡拉走来。

卡拉不由自主地——她好恨自己——边哭边退。海明察觉她的悲痛，再次咆哮起来。卡拉被身后的什么东西——可能是块石头，也可能是个浅坑——绊了一下，本能地松开海明的项圈来稳住身形。她摔倒在地，幸好背包减缓了冲击力。她惊恐地翻过身，准备叫海明别乱动，可它立即跑了过来，关切地用鼻子蹭她。

那几个小伙子从海明的身后向她们逼近。

卡拉等到海明凑到面前，伸手把它的嘴拉到自己嘴边。

"海明，咱们要跑了，你得跟着我。"她轻声说完便一跃而起，"海明，快！快来！"

她冲着跟自行车相反的方向狂奔而去，回头看了看海明有没有跟着。那一幕仿佛奇迹一般：它跟在后面。

红头发小伙子骂骂咧咧，但是卡拉脚下不停。海明在身旁一同奔跑，她暗自感谢上帝，幸好他们没追过来。她只希望他们能不找事，直接开车走掉，她再回头来骑自行车。

一人一狗跑了大约二十英尺，卡拉才转头望向原来的地方。身后的情景让她停下了脚步。海明抬头看着她，仿佛在问下一步做什么。

"噢，不，海明。"卡拉轻声说道。

几个小伙子还没上车。他们或许一会儿就走，但那得是在他们把自行车和拖车从桥上扔下去之后。戴棒球帽的小伙子站在一旁，他的朋友们几经周折，终于在几个喘息之后把车子抬上了桥边。唯一的交通工具扑通一声坠入水中，立刻向海底沉去，卡拉感到胸口一阵翻腾。

震惊之下，卡拉呆立当场，可是当几个小伙子转身看向她，想看看她有没有目睹他们的杰作时，她猛然醒悟过来。她心口如针刺一般，绝望地再次开始狂奔。

第十四章

夜幕降临，卡拉浑身酸痛，但是她和海明坚持往前走，不过这是在她经过一番研究，发现完全没有一点办法从水里捞出东西之后。掉下去的物品顺水快速漂远，怎么都够不着了。

卡拉想起了吉姆女士和克莱德，想到他们精心制作的礼物就此失去，心里涌起一阵愧疚。但正如她这辈子所做的那样，她做了几个深呼吸，重新回到路上，一脚一脚地往前走去。

虽说那三个小伙子把自行车和拖车扔到桥下就开车走了，卡拉仍然担心他们会调头回来找她，所以她谨慎地观察着路上的车，一旦有相似的车驶近，她和海明就往阴影的更深处躲躲。

一路走来，卡拉的肚子咕咕叫，舌头干巴巴的，但是她更担心海明的状况。明知它饿了、渴了却没有任何办法，她心里很难受。当然，海明不知道她为什么会突然停住脚步，关心它的需求。海明很久以前就把心交给了她，可她现在要让它失望了。

"海明，走快点。"卡拉温柔地说道。

雨丝轻轻飘落，海明不喜欢身上被弄得湿漉漉的。卡拉看得出来，海明的速度在减慢，每隔几分钟就会瞄她一眼，仿佛在揣测是不是要停下歇歇。她知道海明累了，可是没了帐篷和睡觉用的装备，她不敢停下。她还没从几个小伙子造成的阴影中缓过来，觉得在黑夜中行进比较好，因此她想尽可能地多走一段距离，争取在明天早上抵达基韦斯特。

至于到了之后做些什么，她心里还没谱。钱没了，日子会很难熬，但她会想办法。

她们走了好几个钟头，卡拉很想继续，可是小腿用痉挛表示了抗议，催促她改变主意，找个地方蹲上一会儿。

眼前出现了一条废弃的商业街，她领着海明绕到后面。这里显然被人当成了垃圾倾倒场，卡拉看到塞得冒出来的垃圾桶后面有一堆纸箱，不禁松了口气。

"我看电影里这么做过。"她一边嘟囔，一边翻弄纸箱找寻底下还有没有没被淋湿的。

现在她累得浑身无力，决定休息一会儿。她利落地扯开两个大纸箱，在砖墙附近铺平，又拽开另一个大箱子的一侧，支到刚刚铺好的纸垫上面。

海明在旁边的小水坑里喝水。

"过来吧，小家伙。"她爬进自己搭建的避难所。海明跟着钻了进去，转了几圈之后，在她身旁趴了下来。

卡拉躺下来，蜷着身体抱住海明，庆幸还有它带来的一丝安全感。她伸开疼痛的双腿，伸到箱子外面，已经顾不上这地方舒不舒服，腐烂的垃圾臭不臭了。

她想起哈娜，妹妹是绝不愿意在垃圾桶后面睡觉的，或者纸箱里。是的，妹妹也许会找家旅店，凭一张嘴换来免费住宿。

可那是哈娜的处世之道，卡拉毕竟不懂花言巧语。她知道自己的忍耐限度，垃圾桶后面的几个纸盒子就够她凑合了。

几秒钟之内，她已然沉入梦乡。

几个钟头过去，卡拉醒来，跟海明一起爬出纸箱，发现雨已经停了。天还没亮，不过她想趁阳光照在身上之前早点动身。

她把胳膊抬到头上，又弯腰触到脚趾，试图缓解身上的僵硬感。她知道自己一定很邋遢，可除了抚平蓬乱的头发，展平裤子上的褶皱，她什么也做不了。

她终于准备上路了。

海明又找到几处水洼，卡拉任由它喝了个饱，这才开始动身。照她的估算，她们只睡了三四个小时，虽然肌肉依然酸痛，她却觉得有了新的力量。

她们走啊走啊。

走啊走啊。

万籁俱寂，卡拉有了大把的思考时间。天色还早，没有人出门，唯有早起的鸟儿偶尔发出令人安心的鸣叫声打破静寂。就连海明似乎都很享受，边走边慢慢地晃动尾巴。

有那么几次，卡拉觉得她们撑不到基韦斯特了，但是她顶住饥渴，心里想着目的地，挺身继续前行。

当著名的"七英里桥"映入眼帘时，她才意识到她们走了多远。眼前的景致叫人心旷神怡——那座桥仿佛一直延伸到海洋深处。太阳冉冉升起时，她们已经上桥走了半英里，卡拉凝视着阳光照耀下隐约显现的白色桥洞，心想那闪闪发光的样子，多么像海面上飘动的珠宝啊。

"海明，快看。"卡拉停下脚步，欣赏这美不胜收的景色。

远处升起一道若隐若现的双彩虹，这不期而至的美景让她的心中充满希望，身上又有了力气。彩虹很美，可她更喜欢美丽的日落，因为她和哈娜的工作时间正好错开，所以她便常常独自欣赏。她喜欢白昼，每天早起都会意志坚定地跟生活较量，绝不会虚度。正因为这样，她总能在正常的时间点休息，而那时候哈娜的一天才刚刚开始。

哈娜喜欢夜晚——大多数日子里，她在午夜最有精神，然后一直睡到下午。她还喜欢上下午班，所以做一份每天都得起早的保姆工作，对她来说是一项很艰巨的挑战，但想想挣到的工资，她便觉得值了。那份工作顺利地持续了一段时间。

卡拉深吸一口气，强迫自己压下负面的想法，专注于当下的美景。她们走在大桥的人行道上，和煦的风轻轻地从侧面吹在脸上，催促着她往前走。卡拉朝桥下望去，看到一条彩色的帆船，船上有一对夫妻看见了她，朝她挥了挥手。她希望自己能变成他们，乘着船顺水而下，心里只装着蓝天、微风和海水。

她读着沿途路过的每一座岛屿的标牌。大部分的时间里，她都可以看到与她们平行的那座老桥，使得她的思绪飞到那座桥的历史堆中，让那些引人入胜的细节把曾经在上面行驶的旧火车带到她的眼前。往桥下看去，大西洋和墨西哥湾在此交汇，她被这情景迷住了。

她看见水中有条黄貂鱼优雅地游过，一时间屏住了呼吸。先是漂亮的日出，接着是一道彩虹，现在又来一条黄貂鱼？这恐怕是她会铭记一辈子的时刻之一了。

万般情绪交织，她停下脚步，跪在地上。

"海明，过来。"

海明摇着尾巴走过来，卡拉把它拉到身前，紧紧地抱着它。她曾听说狗不喜欢拥抱，因为拥抱——拉近距离，把爪子放在另一只狗的肩膀上——于它们而言是宣示支配权，可从海明从鼻子到尾巴抖动的模样看来，它跟普通的狗不一样。它喜欢拥抱。

卡拉亲亲它的鼻子："谢谢你陪我走了这么远，现在咱们要坚持到底哦。"

卡拉不知道她们会有怎样的未来，也不知道人生的道路通往何处，但是她不打算去思考这些谜团。她站起来，挥挥双臂，心情激动地准备走完这段旅程。

第十五章

基韦斯特并不像卡拉所期望的那样，和她这么久以来设想的差了好多。首先，放眼望去，每一个小空间都塞了很多人，岂止是很多，简直跟下饺子一样。

如今自行车没了，她重新用双脚走路，所以能看清更多细节。目前为止，她看见了若干标识，上面写着：基韦斯特，海螺共和国。她还看见，在每个人挤人的小建筑和商场里，都有许多面国旗迎风飘扬。旗帜很精美，深蓝色的布料上画了一个太阳标志，用大写字母写着"海螺共和国"，下面还有一行小字："别个没独立，我们独立了。"这话说得，就像基韦斯特宣称自个儿是跟美国其他地区截然不同的一个国家似的。卡拉毫不惊讶——于她而言，这就是另一个世界。

"坐三轮车观光吗？"一个瘦削的少年带着灿烂的笑意，想递给卡拉一张传单，瞄了一眼她皱巴巴的衣服后又凑过来窃窃私语，"太阳落山的时候打折。"

"不了，谢谢。"卡拉一边走，一边说道。观光肯定很棒，可是她身无分文，只能靠自己两条腿走到海明威故居和其他的所有名胜古迹。她看到街角帐篷下有个小贩，货物被码放在桌子上，四处挂着出售的花短袖和花裙子。防晒油货摊吸引了她的目光，她多么希望自己能买一些。她脸上起了泡，这大多是在走"七英里桥"时被晒出来的。她的皮肤紧巴巴、热乎乎的，她估算了一下，自从离开佐治亚州，她就再没抹过防晒油，估计这敏感的皮肤得衰老上五年、十年了吧。

除了一列列跳蚤市场式的货摊之外，这座小镇里充斥着喧闹的光脚行人，自行车、电踏板车四处穿行，车辆在人群里像编织一样拐来拐去。一辆出租车从道边猛冲进车流人流，接着一辆观光大巴驶过，亮黄色的车侧面画着"老镇小车"。几个路人朝她挥了挥手，证实了卡拉对这座岛屿的最初印象——真正的悠闲、好客。环顾四周那些放松的表情，她觉得空气中弥漫着自由的味道——岛上的居民看着那么朝气蓬勃，比她这辈子见到的大多数人都放松多了。

这感觉真好。

穿过小镇的主要区域时，卡拉担心跟海明走散，于是松松垮垮地给它拴上了那条绳子，把另一头系到皮带扣上。这绳子很让人难为情，可她一分钱也没有，连根狗链都买不起，更不要说超级需要用来填饱肚子的美食了。这根绳子——她庆幸自己早早地把它塞进了包里，才没有跟那些让她的旅途更加舒适却被扔进水里沉没的东西遭遇同样的命运。可惜啊，克莱德送的那张地图，没了。多少个夜晚垫在地上的瑜伽垫，也没了。还有他们的食物！她摇摇头，试图清空这段记忆。此时此刻，再可惜她也已经无能为力了。

当下最重要的，是给她们自己找点水喝。

她牵着海明快速走到路边，差点撞上一个推婴儿车的妈妈。婴儿在看大字画书，卡拉想起自己的那两本书，庆幸书都被装在背包里，要是跟其他物品一同落水，或许这会儿正往古巴漂呢。

海明的狗绳快要碰上婴儿的脖子时，那个妈妈停了下来。

"噢，真是对不起。"卡拉一边拽开海明，一边说道。

拴绳子太麻烦，她弯腰把它解开了。

"海明，听好了，如果你不想走丢，就跟紧我。"她再次迈开脚步，低头看时，海明没有跟上。

她靠着路灯杆等待，任由海明在人群中轻快地穿梭，它的目光始终钉在她身上，直到走近。

看着海明跑到身前，她弯下腰，两手抱住它的脑袋，把它拉到自己面前。"你是只乖狗狗。"她说道，"我给你找点喝的，然后再找吃的，我保证哦。"她不知道该怎么兑现这个诺言，就算要乞讨——她曾发誓永远不会这么做——她也会谦逊地端起杯子。这不是为了她自己，而是为了海明。在无数个孤寂的日日夜夜里，海明始终忠诚地保护她，陪伴着她，她欠海明太多了。

她们穿过人流，沿着人行道继续往前走，直到卡拉看见一家街边小咖啡馆。她朝咖啡馆走去，避免跟坐在桌边的任何人产生目光接触。她的目标是顾客刚刚走掉的那张桌子。

餐盘和杯子还摆在那里。

卡拉紧张得要死，但是她压下这些情绪；她要拿走其中一个杯子。在几个玻璃杯中间，她看到一个带有吸管的塑料杯。要是拿到那个杯子，她就可以用它给自己和海明盛水喝了。希望里面还有剩的吧。既然她已经放弃了自尊，那么喝陌生人剩下的饮料又何妨。

"咱们一直走，经过那儿的时候，我就伸手把它拿过来。"卡拉对海明小声说，不过她知道，周围人声嘈杂，它不可能听得到。神奇的是，它仿佛知道自己要跟紧卡拉，还往她脚边凑了凑。

卡拉紧盯着那张桌子，希望服务员不会突然端着托盘出现，把她的杯子收走。卡拉不喜欢从垃圾桶里找杯子这个想法，但她知道，如果有必要，她一定会那么做。

"对不起。"一个女人的大沙滩包撞到了卡拉的胳膊，包的主人说道。

"没事。"卡拉答道，同时注意到那个女人绝对是个游客，从脖子上挂的相机和身上穿的精美的度假衣服就能看得出来。天气炎热——晒得人流油——卡拉突然有些同情她。

卡拉穿着牛仔裤、T恤衫和破破烂烂的运动鞋，比她好受不了多少，可她真的别无他法，除非她想裸着身体四处走。

"走了，小家伙。"她的话引得海明竖起了耳朵，"机会来了。为我祈祷吧。"

为避免他人注意，卡拉尽量摆出优雅的步态，朝那张桌子走去，并在最后一刻弯腰去抓那个塑料杯。手指刚握住那个杯子，她突然发现盘子上放着一个几乎没动过的热狗。

海明一定会很想吃那个热狗，卡拉心想。她踌躇了一下，低头看看脚旁的海明，伸手朝热狗抓去。

"姑娘！"有个男人的声音传来，卡拉呆住了。要是刚刚直接拿走杯子，没那么贪心就好了！现在可好，别人把她当作了流浪汉或者小偷，或者不管当成什么，总归要挨一顿臭骂了。

卡拉把手缩回来，转身朝向那声音的来源，打算跟对方诉说苦衷，或者逃跑——反正哪招最管用就用哪招。

挨着卡拉打算拿走杯子的桌子，一个上了年纪、蓄着山羊胡的男子坐在那里。男子显然目睹了她盗窃热狗未遂的全过程。一条德国牧羊犬卧在他脚边，前爪相互交叉，头抬得高高的，脸上带着怕热又觉得无聊的表情。

"我——对不起。"卡拉结结巴巴地说道。

男子翻翻白眼，弹了下雪茄烟灰，表示对道歉不感兴趣，同时挥了挥手。"过来，我有话跟你说。"他说着抬脚从桌下推出一张凳子，"把狗也带过来。"

卡拉犹豫着该如何应对。男子或许是个顾客，甚至可能是咖啡馆的老板。无论是哪一种，她都因为被抓了个现行而感到羞耻，身上的温度比太阳晒的又高了几度。她深吸一口气，转身朝向男子。她想看看男子要做什么，所以缓缓地绕过桌子，走到男子所在的位置，坐在他推出来的那张凳子上。

"海明，趴下。"卡拉说道。海明先是坐下来，接着完全趴下，服从指挥的天赋再次让卡拉感到惊奇。

"这狗挺乖。"男子点头表示赞许。

"你的也是。"卡拉答道。即便她们侵入了男子的狗的空间，它也一动不动。它竖着耳朵，迅速打量了海明一眼便很快失去了兴趣。

"是这样的，那个热狗终究是要被扔进垃圾桶，所以我想拿来给我的狗吃。"

不打自招，卡拉很想揍自己一顿。重压之下，她总是会说实话——每次惹了祸，哈娜不想让她坦白的时候，就会捂住她嘴，或者把她藏起来。她总是会情不自禁地做正确的事，或者在没有做正确的事的时候道歉，这是她的天性。

男子又吸了一大口雪茄，冲卡拉皱了皱眉："这事我管不着。我只是注意到你的狗跟着你，像是拴着无形的狗链一样。在这样嘈杂的环境中，做到这种程度是很难的，所以我才留意到了。我喜欢狗。"

男子的话让卡拉心底生出一阵恐惧。从他说完第一句话之后，后面关于海明和狗的评论，卡拉就一句也没能听进去。卡拉心想，这男人表情淡然，蓄着白胡子，自命不凡地抽着雪茄，该不会真是个法官吧。可是他的衣服——卡其布短裤和带花的纽扣衬衫——跟街上的大多数男人没什么两样。就算他是个法官，卡拉告诉自己，也是个退休了的法官。

卡拉瞥了眼桌上的水壶，男子便把它往她这边推了推。桌上还有一个多余的杯子，卡拉拿起来，又低头看看海明。

"苏？"男子朝正在清理另一张桌子的服务员喊道，"给那只狗拿个碗。"

卡拉眼睁睁地看着热狗、其他剩饭和脏盘子被随意扔进桌旁的黑色垃圾桶里。她叹了口气，心想那个热狗足以让海明再坚持几个小时。

"你准备在基韦斯特待多久？"男子打破沉静。

"还没定。"这是实话。卡拉本来就只打算朝拜海明威故居，给海明找个家，然后再做计划。可现在呢，自行车没了，钱没了，东西全没了，她还能去哪儿？

"你饿吗？"男子轻声问道。

卡拉打量着男子，判断他的意图。她听说有的男人会到处跑，找些无知的、手头紧的姑娘做肮脏的卖身勾当，招呼最烂的游客。表面上管吃管住，实际上却是打算把她们关起来，甚至给她们注射大量毒品，直到她们乖乖接客。他是个皮条客吗？这是基韦斯特古老而悠闲的妓女招募方式吗？

"我感觉你心里对我很不信任。"男子说道，"我只是想给你叫点吃的，没别的意思。你大可一走了之。镇上的人喜欢帮助别人，我这只是聊表热情。"

卡拉心头吊着的石头落了下来。一旦放下心中惯有的疑虑，卡拉仔细打量着男子，觉得他的确相貌和善。况且，他们正处在公共场合，四面都是人，男子不可能抓住她，然后把她塞进没有窗户的白色面包车后车厢。

"对不起。我这几天过得提心吊胆的。"卡拉回想起桥上的几个小伙子，他们的暴行给她带来的恐惧以及把她的物品扔进海里对她所造成的伤害。

"可以理解。"男子说道，"我叫瓦力。我的狗叫印第安纳·彭斯，我们都喊它印第。"

印第抬头看了看主人，又把头低了下去。

"我叫卡拉。这是海明。"她指指海明。用鼻子闻过男子的狗之后，海明已经放松警惕坐了下来，把注意力放在了过往的路人身上。

瓦力再次皱了皱眉："海明？海明威的简称？"

服务员适时端着一个小塑料碗回来放在桌子上，卡拉避过了这个问题。卡拉谢过服务员，拿起碗朝里面倒了点水，放在海明身前的地面上。见它舔起来，卡拉便给自己倒了点，喝了一大口。这是她喝过的最好喝的水，在水顺着喉咙流下的时候，她在心里说了声"感谢恩赐"。

"苏，给这只狗拿些你放的粗粮。再给这姑娘来个芝士汉堡套餐。瞧她瘦得那样。都记在我的账上。"

服务员点点头，转身走了。

"谢谢你。"卡拉轻声说道。她不知道男子为什么要对她们这么好，但这一切都来得太及时了。她们已经穷途末路，所以她来者不拒。但她依然保持警惕，以防男子耍花招叫来警察。

她低头看了眼男子的狗："它是从德国进口的吧？"

瓦力摇了摇头："不是，不过一般人都会有这种误解。专门用作训练的德国牧羊犬大多来自德国，但是印第来自荷兰。他属于印第安纳波利斯之外的项目，一岁多点就砸了钢印。"

"砸了钢印？"

"就是引进训练辨识人类遗体的味道。"瓦力若无其事地说道，仿佛在谈论天气或最新的电影大片，而不是经过训练来寻找谋杀案受害者或失踪人口的狗。

"我没听明白。"

"你以后会明白的，在基韦斯特，除了超乎寻常的美景之外，最古怪的就是每个人都有一段往事。有些往事很有意思，有些就不那么有意思了。有些人来这里游玩，最终定居下来，有些人则是来短暂地逃离纷繁的生活。"

"那你呢？"卡拉希望把话题引到他身上，少谈自己。

"印第和我是来这里定居的。我们两个都退休了，不过印第以前跟着洛杉矶县警队，是全国执法机关仅有的寻尸犬之一。"

"可是它好镇静。"卡拉看着印第说道。行人来来往往，处处喧闹，它却像什么都没有听到一样，就连海明都受了它的影响，趴在距离它一鼻之远的地方闭目养神。

"这是训练出来的。正像嗅弹犬一样，寻尸犬有所发现就会坐下或趴下，双目凝视，以免破坏现场或证据。它恪尽职守那么多年，职业习惯已经融入到骨子里去了。"

服务员端来托盘，上面放着一碗给海明的粗粮，另一个盘子里高高地摞着给卡拉的大号芝士汉堡和薯条。卡拉虽然馋得流口水，却不得不控制自己。她已经一天一夜没吃任何东西了，烤汉堡的香味勾得她头晕眼花。

"吃吧，不用矜持。这里的汉堡是基韦斯特最好的。敞开吃吧。"瓦力说道。

服务员把粗粮放在地上，海明没等发话就把头扎了进去。卡拉再次感谢瓦力，也大口吃起来。

趁卡拉和海明大快朵颐的空当，瓦力说遇见印第的时候，它还是个刚入行的新手，要遵守严格的拉撒规定，每天在特定的时间总共拉撒两次。

卡拉心想，海明就不一样，它什么时候想撒尿，就随便找个地方抬腿解决。只要走在路上，它就会一路标记树丛、杆子或者别的东西。她不知道海明有没有受训的潜质，但她知道，它很聪明。

"印第退役的时候，我便接过手，我们俩一起决定在基韦斯特度过晚年。这里很适合养狗，它们和当地人或游客一样被人们接纳。"

瓦力的这句话说得很有道理。卡拉见到好些狗和主人坐在酒吧和餐馆外面，或者跟主人走在街上。在她看来，人们似乎把狗当作家人，正像各地的人都应该做的那样。

卡拉吃完汉堡，消灭了分给海明之后剩下的大部分薯条，然后用纸巾擦擦嘴。她盘算着主动付账，接着想到自己身上一分钱都没有。虽然处境窘迫，她还是不习惯接受施舍。

"太谢谢你了。"她红着脸说道。

"客气。你打算在这里待很久吗？"

卡拉心想，起码这次要告诉他真实答案，毕竟他在她最艰难的时刻对她慷慨相助。

"我没打算待太久，只是手头稍微有些紧张。昨天在路上很不凑巧地被几个装男子汉的小伙子添了点堵。"

瓦力关切地问道："他们伤着你了吗？"

卡拉摇摇头。

"他们没打我。其中一个跟我动手动脚，海明冲出去咬了他一口。他们拿了我的钱当作补偿，完了还嫌不够解气，又把我的自行车、拖车和所有物资从桥上扔进海里。我现在是一无所有了。"她觉得眼睛潮湿，扭头歇了一会儿，接着清了清喉咙，挺直了腰板，"我得赶紧找份工作。我连给海明买食物的钱都没有，帐篷没了，我也没地方睡。"

"那些孩子太没教养，我很抱歉。这种情况在基韦斯特是很少见的，这一点我敢保证。"

卡拉低头看了看海明："有它保护我，放心。海明陪我走了几百英里，我承诺它要给它找个好点的归宿。现在可好，我跟它一样走投无路了。"

"离这儿不远有个传教所。"瓦力说，"他们会让你借宿。"

"真的吗？"卡拉抬起头，心中燃起了希望。要是他们那儿有地方，让她能收拾一下，住上几天，她就可以找份工作，挣钱给自己和海明过上一段日子，或者到时候再做打算。

瓦力给卡拉指了一条让她走出旅游区，到达位于名胜区的传教所的路，她听得心潮澎湃。现在，状况开始有了改善。如果好运能够持续，她和海明兴许就可以安定下来了。

将近一个小时之后，卡拉看到了瓦力所说的精美锻铁大门。她往门后的房子看了一眼，知道自己找对了地方，便松了一口气。

"海明，咱们到了。一定就是这里了。"

这是她目前为止在岛上见到的最漂亮的房子，很难错过。房子四周的热带树木高耸入云，灌木枝繁叶茂，却比卡拉行经的某些房子更显低调。这一栋房子只能用恰如其分的惊艳来形容。

从地面直达天花板的窗户上镶嵌着白色的百叶窗，在房子本身的奶油黄色的映衬下，形成柔和的背景。再瞧那前廊，她不禁叹了口气。上面放着摇椅和一看就很舒适的红花坐垫，简直像是从童话书里变出来的一样。

眼前的一切在卡拉的脑海中构成了一幅祥和的画面，她想象着自己和海明在这里歇几天脚，休整一番。兴许这里的人会让她打工抵偿住宿费用，或者她可以在岛上找份工作。只要能给海明找个安身之地，她会摆上最灿烂的笑脸，去找份端茶倒水的工作。仅仅数秒的时间里，她已经做好了全盘计划，可她的双眼却久久凝视着面前的房子，始终迈不动脚步。

卡拉再度扫视了一圈前廊。一个角落里摆着舒适的木桌木椅，仿佛有人刚刚在那里吃饭。桌上摆着一壶橙汁和几个杯子，诱惑卡拉前去品尝。前廊上还有一个不可错过的细节：每个门柱上都有着不同的工艺雕饰。瓦力给她描述房子的时候，曾称之为"姜饼"。

角落里的门柱——姜饼——雕着精美的花饰，房子的外观因此显得独树一帜。卡拉看见拱形前廊上立着另一根木柱，那是标牌。她读着上面的文字，起了一身鸡皮疙瘩：哈德利之家。

海明威的第一任妻子就叫哈德利，但是据卡拉所知，她从来没有在基韦斯特住过。当海明威进入大众所谓的"基韦斯特时代"时，他已经跟哈德利离婚了，娶了一个名叫保莉娜的女人。可是卡拉冥冥之中来到这处地方——与海明威有着明显的关联——所蕴含的讽刺，超出了她的理解范畴。她摇了摇头不再去想，目光越过大门，看见偶尔叫上一两声的十几只狗争相跑到门前，摆动着尾巴，耸动着身体，向她表示欢迎。

海明把鼻子塞进门缝，好奇地闻起来。

"嗨，你们好。"卡拉凑过去看着它们。她不敢把手伸进去，只敢一边对它们赞不绝口，一边环顾整个院子。传教所让不让带狗这个问题已经有了答案。

卡拉又等了几分钟，希望有人从屋子里走出来。她等了好久也没见个人影，便拿起背包，鼓足勇气伸手拉开门闩。她只开了一道足够钻进去的门缝。她原本打算让海明待在外面，先确认其他狗不会对它有危险，可是海明有自己的想法，那就是不甘落后。她刚走进去，还没顾得上关门，海明就跟了进来。其他狗立刻忽略了卡拉的存在，全都围住海明，冲它伸着鼻子打招呼。

卡拉几乎要伸手把海明从它们之中拽出来，但是它在坚持。它低着头，身体挺直，耐心地等待，几秒钟后，问候结束，它们似乎接受了它。海明挤在它们中间，沿着房子一侧全跑开了。

"别跑太远。"卡拉喊道。

她走到前廊，看到一只黑白相间的肥猫卧在最顶端的台阶上。那只猫盯着她，目光并不亲切。她爬上台阶，伸手去摸肥猫的头，它低头躲开，溜进了灌木丛。

　　"好吧，势利猫。"她走到门前，敲了一下。

　　无人应门，她转了一下门把手。这是传教所，不是住宅，她努力压制住不愿乱闯的想法。

　　前门打开，入眼的是宽敞的门厅，卡拉走了进去。她沿着走廊慢慢走去，一路上瞟着每间屋子。她路过右侧的一间起居室，里面摆着几张沙发，几只狗卧在上面。一只小狗——她觉得那是只约克犬——坐起来朝卡拉叫了几声，又在天鹅绒似的枕头上躺下。枕头旁卧着一团红色的毛球，它一动不动，但卡拉十分肯定那是一只博美，这种狗一旦被惹怒，叫起来声音大得让人头疼。卡拉希望它千万别醒来。

　　"有人吗？"

　　没有人搭腔。

　　她正犹豫着，房子后面传来声音，她便沿着走廊继续往前。走廊通向卡拉这辈子见过的最大的室内厨房，案台旁有一男一女，两人背对着她，正往至少十几个碗里放东西。她发现那蜂蜜色的橱柜形似百叶窗，不禁觉得这样的设计是不是保持房子历史感的一部分。她不是来这里欣赏装饰风格的，她告诉自己。

　　"呃……打扰一下。"她觉得自己好鲁莽。

　　两人全都转过身。

　　"嗨。"他们同时说道。

卡拉突然张口结舌，觉得自己实在是太脏太邋遢了。她伸手摆弄起头发，仿佛只要碰一下就能抚平乱发，让它闪闪发光。她平时不这么虚荣，也不喜欢这一套。她突然怀疑自己身上是不是有异味，赶紧把双臂夹在身旁。

　　趁着两人等卡拉搭话的时间，她仔细地打量着他们。男的似乎年近三十，某个方面让卡拉从头顶红到脚尖。一定是因为那炯炯有神的蓝色眼眸，或者是那没有刮胡子的粗犷面容，又或者……她想不出来，眼前的情景让她仿佛突然间回到了十五岁的高中舞会，那天乔希·泰勒邀请她跳舞，她却像个傻瓜一样呆站在那里。卡拉暗恋了乔希一整年，可当那一刻终于到来之时，她却呆住了，一个字都说不出来。

　　哈娜察觉卡拉的摇摆不定，便摆出性感的笑脸，冲乔希使了个眼色，把他赶走了。卡拉苦恼地靠在墙上，恨不得钻进地缝。

　　可是这一次，哈娜不在身边。

　　接着卡拉想起旁边的那位姑娘——她站在那里，一手拿着长柄勺，一手提着狗粮罐，一侧眉毛挑起，正笑意盈盈地盯着卡拉。她看着卡拉像端详糖果店的棒棒糖一样打量着她的男朋友。那姑娘也很漂亮，皮肤被晒成金黄色，头发是卡拉和哈娜一直非常羡慕的那种——又长又柔顺的金发。最紧要的是，她娇小的身形堪称完美，就像站在金色肯尼娃娃旁边的小芭比娃娃。

　　难怪他们会在一起，他们简直是天造地设的一对佳偶。

　　"对不起。"卡拉立刻为自己不知羞耻地打量名花有主的人而悔恨。

男子疑惑地歪了下头："……为什么道歉？"

"这里是传教所吗？"卡拉终于说出话来。她感到热气从脖子开始升腾，直冲双颊，暗自祈祷这两个人都不会读心术。

男子正准备回答，海明突然跟一群狗从卡拉觉得应该是后院的地方穿过厨房后侧的狗洞跑了进来。

"哇，来了。"男子说道。一群狗围住他，被狗粮的味道刺激得直拱他。他哈哈大笑，用膝盖轻轻地把它们顶开。"别着急，都有份。你也有哦，新来的。"

男子抬头看着卡拉，为厨房里突然的喧闹笑得更起劲了："现在轮到我说对不起了。等我把东西放下再跟你聊。这个帅气的小狗是你带来的吧？"

男子指指海明，卡拉点了点头。他转身朝向案台旁的姑娘。

"托里，你来喂狗，我去给新住户办理手续吧？盯着维尼，别让它抢食。"他说着把手伸到背后解开围裙。

他把摘掉的围裙放在案台上，目光投向卡拉："维尼就是那条挺着大肚子摇摇晃晃的猎獾狗，它正在节食，又总爱抢吃的。"

他指指卡拉总当成腊肠狗的那条。这是她见过的最胖的狗——它的肚子几乎要贴着瓷砖地面了。

"它被退回三次之后，收容所打电话向我求助。它太胖了，所以日子不好过。"男子继续说道。

那个姑娘——想必是托里——趴在案台上看着男子哈哈大笑："艾娃给它制定了健身计划，还说等到健身结束，要给它改名闪电维尼。"

男子点点头："这个我信。那样咱们或许就能给它找个永久的家了。"

他朝卡拉打个手势，朝后门走去："走吧，到外面去。信不信由你，外边清静很多。"

卡拉跟着男子走出去，他领头走向后廊的两张阿迪朗达克座椅。后院跟前面一样绿植繁茂，卡拉觉得这是远离繁忙的基韦斯特街道生活的一片绿洲。院子里四处散落着皮球和其他的狗狗玩具，后侧角落里摆了一排带棚子的金属狗窝。虽然她知道两侧都有房子，石头围墙周围的小树林却衬得这里像是一处私人宅邸。用最保守的话来说，这里太迷人了。

两人坐下，男子伸出一只手："不好意思，刚刚比较吵。我叫卢克·道尔顿。"

"我叫卡拉。"她不由自主地说道。她的脑子几乎停止了运转，她渴望闭上双眼，用心感受微风吹拂面庞的惬意，再好好睡上一觉。但首先，她得谈好事情。

"你想把狗留在这里吗？"卢克问道。

卡拉突然心生警惕，坐直了身子。她还没做好抛下海明的准备。

"不是，我不想把狗留在这里。我原想着我们俩都能住下。"

"住下？住这里？"

"对。杜瓦尔街上有人告诉我，说这里是个传教所。"卡拉突然觉得自己犯下了弥天大错。她四处张望，想找到海明，但它显然还在院子里，追着玩具玩得正欢。

卢克点了点头："嗯，确实可以这么说，但这儿不借宿。托里和我接收流浪狗跟一些猫，想办法让它们跟主人重聚，或者给它们安排新的家庭。这里相当于一个中转站，让它们在去收养家庭之前歇歇脚，你明白我的意思吧。抱歉，对于流离失所的人，我们没办法进行同样的操作。"

卡拉听他说完，心口重新泛起一阵酸楚。她当然知道什么叫收养家庭，更何况这是她和妹妹从来没有实现的目标。

"我是最近才遇到海明的，我承诺过要把它送到这样的地方，只是我还没准备好今天就把它留在这儿。我需要，那什么，对比考察，给它找个最好的归宿。就是把它留在最合适的地方，而不是我见到的第一个地方。"

卢克微微一笑，摊开双臂："这里就是最合适的地方。单说今年，我们就重新安置了大概二十八只狗和二十多只猫。而且不仅仅是在基韦斯特，有些去了上礁岛，有些去的地方更远。"

"我——我只是觉得需要再考虑一两天，我先走了。"卡拉从座椅上起身，"我得找个今晚过夜的地方。"

卢克起身，说话的时候带着歉意："你问过南街的旅店吗？那儿可能还有空房，地方很干净，可惜不让带狗。或许我可以想想办法，让你的狗在这儿待几天，但是要收取借宿费。你放心，费用不高，只是象征性地收点狗粮钱。你要是觉得可以，就在这儿吃顿午饭，明天的话，可以去弗莱格勒粥铺喝汤。"

卡拉一下子站了起来。他亲切的语气，或者仅仅是她搞砸了一切这个事实，让她非常生气。她绝不会留下海明，而且她没钱去住旅店，也没钱支付借宿费。她觉得原先试图依仗的希望逐渐消逝，取而代之并且仅次于愤怒的，是那熟悉的绝望感。

出于某些原因，她原以为来到基韦斯特会成为她人生的全新开端的催化剂——在这里，上帝会现身告诉她接下来该怎么做。可现在她将要再度沦落街头，心里也没了奔头。绝望压得她想跪倒在地，向世界祈求怜悯。

但她像从小学会的那样摆出假笑，丝毫不失礼貌。

"谢谢，但是我不能把海明独自留在这儿。我去叫它，然后一起离开。"

卡拉绕过他高大的身躯，走回厨房。

海明正在那儿进食，鼻子扎进大红碗里好几英寸，名叫托里的姑娘跪在它身旁，抚摸着它的背部。卡拉的占有欲骤然腾起，同时心底现实的一面开始抢占上风。那姑娘对它真好。到头来，卡拉终究是要留下海明的。既然她无意一辈子养活它，继续纠缠恐怕对它也不公平吧？她连怎么给它弄来晚饭都不知道。跟着她，海明只会忍饥挨饿，但留在这里，它将有吃有喝，短时间内还有玩伴。

托里抬头看着卡拉："它应该很好找收养家庭，瞧瞧这双眼睛就知道了。"

"噢，她不打算把它留——"卢克开口说道。

"其实——"卡拉插嘴道。海明的机会来了，她不愿自私地毁了它的幸福。"这——这可能是最好的办法。海明其实不是我的狗，它需要一个真正的家。"说实话，她不想让海明跟她一样，一辈子辗转于一个又一个家庭。它应当有个安定的家。如果托里和卢克能做到这一点，她就算兑现了诺言。

但是离别让人痛苦，卡拉觉得喉咙有些哽咽。

托里起身对卡拉微微一笑："海明？是海明威的简称吗？卢克，咱们怎么没想到给哪只狗起这个名字呢？这名字跟基韦斯特的狗太相称了。"

"其实，是它在佐治亚遇到了我。我们一起走了很远才来到这里。"卡拉说道，接着又后悔说出这些话。她为什么要把自己的来历告诉他们？她只能猜测自己是完全被卢克扰乱了心神，再加上卢克臆测她要抛弃小狗。

那姑娘哈哈大笑："原来是佐治亚来的狗啊？难怪这么可爱。它懂得很多南方腹地的礼仪呢。"

海明吃完最后一口，抬起头来，卡拉从它闪烁的目光中看出，它还想再吃一些。

"你有在它的身上找到什么身份信息吗？知不知道它可能来自哪里？"卢克问道。

卡拉摇了摇头："没有，我在从佐治亚出来的95号州级公路上拐了个弯，就看到它跟在我身后了。"

她脑子进水了吧？干脆给他们画张地图算了。她说漏了嘴，感到双手开始颤抖。

"呼——那可真够远的。"卢克说道，"我们可以带它去诊所，看看有没有内置芯片。如果有，找它的家人就容易多了。如果没有，你也别担心，我们会把它的照片发布到网络上，要是没有人认领，我们会给它找个安全的家。"

"永久的家吗？"卡拉问道，她的胃开始翻腾，她不禁质疑自己这么做到底对不对，"我不想让它从这一家折腾到另一家。"

"我们会尽力的。"托里说道，"但说句实在话，有时候尽力也不一定能办好。"

卡拉知道她说的是实话——这些年来，她听过太多人说会尽力，结果呢？她和哈娜还是没能留下来。但是她要给海明一次机会，这就意味着她要跟它告别了。离别会让人心痛，这次可能更甚以往，但这都是为了它好。

"海明，过来。"她说道，心里祈祷它会听话，别把这突如其来的离别搞得更加尴尬。让她安心的是，海明立刻转身跑了过来，双眼盯着她，在她手指前乖乖等着。"乖狗狗。"

她蹲下来，把脸埋进海明的毛发里，用它最喜欢的方式挠它耳朵后面。"要乖哦，这里的人会帮你找到你的家人。谢谢你做我的朋友。"她哽咽得几乎说不出话，"你一直恪尽职守，把我照顾得很好。"

她强压着泪水，憋得眼睛通红。接着，她站起来，头埋得低低的，以免被人看见她痛苦的模样。

海明呜呜地叫起来。它知道卡拉不开心，也不喜欢她的这种状态。这是跟海明离别如此让人难受的另一个原因——以往从来没有谁关心过她的感受，或者跟她如此心灵相通。对于一些人来说，海明或许只是一只狗，但对于卡拉来说，它是她最贴心、最忠实的朋友。

卡拉想去安慰它，可那样就是欺骗。她的命运早已天定，为了它过得好，她绝不能把它带在身边。虽然卡拉感到痛彻心扉，却还是转身远离了海明。

卡拉不敢跟那对情侣对视，只是朝他们挥了挥手便沿着来时的走廊出门，跟跟跄跄地下了台阶，走出美丽的前廊。谢天谢地，卢克和他的女朋友没有跟出来。

海明和其他狗聚在一起，护送她走到大门，那些狗拱着她、嗅着她，甩着尾巴跟她道别。她推开大门，海明挤着要跟她一起出来。

"不，海明，你留下。"她泪眼朦胧，声音沙哑地说着把它推回去，然后拴上了大门。她低头看了海明一眼，哭得稀里哗啦。它一脸迷茫，露出前所未有的悲伤表情。

"对不起，小家伙，我这么做是为了你好。"卡拉低声说道。

海明歪着头，目不转睛地看着她。它没有再发出任何声音，而这沉默更让卡拉心痛。她一边再次道歉，一边后退，说话断断续续的，再也不能控制自己。

她看了海明最后一眼，泪水像决堤的洪水一样顺流而下，转身时轻声说了一句话，希望海明能够听到。

"别忘了我。我爱你，海明。我好爱你。"

第十六章

卡拉几乎是屏住呼吸一直走到街区的尽头，到了角落才再次放声痛哭。有个脚蹬人字拖，身穿长及脚踝的百慕大短裤的老头让开路，让从他身边横冲直撞而过的卡拉霸占人行道。

"姑娘，你没事吧？"老头沙哑的嗓音里满是关切，但卡拉泪眼模糊，看不清楚他的脸。

卡拉点点头，说不出话。走到下一个十字路口时，她看见一张长凳，便走过去坐下来，把背包扔在脚下，掩面而泣。

她想着海明的脸和分别时疑惑的表情。它是那么的信任她，而且接纳了她——全盘接纳她各个方面的小问题。对它而言，她是完美的。它连狗链都不用拴便自愿跟着她，一路待在拖车上。她们的友谊仅靠一罐金枪鱼和几句好话就牢不可破了。

她到底是积了什么德？对卡拉而言，友谊从来没有来得如此轻易。她从跟海明的交往中有了什么感悟？无言相对就能心意相通？只需一次触碰或一个眼神就能互相理解？她们的关系非同凡响，她却一走了之。

她透过手指深吸了几口气，强迫自己控制情绪，极力避免自己哭得干呕起来。当她睁开双眼，从手中抬起头，却见卢克正靠着路灯杆站在那儿，眼睛冲着另一个方向。

"你在这儿干什么？"被他看到自己哭得稀里哗啦的样子，卡拉很是尴尬。

"这话我也可以问你吧。"卢克转身答道，"要是我开口问了，你就会开始哭哭啼啼，而女人一哭，我就会不知所措，所以我决定先等你哭完。就像这样躲到一边，给你留出隐私的空间。"

他对于目睹那样的状况感到不安，这一点很明显，可是他还没说为什么要跟着她呢。

"所以在我出丑的时候，你就站那儿偷听？"卡拉说着，握住拳头把脸擦干。

卢克耸了耸肩："我觉得为失去朋友而哭不算出丑，这是人之常情。"

卡拉愣愣地看着他。

"我没说错吧？海明是你的朋友。想必不需要我来告诉你，狗是很神奇的生物，不用太长时间就能与它建立起任何外力都无法摧毁的亲密关系。看见你哭得这么凶，我不禁在想，你为什么会放弃对你这么重要的东西，你为什么选择亲自结束这段亲密关系？"

卡拉不愿跟他解释她的现状有多么艰难——身无分文，饥肠辘辘，无家可归，也不愿说出抛下海明是因为这样对它来说是最好的选择。自以为拿着几百块钱，开着一辆破车就能远走高飞，简直愚不可及，单单是明白这一点就已经让她很难受了，随便他把她当作无情无义的人吧。

真相实在难以说出口。

"我只希望你好好待它。"卡拉最终说道,"给它找个家,找个永远不会抛弃它的主人。你能答应我吗?"

卢克没有立刻回答。他内心里似乎正在跟什么东西抗争。终于,他发出一声长叹:"没想到我会这么做,但这是托里出的主意。她几乎是强推我出门来追你的。"

"追我做什么?你帮不了海明?还是不愿意帮?"

卢克走过来,在她身旁坐下,然后目视前方,看着三个吵闹的年轻人穿过十字路口,从他们身边经过。等他们走远,他再次开了口。

"托里说,她一眼就能看出你不是来基韦斯特度假的普通流浪人。她还说,你很适合当候选人。"

"你还没说做什么候选人。"

卢克点点头:"我正要说呢,'不耐烦小姐'。托里和我需要帮手,我把这事拖了好几个月,因为我请不起,更何况我对于招全职员工不抱太大希望。但是托里非要我来,所以如果你能接受低得说不出口的工资,加上食宿作为补偿,我会雇用你做几周。在把我赶出来追你之前,她说这起码能让你缓一段时间,稳定之后再找份工资更高的工作,而且不必跟你的小狗分开。"

卡拉没有吭声。她不能说话——他的提议太过美好,以她的经验来看,说得好听的往往不会变成现实。一定要摆出无动于衷的表情。哈娜常说,永远不要让别人看出你多么渴望得到某样东西。来基韦斯特的路上曾有人给她提供临时住所，比如吉姆女士和亨利，但那是第一个让她觉得离家足够远，远到她觉得已经将过去的一切抛在身后，可以接受他人的帮助的地方。

"我们给你提供单间，不过都是普通房间。"卢克补充道，"做饭大多由我负责，但我很乐意你偶尔帮个忙。托里连烧水都不会，但既然这个主意是她出的，那她这周就得削土豆了。"

"我会做饭。"卡拉谨慎地说道，"我干活特别勤快。清理狗窝，割院子里的草，你叫我做什么，我就做什么。"

她意识到自己刚刚跟一个高大英俊的男人——可能结了婚的男人——承诺任由他驱使，脸上腾地一下就红了。不仅如此，她还亮出了底牌，她的话暴露了她多么想接受卢克的条件。

卢克的表情变得十分严肃："你犯过罪吗？"

卡拉犹豫了一下，有种让他明确犯罪的含义的冲动。可她不敢冒这个风险。"没有。"她说道，语气中的负罪感相当明显。

卢克显然只听到了他想听的内容，双手一拍大腿，像装了弹簧一样跳起来。

"很好，你被雇用了。在你重新开始大哭之前，我们能先回去吗？"

看着他充满期待又害怕再目睹一场痛哭流涕的场景的样子，卡拉决定抛下深深扎根在心里的顾虑，冒一次险。只待一段时间，等到她站稳脚跟就离开。

她哈哈大笑。她突然为再次回到海明身边而心情舒畅，笑声像开了闸，止都止不住。何况她们还找到了住的地方，还有了口饭吃！

　　卢克一脸困惑："刚刚你还哭哭啼啼的，现在又笑得这么大声。明白我的意思吧？真不敢相信，我竟然又给家里招了个阴晴不定的女人。"

　　卡拉强忍住再次大笑的冲动，起身挺直腰板，扬起下巴，手忙脚乱地挎上背包。一切就绪之后，她看着卢克，情绪终于稳定下来。

　　"恐怕你以后再也没机会看到我情绪波动这么大的样子了，只会见到正宗的南方烹饪。我可以向你保证一点：只要我还在那里一天，我就会努力做到让你满意。现在呢，我只想回到我的小狗身边。"

　　卢克小声嘟囔了几句，卡拉只听出"别对自己太有信心"之类的只言片语。她没给卢克时间重复他的话，径自飞一样地走在人行道上，急着回去找海明，向它倾诉自己差点犯下弥天大错的愧疚。

　　转过街角，卢克跟了上来，卡拉骤然屏住呼吸。她看见海明稳稳地坐在门内，眼睛望着街道，静静地等待。其他狗在它身边跑来跑去，有些在草地上打闹，有些来回跑动，打量海明在看什么，结果什么也没看到，就又继续打闹了。

　　"你走之后，它就没挪过地方。我觉得，如果你不回来，它可能会整天整夜地坐在那里等你。"卢克说道。

　　卡拉哽咽了起来。她绕过卢克，一路小跑过去。一看到她，海明就跳了起来，尾巴随着全身使劲摆动。

"海明，我回来了。对不起。"卡拉走进大门，蹲在海明面前说道。海明舔舔她的脸，高兴地打着转，然后又舔舔她，抬起前爪扑过去，把她推倒在地。她一边笑着抱住海明，一边努力控制泪水。

卢克走进门，卡拉站起来，任由海明继续欢快地蹭她的腿。"好了，小家伙，咱们要在这里住一段时间了。"她对海明说。

卡拉从海明的表情看出，只要能在一起，它不在乎她们住在哪儿。她再次为差点抛弃海明而生出一波内疚感。

卢克在她身后大声咳了一下："亲热完的话，就开始说正事吧。我带你四处看看。"他一边说着，一边领卡拉沿房子背面走向一座小房子。小房子差不多和园艺室一般大，边上摆着她之前看到的五六个金属狗舍，每个狗舍里住着一只狗。所有的狗舍都装了小门，人可以进到里面。

海明跟在后面，一条混血牧羊犬撞了它一下，邀请它一起玩。它又看了卡拉一下，就跟着牧羊犬跑开了。

"咱们一会儿再谈海明。我敢说，托里一定会满怀同情地招待它的，就是全方位的搂抱安慰的那种。等她知道我把你叫了回来，她就会整天沾沾自喜，所以你至少要学会点入门知识。"

卡拉心里有些忐忑，她希望自己别辜负他人的期望。卢克转身竖起一根手指。

"第一，在这里工作要知道我们的使命：努力给被遗弃和嫌弃的狗狗找一个安全稳定的家。"

卡拉点点头。这个简单，不是吗？

卢克指指狗舍："这些都是新收进来的。它们先住这里，检查有没有病，或者有没有行为问题。托里来这儿之前受过兽医技术培训，小狗到这里之后，她会先做评估和基本的急救工作。岛上还有一个兽医，我们会一起尽快给狗喷药、阉割、注射疫苗。只要小狗没有任何问题，并且不再需要治疗，就可以出来到院子里玩耍，最后会跟你见到的其他小狗一样出入房屋。"

"这些小狗都是怎么来的？人们就这样随意抛弃它们吗？"

卢克走向一个狗舍，把手放在上面，里面的狗用鼻子拱着他。

"来源有很多。有时候，有人打电话过来说在街上看见被遗弃的小狗，我们就会去找。我们也会从对小狗不好的家庭里把它们救出来。还有一些是从收容所来的。"

"收容所为什么不养着它们，直到它们找到新家呢？"卡拉问道。

"除了空间有限之外，收容所只留出一段时间来判断小狗能不能被收养。如果我们能在那一天到来之前把它们收进来，它们就能免于被安乐死。"

卡拉摇摇头，不敢想象小狗被安乐死的情形。卢克蹲下来查看的那只狗个子很大，浑身金毛，脸上的纹路看起来像是面具。它眼神里流露出悲伤，卡拉觉得如果有谁能听懂它的话，它一定会讲述自己凄惨的身世。

卢克把手伸过栅栏，拍了拍那只狗。"它叫本尼迪克特，是条混血獒犬，属于我刚讲的最后一种。它现在特别消沉，是不是啊，小家伙？"他把脸贴近本尼迪克特，挠挠它耳朵后面，"养了它五年的主人打电话过来，说没办法再养了。他在北方找到一份新工作，租的房子不让养宠物。唉，像本尼迪克特这样，主人的生活发生变化，就打电话或者亲自过来抛弃小狗的有很多。这种情况每次都让我很是触动，因为小狗根本不懂自己做了什么，导致自己像垃圾或不想要的家具一样遭到遗弃。"

卡拉听得满脸通红，卢克说的不就是她吗？

"不，我不是说你。"卢克看见卡拉的表情，赶紧站起来说，"我发誓，我真的没在说你。我坚信你一定会回来找海明，要么是今天，要么是明天。我看得出来，抛弃它并非你的本意。我也遇到过像你这样的。"

"像我这样的？"

卢克点点头："嗯。有些人迫不得已，觉得最好的办法就是把狗交给我们。有些时候，这是最好的办法，可是很多时候，人们并不明白，狗也是有感情的。狗会因为被主人遗弃而悲伤，变得消沉。有时候，在主人看来是最好的办法，对于狗而言却不是。但我知道你一定会回来的。"

卡拉莫名地觉得卢克说得很有道理。

"跟我来。"卢克领着卡拉走向房门。进了屋子，两人站在两排狗舍中间的过道上，一排各有六个狗窝。这里跟卡拉见过的任何收容所都截然不同，干净明亮，让人心情愉悦。阳光从房顶的窗户照进来。这些狗窝带有窗户和真正的门，用房间来形容更为贴切。狗窝用白色木桩矮墙隔开，而不是常见的铁栏杆或铁丝网。三台落地扇摇头晃脑，往狗狗身上吹着风。

要说哪里的狗舍最舒适，肯定非这里莫属。

"这里真好。"卡拉说道，"我没想到会这么……整洁。"

卢克指指墙上的相框。泛黄的照片上有个女人，她脚边围着好几只狗，怀里还抱着一只。"要不是因为海明威的第一任妻子哈德利，这里根本就不会存在。她儿子为了纪念她，特意设立了这个基金会。有人捐款，偶尔还有志愿者帮忙，我们才能维持运作。但是志愿者往往都是待上几周就走了，所以托里才会说我们得花钱招人。"

"希望我能把该做的事情做好。"卡拉说道。还没开始干活，卡拉就已经觉得力不从心了。

"你没问题的。"卢克沿着通道走去。

卡拉看到每道门上都用小黑板写着狗的名字，禁不住笑了。有只狗叫刺毛，另一只叫灰扑扑。她刚看见写着"本尼迪克特"的小黑板，那只狗便从外面穿过狗洞钻进来，鼻子缓缓地放在木桩上，静静地看着她和卢克。

"它知道该吃晚饭了。"卢克说道，"它们全都有生物钟，很快就能熟悉这里的规矩。要是我没按时投喂，它们就会给我发信号。我会提前喂食，它们吃饱了就能安定下来。"

狗舍尽头有一个长案台、一个大水池，还有一张像是犬类美容师用的金属桌子。台子和水池上下摆满了柜子。

"你还给它们洗澡？"卡拉问道。

卢克点点头："我们会给狗洗澡，必要的时候还会剪毛，可惜我们不太擅长，在我看来，我们剪得实在惨不忍睹。可是志愿美容师不会随叫随到，有些狗来的时候满身跳蚤，甚至长了癣，只好把毛剃光。"他指指一只缩在角落里的狗。它全身光秃秃的，显然正是卢克所说的那种。除了破破烂烂的红色T恤遮住的地方，它的粉红色皮肤彻底暴露在外。它背上的T恤写着"在基韦斯特像狗一样尽情派对"。

卡拉不予置评，但忍不住为这小家伙和它满脸的尴尬感到同情。换作是她，她一定会扯掉那粗俗的T恤。

卢克指指柜子："有些物品放在那儿，有些放在屋内挨着厨房的储藏室里。这里基本都是狗粮，也有其他的捐献物品。"

"都是些什么捐献物品？"卡拉不明白，除了捐狗粮之外，人们还会捐别的什么东西。

"哦，都是维持这里正常运营所需的东西。纸巾啊，清洗狗舍的漂白剂啊，给狗洗澡、洗衣服的肥皂啊，还有很多垃圾袋。现在最缺的是项圈和狗垫。狗也喜欢享受，不想在水泥地上睡觉。狗垫用不了太久，很快就会坏掉，或者被扯烂，或者拿给新来的。狗垫总是供不应求。"

卡拉看了一圈，发现有些狗舍里没有狗垫，只在角落里铺着旧毯子。不过一眼看去，各方面都很干净——远比她预想中的干净，毕竟有那么多狗来来去去。

狗开始纷纷从外面跑进各自的窝，焦急地摇着尾巴四处张望。卡拉伸手摸向其中一只，由着它透过栅栏舔她的手掌。一只狗叫了一声，其他的便跟着叫了起来。卢克大声吹了下口哨，它们就全都安静了下来。

卢克瞥了卡拉一眼。

"小心点，别被咬掉手指。新来的狗性情不定。"卢克皱了皱眉，满脸疑虑，"得马上给你进行狗舍安全培训。"

"噢，不好意思。我需要注意什么？"卡拉站起来，突然对几秒钟前看似温顺的狗产生了戒备。

"想保证个人安全，你要学的东西太多了。大部分狗很友善，有些却只知道人类会伤害它们，这些对人丧失了信任，容易受惊。一定要记住，狗受惊就会变得危险。"

卡拉若有所思地看着一只狗，那只狗让她想起了雷诺。它头上的小黑板写着"挖地狂"。

"我跟狗的接触不多，不过我小时候老想着养一条。"

她没敢告诉卢克，作为养女，小狗、马驹或彩虹带都是可望而不可及的。她和哈娜特别务实，只要牛仔裤和袜子，因为只有这些简单的物品才不会在下一个寄养家庭里被人夺走。

卢克伸手拍拍名叫"灰扑扑"的那只狗。那是一只混血牧羊犬，毛色乌黑，十分漂亮。

"这里有很多被遗弃的狗，它们小心谨慎，不跟我们打交道。这时候就要靠托里了——遇到脾气差的，她会像狗语者一样安抚好它们。"

卡拉听得出卢克语气中的赞许，还看见他嘴角扬起的微笑。托里一定深得他的喜爱，而每当遇见最初的甜蜜消磨之后依然互相眷恋的夫妻，卡拉的心里都会苦乐参半。

"咱们先给它们喂食喂水，之后我再带你到里面转转。"卢克说道。

两人把狗盆端出来，卡拉往里倒了些粗粮，再挨个放回狗窝。卢克拿着水管逐个往狗窝里的水盆添水。一两只狗弄脏了窝，卢克耐心地给它们清理了一遍。

"咱们明天把这里冲一遍。"卢克说，"现在去给待在里面的狗喂食。"

卡拉跟着卢克穿过厨房，回到主走廊里。卢克一路上打着手势比划着起居室，说只有小狗能上沙发。几个大号枕头零星地摆在地上，那是给大狗用的。

"你们让狗待在屋里，我还是挺惊讶的。"卡拉看着一只卧在枕头上的老巴吉度猎犬说道。

"安抚、评估、治疗，然后让它们适应群体生活，这是规矩，而在真正的家庭里适应群体生活是领养成功的重要因素。我们教狗不要在屋内拉撒，只能咬人们给的玩具或骨头。把狗教好了，它们去到收养家庭后被留下来的几率会更大一些。"

卢克走向另一扇门，沿走廊走去。卡拉思索着在收养之前适应群体生活这番话。她想起社工告诉姐妹俩要好好表现、好好做事——不要顶嘴，多帮忙做些家里的工作。通常情况下，没有人会费心思弄清楚她和哈娜知不知道自己为什么被打回系统，只会想当然地认为她们做了错事。

这些狗起码还有机会。

卢克打开门，站到一旁，让卡拉进去。

"这是最初的书房，哈德利的儿子设立这个基金会时用的许多东西还保持着原样。"

卡拉看了看斑驳的白色家具和墙上的海滩生活照片："这里藏有手稿吗？"

卢克闻言哈哈大笑，凑近了看着她说道："原来你知道遗失的手稿这回事啊？你一定是海明威的铁杆粉丝。"

对海明威的生平感兴趣却不知道手稿的事，这简直无法想象。卡拉对其中的渊源十分痴迷，还花了许多心思去研究。其实可挖的东西不多，只是哈德利和海明威结婚的时候，哈德利决定把海明威的一部分手稿带去瑞士，而他要在报道任务期间到这里看她。意外的是，哈德利把手稿装进了随身的小提箱，结果把手提箱落在了火车座位上方的行李架上。她去了一趟洗手间，回来就发现小提箱和手稿一同遗失，从此再没找到。

"有人说，作品遗失给两人婚姻的破裂埋下了种子。"卡拉说。

卢克点点头："海明威最恼火的是她还把仅存的副本跟手稿装进了同一个小提箱。他几个月的心血一下子全被偷走了。"

卡拉晃晃脑袋，为哈德利的魂灵和她短暂的婚姻变成文学轶事感到悲哀。

"遗失的手稿不在这儿，不过海明威的所有出版作品，这儿都有，你可以随便借阅。"卢克指着靠墙而立的大书架说。架上摆满了各种形状、尺寸和颜色的书，只是扫了一眼标题，卡拉就心动不已。

"可能会吧。"卡拉没告诉他，她背包里就有一本，只是卷了边，旧得拿不出手。凡是她知道的海明威的作品，她都读过至少一遍，有些还读了好几遍。

她不想让人把自己当成海明威的狂热粉丝。

卢克带着她走到房间的一侧，给她看了看电脑："这台电脑你可以随时使用。相信托里肯定乐意让你帮忙往我们的社交网络站点发布宠物图片。等你看到有多少只狗因为我们发布的图片和故事而找到新家，你一定会大吃一惊的。关键就在于找对人。更新内容很费时间，但是如果你想在自己的社交网络上发布也是允许的。"

卡拉呆住了。

她盯着电脑，仿佛那是一条蓄势待发的毒蛇。卢克为什么要把她带到这里？有那么一瞬间，她思忖着要不要告诉卢克有人在追踪她。说实话，她从来不爱摆弄网络。网络游戏和所有的社交平台都跟她绝缘，主要是因为她得做全职工作，中间还穿插着兼职，她根本没有时间去玩。不过她和哈娜还是有电子邮箱的，她不知道邮箱里会不会有新邮件，只要她一打开，就会被人追踪到。

"卡拉？"卢克碰了一下她的胳膊，她猛然闪开，"你不愿意帮托里更新内容也没关系。瞧你那表情，好像我刚刚让你去杀人一样。"

听了这话，卡拉的脸上血色尽退。

"你还好吧？"卢克问道。卡拉转身跑出房间，只留卢克的话在空气中消散无踪。

第十七章

几年来，卡拉和哈娜共用的卧室屈指可数，有些根本称不上房间，有些稍显粗陋，也还算舒适。许多养父母无论家里多么贫寒，都会给两人单独安排像样的地方，但无论哪一间都无法跟她们进入收养体系之前的那间相媲美。

姐妹俩的妈妈生病之前常常用缝纫机给她们做东西，围裙啊、娃娃衣服啊、裙子啊——她很有做针线活的天赋。她甚至还教——或者说尝试教过——两人用缝纫机做几样物品。学习缝纫的时候，卡拉和妈妈坐得那么近，妈妈的呼吸抚弄她脖子的那种亲昵的感觉，对她来说每一分钟都是享受。然而，哈娜不愿意学，她的注意力集中不了多长时间，每次都半途而废。

离家前的那一年，妈妈让卡拉和哈娜各选一样做窗帘的布料。

最终做成的窗帘跟房间不搭配，两人仍旧非常喜欢。哈娜给自己那侧的窗户选了深紫色的布料，如果卡拉没记错，那应该是厚重的天鹅绒质地，把意图照进来的阳光挡得严严实实。卡拉给自己那边选了漂亮而柔软的白色棉料，边上缀着蕾丝，阳光照得屋里亮堂堂的。每当回想起那间屋子，回想起那么多年来，妈妈给她们掖好被子，轻轻地吻上她们的额头，手掌的温度传遍她们全身的样子，她的脑海里总会浮现一个画面：窗户敞开，白色的窗帘随着微风轻轻飘动。

托里领着卡拉走进客房的那一刻，这段记忆率先涌现。卡拉逃离书房，径直去了洗手间，出来时为自己莫名的尴尬反应表示歉意。卢克耸耸肩，不置可否，让托里带她继续参观。

"这间屋子好长时间没人住了，可能稍微脏了些。我没太多时间来收拾。"托里走到窗前，把窗户往下拉了一点，"岛上风挺大的，不过我们喜欢这里的新鲜空气。"

卡拉不想让托里把微风挡在窗外。飘动的窗帘勾起了她对姐妹俩共用的卧室的记忆，给她心中注入了一股暖意。她想要留住记忆细细品味，哪怕只是短短的一瞬间。美好的回忆是那么稀少，而且随着时间的流逝，越来越难记起来了。

"觉得怎样？"托里说，"床单起码是干净的。"

"特别好。"卡拉低声说道。她缓缓地打量着房间，目光从老式的四柱大床、时髦的红心桃木梳妆台和古老的抽屉柜上一一掠过。屋里被涂成桃红色，配以清新的白色，墙上挂着五彩缤纷的绘画作品，想来都是岛上的旧式房屋。一眼看去，屋子里四处点缀着浅绿色，尤其是白色床单上铺着的颜色亮丽的被子。当目光落在放满书籍的小书架上时，她便知道，就算有十几个房间任由她挑选，她也仍然会选这一个。

"真的吗？"托里问道，"卢克说这间屋子太压抑，让人没办法放松心情来休息。不过，这儿基本保留了原始的装潢风格，我觉得挺好的。"

"卢克想错了，你说的才对。"卡拉一边欣赏房间，一边轻声说道。

托里哈哈一笑。"哎呀，再拣好听的说，咱们就会变成好朋友了。"她走到抽屉柜前，伸手把柜面的灰尘扫落，"你可以把东西放进这里。"

卡拉这才想起背包还挎在肩上。她的东西不多，可能连一个抽屉都装不满。她看着托里可爱的夏裙和人字拖，想到自己随身携带的衣物——乃至留在家里的那些——跟基韦斯特的风格完全不搭，脸一下子红了起来。她只有两条牛仔裤和几件T恤，显然占不了多大的空间。

"这些老房子没有独立卫生间，所以咱们俩要共用走廊尽头的那一个。卢克的屋子外面有个小卫生间，相信我，你一定不会想去那里的。他这人太不讲究卫生了。"

他们没住在同一间屋子里。卡拉觉得这有点蹊跷，但她什么都没说。每一对夫妻都有各自的癖好，或许托里真的不愿跟不讲究卫生的人同床共枕吧。

"谢谢你。"卡拉转身对托里说道，"你让卢克把我追回来，给我一份工作和住的地方，我不胜感激。"

"哦，你拿真本事来换就行。"托里笑盈盈地说道，"我们早就需要帮手了，卢克一直厚着脸皮不肯承认。我没想到能说服他把你招来。他那榆木脑袋终于在恰当的时机开了窍。而你，我的朋友，我相信你是上天派来的天使。"

卡拉希望自己能证明托里没有看走眼，也希望自己的能力足以胜任这份工作。她会竭尽全力，只是不知何时又要踏上逃命之旅。基韦斯特是她所能想到的最偏远的地方，如果要再次逃亡，谁也不知道她能逃向哪里。原路返回似乎是唯一的办法，却也不怎么让人安心。

她只希望不至于走到那一步。

紧接着，她想起托里称呼自己为"朋友"。卡拉转过身，目光投向窗外，落在绿意盎然的后院，以免托里看到她脸上骤然浮起的微笑。

"还有——希望不会冒犯到你，那个……"托里说道。

这种话是不好的兆头，卡拉心想，然后等着托里把话说完。她看着托里走向衣橱。

"我注意到你的背包瘪瘪的，想来你随身的衣物没带多少，而且可能应付不了这里的高温。"托里看着卡拉的牛仔裤，眉毛皱了起来。

卡拉不自在地挪挪背包："嗯，好多东西都被偷了。"

这话半真半假，但她不想让托里看出自己走得匆忙，连衣物都没顾上收拾。

"没事，正好我夏天的衣服多得是，估计遇着个人就能分一件。你比我个子高一点，不过你大多都能穿得上。说实话……"托里走到衣柜前，打开柜门，亮出长短不一、颜色各异的裙子，

"这些都是我不穿的，所以就放这屋了。街上的商店每个季节都会推出新款式，我总是忍不住跑去买。"

"这些衣服看着都很好，但是我不能接受。"卡拉说。

托里耸耸肩。"我买这些没花多少钱，因为我知道该去哪儿买，又会讨价还价。拜托啦，在基韦斯特，穿牛仔裤可是亵渎哦。再说了，我想让你过得舒舒服服的，而且如果有人穿了这些衣服，我会觉得不那么浪费。这堆衣服都两个季节没见天日了。或许这样卢克就会不再絮叨我的衣服占地方呢。"她朝卡拉眨眨眼，"不过，他不知道这里还藏了一堆，所以他兴许会以为你会魔法，把衣服全装在了背包里。"

卡拉听到外面的刹车声，从巨大的声响判断，那车子应该很大。托里也听见了，她歪着头，朝门外走去。

"这儿马上要热闹起来了。"

卡拉还没顾得上开口询问，就听到门哐当一声被打开，有人砰砰砰地爬上台阶，顺着走廊朝这边走来。那声音吓得她浑身一颤。

"怎么——"卡拉刚要问来的是什么东西或者什么人，一个小女孩就风风火火地冲了进来。小女孩大约八九岁，只消一眼，卡拉就看出她是卢克的女儿。两人有着同样的眼睛，下巴都是一样的棱角分明。她的头发比托里的更加乌黑，发髻上绑着一条宽宽的蓝色发带，恰好给她增添了一丝骄纵。

"艾娃·玛丽，慢点。"托里说道，"家里来客人了。"

女孩的名字一从托里嘴里说出来，卡拉便如同遭了重击一般。哈娜的中间名就是玛丽。事实上，欧内斯特·海明威的母亲也叫玛丽，但这不过是让卡拉臆想她和海明威家族存在无形的关系的另一个巧合罢了。可是，艾娃·玛丽和哈娜·玛丽听起来如此相似，让她不禁起了一身鸡皮疙瘩。

女孩上下打量着卡拉，一双棕色的大眼睛只盯了她几秒便愤愤地转向托里："我的零食呢？餐桌上没有，我得赶紧吃完去帮爸爸照顾小狗。"

"记住我们说过的话，吃完零食要写作业，然后再去跟小狗玩。"托里说，"等你写完作业，它们也不会跑掉。我马上去给你做三明治，今天有点拖延了。"

卡拉饶有兴致地看着艾娃·玛丽双手叉腰怒视托里。"我那不是跟小狗玩，是训练它们。"女孩说完转向卡拉，这才仔细端详起来，"你在这里干什么？你送小狗过来？怎么……你觉得养不起了？看来你喜欢可爱的胖小狗，现在狗长大了，工作又忙，就打算抛弃它了吧。"

"艾娃·玛丽！"托里大声喊道，"去你的房间。马上就去。给你半个小时，不许从后门偷溜出来。你说话要有礼貌！我跟你说过多少次了。"

小女孩扬头嘟囔了一声，怒气冲冲地跑了出去。等她走后，托里转身面对卡拉："真是不好意思。她其实很乖的——大多数时间，只是对捍卫小狗太投入了。"

卡拉哈哈一笑："不必道歉。我看得出来，她跟你和卢克一样深爱着那群小狗。这是好事啊。"

托里摇摇头："嗯，是好事。不过每当有人带狗过来，无论是他们自己养的，还是在街上看见再带到这边的，她都会逮着人家说教一番。你很快就会明白，艾娃虽然只有八岁，在镇上已经是名人一个了。我先去给她做三明治，免得她也给我来一通长篇大论。"

"我来帮忙吧？我看你挺忙的。"卡拉说道。目前为止，她已经看到过托里分发小狗饼干、取走咬得不成样的玩具和调停打斗了，甚至还给一只沾满荆棘的狗梳了毛。说真的，托里忙得连轴转，单单看着她忙来忙去，卡拉都觉得累。可是艾娃·玛丽呢，她实在太可爱了，那暴烈的脾气让卡拉想起了哈娜，而应付哈娜是卡拉最拿手的。

"呃，我觉得你初来乍到，恐怕应付不了她。今天先缓缓吧？洗洗澡，把东西拿出来，安慰下你的狗，告诉它你们要在这里住一段时间。明天再着手帮我应付这堆事。"

卡拉觉得无所事事很不好，便试图说服托里改变主意："如果你确定的话。我是说，我能应付得来。我真的不用休息。"

"你累坏了，明眼人都看得出来。你先收拾收拾，然后我给你下第一条命令：在午饭前好好睡上一觉。等你下来的时候，咱们再说别的。我得去处理几封邮件，再发布几个新动态。这些起码得需要一个小时。凡事慢慢来，免得把你吓跑。"

"好吧。"卡拉说，"我能去把海明带过来吗？它可以进这屋吧？"

"没问题啊。"托里笑着走出房门，"但是你要先换衣服，那样会更舒服些。有什么事情的话，我就在楼下的办公室。我会用家具把门堵上，你推一推就知道是哪间了。或许，只是或许啊，我能安心做些事情。艾娃可能会吵得你睡不了太久，但你应该试试。哦，对了，如果你想讨好她，千万别叫她艾娃·玛丽，只喊艾娃就行。"

第十八章

卡拉坐起身，看着从窗户倾泻进来的阳光。从墙上的时钟指示来看，小憩变成了近乎昏迷的彻夜长眠，醒来已是星期六早上了。他们会怎么看待她？觉得她懒惰？海明跑哪里去了？她记得让它来床上躺在她身边，现在它竟然跑掉了。

真是个小叛徒。

卡拉掀开被子，爬下床，走到衣柜前，来回拨弄衣架上的夏裙，在每样面前都犹豫了一下，最终选了一件带蓝色卷纹的软料衣服。衣柜下方还放了一篮便宜的二手塑料人字拖，她心想托里应该不会介意，便选了一双黑色的穿在脚上。这双人字拖其实比她穿的小了至少一码，但脚趾还在鞋里，所以她便凑合着穿了。

搁在往常，她穿别人的衣服和鞋子会觉得膈应，但不知怎的，托里的东西让她觉得特别舒适。不得不说，脱掉前几周每天轮换着穿的厚牛仔裤和T恤，让她一下子浑身轻松。说实话，她很想把自己的衣服一把火烧掉，可是离开基韦斯特的时候还要穿，她便将它们折了起来，放到梳妆台上。

她伸手大概捋顺了打结的头发，扎成一个马尾辫，然后照了照镜子。镜子里的那个人变了模样，几乎认不出来了。怎么说呢，她看起来像个小姑娘，跟来的时候完全不同。

她晃晃脑袋，甩掉这个糊涂的想法，走出房间，拾级而下，沿着走廊朝厨房走去，一路上细细品味着柔软的布料摩擦腿部的质感。

艾娃已经在厨房里了，正一边准备做三明治的食材，一边哼着歌。案台上挨着一堆文件夹和一个背包放了一本被翻皱了的平装书——《霍比特人》。

"打扮得不错啊。"卡拉说。小女孩穿着一件白色短裤，披着大号的黑色斗篷，斗篷外扎着一根宽腰带，还别了把玩具剑在腰带上，让卡拉忍俊不禁。她额头上绑了一圈带穗的头巾，看起来年纪大了很多。今天是星期六，艾娃起这么早，还兴致盎然，卡拉很是惊讶——小孩子在周末不都很爱赖床吗？

艾娃抬头把她从头到脚打量了一遍，然后皱了皱眉毛："你也是，不过你穿牛仔裤更好看。现在你跟托里一个样。"

"托里？你是说你妈妈？"

"她不是我妈妈，是我姑姑。"艾娃气呼呼地剜了卡拉一眼，自顾自地从塑料罐里往花生酱上挤葡萄果冻。

"哦。"卡拉窘迫地说道。她不知道自己为什么会感到窘迫，可她原本以为托里和卢克是夫妻，现在发现两人是兄妹关系，她觉得自己好傻。不过，幸好是艾娃道出了真相，而不是卢克，她为此松了口气。

"我妈妈死了。"艾娃淡淡地说，眼睛却一直盯着三明治，把两片面包合到一起，放到了小盘子里。

艾娃对自己的话无动于衷，卡拉却深受触动。她屏住呼吸，突然想起哈娜在艾娃这个年纪时，逢人都会说同样的话，而卡拉每次都会从屋里逃出去。哈娜常说，卡拉把这事埋在心里对身体不好，可她不像妹妹那般坚强，有些事情埋在心底比较好。

真的是这样吗？

卡拉深吸一口气，双手撑在案台上，以消解突如其来的头晕目眩。

"我妈妈也死了。"卡拉轻声说道。

好了，她终于说出口了。

艾娃看着她，突然对她说的话产生了兴趣："真的吗？"

卡拉点点头，觉得话说出口反而心情好些："真的。"

卡拉不知道是出于幸存者之间不言而喻的默契，还是纯粹出于运气，反正艾娃没有追问她妈妈是怎么死的。因此，尽管好奇心萌动，她也没问小姑娘。她从洗碗池上方的铁丝筐里拿出一根香蕉，剥开咬了一口。为了缓和气氛，她换了个话题："你周末做作业啊？"

"我昨天没写完。"艾娃用空着的手从一堆文件夹里抽出一个，哗啦一声翻开，指了指一张纸，"还得校对一遍。"

卡拉吃完香蕉，把香蕉皮扔进垃圾桶，再绕过吧台，俯身看着那张纸。从字体大小来看，那是艾娃的笔迹。

"写的什么？"卡拉问道。

"人生大事报告书。"艾娃说，"我选了给狗切除卵巢和阉割的重要性。"

艾娃一本正经的样子叫人刮目相看，引得卡拉开始读那篇文章。卡拉看得出来，如果文章不是别人帮忙写的，那艾娃是真的很懂行。只看了几句话，卡拉就碰到了自己都不懂的东西。

"这是真的吗？"卡拉问艾娃。

艾娃瞥了眼卡拉指的地方，点头说道："嗯。如果不切除卵巢或阉割，一对狗只需六年就能繁殖六万多个后代。"

卡拉挑了挑眉："哈，这我还真不知道。"

"如果你不知道这一点，那你肯定也不知道小狗生下来的时候既看不见也听不见。"

"这个我还真知道。"卡拉听出艾娃要强的语气，强忍住笑意。

艾娃啪地一下合上文件夹，双臂抱在身前："那你知道狗用耳朵表达情感吗？狗的耳朵有十几处肌肉来控制动作，每一种情感的耳朵姿态都不一样。"

卡拉举起双手作投降状："好吧，你比我厉害。我不知道，但是我猜到了，因为我的狗会在不同情况下做出一些滑稽的表情。只不过我不知道耳朵上还有肌肉。"

艾娃占了上风，情绪缓和下来，便再度拿起三明治咬了一大口。

"你喜欢读书啊？"卡拉想找个竞争性小一点的话题。

艾娃点点头，含糊地说道："我爸说我是'虫子'。"

"是书虫的另一个说法吧？"卡拉问道。她小时候也经常被人这么喊。她发觉埋头读书能避免过多地思考现实生活，自然而然地就得了这么个昵称。

"对啊，他以为我不喜欢这个名字。其实吧，我觉得比叫我艾娃·玛丽好很多。"

卡拉忍不住笑出了声："好吧。你这个报告书还要做些什么？"

"没别的，就是看看有没有拼写错误。另外还有半页的数学要写。"艾娃扯出另一张纸，卡拉强忍住对数学应用题的厌恶。她没想到帮艾娃做作业还会有反噬作用。说实话，自从高中毕业之后，她就顺势把数学的存在给抹除了。

"需要我帮忙吗？"卡拉问道，心里嘀咕着千万别暴露自己的不乐意。

"不用，我能搞定。"艾娃吃完三明治，用手背抹了抹嘴。她从笔袋里抽出铅笔，低头心算起来，嘴里还念念有词。

她顿了一下，看了眼卡拉，把报告书推到卡拉面前："给，帮我看下有没有拼写错误吧？"

校对只花了一两分钟。除了边边角角有几处随手涂鸦之外，报告书堪称完美，卡拉把报告书放回案台，走向洗碗池。她从滤干器上拿来一只干净的杯子，在水龙头那儿给自己接了杯水。

她喝了一大口，目光透过杯子的边缘落在艾娃身上。

说心里话，看艾娃写作业一点也不无聊。卡拉被她震撼到了——不仅仅是因为她全神贯注的样子，还有她浑身散发出的独特气质。有多少小女孩会打扮成古书里的武士，摒弃马尾辫和粉红色的衣装，一副勇往无前的做派？或许真正触动卡拉的，是她从来没有跟能够如此勇敢而淡定地说出自己的妈妈死了，下一秒又专心致志地干别的事情的女孩打过交道——哈娜除外。

坚强。

没错。短短几分钟里，艾娃让她看到，在那充满反叛精神的小小身躯里，不仅囊括了种种俏皮的话语，还蕴含着一眼力量之泉。

艾娃把铅笔往桌上一扔，径直朝门口走去，吓了卡拉一跳："要是想跟来就快点儿！"

卡拉仔细地冲好杯子，把它放进洗碗池，然后转身跟上艾娃。她不知道自己能不能跟上艾娃的跳跃思维，但她会努力尝试。

卡拉走到外面的时候，艾娃不知怎么地已经让四只狗排成一队坐在了面前。海明是其中之一，旁边紧挨着一只灰色的狗。

海明看了眼卡拉，接着把目光转回艾娃身上。艾娃伸出一只手，一边反复要求它们坐着别动，一边小心翼翼地后退几步。

海明听从指挥，乖乖地坐着一动不动——大部分时间没有动。

个头最大的那只——看着像长毛羊的那只——也待着没动，可是最小的白毛球跳了起来，朝艾娃跑去。

"不对，萨什，我叫你待着别动。"艾娃说罢领着白毛球回到原地，叫它坐好，接着重新开始。几只狗稳稳地坐了一分钟，艾娃把手伸进口袋，给它们逐个分发了一块小奖品。

卡拉双手抱在胸前看着眼前的情景。海明很听话、顺从，她深感骄傲，而她太专注于艾娃和那几只狗，连卢克从狗舍里出来都没发现。

"看来你见过我的小火球啦。"卢克一开口便吓了卡拉一跳。

她怎么老是神经兮兮的？她很反感自己对他人的不信任对别人展露无疑。另外，她还得为上班第一天就睡懒觉而道歉。

"是啊，我说要帮她写作业，被拒绝了。"卡拉说道。卢克走过来，两人肩并肩地站在一起。艾娃没搭理他们，专心地训练她的学生。

"她是我见过最能自得其乐——也最执拗的小孩。"卢克说，"不过有她在身边挺好的。我不让她跟新来的狗接触，但是小狗通过评估，能进院子之后，她就会训练它们。有时候，她能教会它们几个小把戏，但最重要的是，她让狗体验到了与人类互动是什么样子。"

"它们好像很喜欢她，连我的狗都参与了进去。它可是刚来的啊。"卡拉看着海明，发现艾娃对它下命令的时候，它会轻轻地摇尾巴。

卢克摇了摇头："我知道，只是我也想不明白。她好像天生就有这种能力，或者说是某种只有她和狗才能理解的默契。她四岁那年，我有次去看她睡得怎么样，发现床上空空如也，差点疯掉。托里说去看看狗舍，我们就看见她跟新来的一只狗躺在一起。那只毛发乱蓬蓬的狗因为被主人遗弃，心情特别低落。"

"好厉害。"卡拉说,"那只狗后来怎么样了?"

"在那儿坐着呢。"卢克指指懒洋洋地坐在前廊软垫椅子上观看训练的那只狗,"她给它起名麦克,一人一狗,一见如故,我都不忍心再给它找新家了。"

卡拉从这些话里听出了两个头绪:第一,艾娃这小丫头把她爸爸吃得死死的;第二,卢克比他平常所表现的更加温厚。

"那个——"卡拉说,"昨天一睡不起,我很抱歉。我从来没睡过那么久。估计我是太……太……"

"太累?"卢克接口道,"卡拉,这是人之常情,不必道歉。"他清清嗓子,"希望你刚刚吃了早餐,毕竟这是你第一天上班,得去狗舍干活。姑娘们净挑好玩的,还有好多脏活累活等着咱们呢。"

听卢克说出自己的名字,卡拉心底涌起一股颤栗,紧接着又嫌弃自己犯花痴。她紧跟着卢克走进小房子。她不介意脏活累活,只要能让她填饱肚子,有个地方遮风挡雨,她什么活都愿意干。可她不也是个姑娘吗?随便吧,她不在乎,卢克想怎么称呼她都行。她庆幸目前所能得到的一切,接下来的事情,以后再做打算。

第十九章

卡拉拿来阿司匹林药瓶，往手心倒了几片，希望能快速缓解头痛症状。她一般会避免使用任何形式的药物，可是昨晚睡觉之前，卢克给了她好几本犬类行为书籍。仅仅经过一周的摸索，她就已经学会了很多，导致卢克又加了几本，还催促她有空就读。或许卢克只是打算让卡拉挑个一两章，而她却在给狗洗澡、喂食、清理狗舍一通忙活又做了晚饭之后，熬了半夜，把整本书都读完了。

她感觉自己刚闭上眼睛，六点钟就悄悄溜过来了。

这就意味着一整天都会头疼得晕乎乎的，可是她说好要跟卢克和艾娃一块儿去找一只失踪的小狗啊。那只狗从距离岸边几英里的船上落水，搜索面积非常大，估计会耗费很长时间。但是她也不想露怯。在她看来，到目前为止，卢克并没有后悔聘用了她。卢克还因为她做了晚饭而表示了感谢——简便的意大利面和蒜末面包，至少艾娃吃得一干二净。卡拉并不知道，这试图取悦众人味蕾的第一顿饭就选中了小姑娘最喜欢的口味，对于这种无心插柳柳成荫的结果，她当然是乐见其成的。

卡拉把瓶子放回药柜，关上柜门。看着手心的药片，她心里一阵悲哀，再看看镜子，只觉得哈娜在盯着自己。这是难免的，毕竟是双胞胎，妹妹的面容和她有着明显的相似性。

她吞下药片，和着水咽进肚里，弯腰用水槽的水泼了泼脸。第一次应付服药过量的记忆不由得浮现：姐妹俩二十出头，哈娜试图自杀——即便未遂，还是得洗胃。卡拉吓得魂飞魄散：如果妹妹死了，自己在人生路上踽踽独行，那样的场景简直要让人肝肠寸断。

这并不是说卡拉真的必须有哈娜陪着才能活下去。很多时候，需要陪伴的其实是哈娜。只是如果哈娜死去，那么这个世界上最了解她的人——知道她所有的弱点、秘密和雄心壮志——将永远不复存在，只留她孤身一人。

哈娜总嚷嚷着那不是要自杀，她只想睡好久好久，或者睡到形势改观。卡拉拼命跟她解释，说睡觉是消极被动，消极被动永远无法改善局面。其实，卡拉很想臭骂哈娜一顿，把她骂得跳起来重振精神，以她惯常的霸气作风面对这个世界。

卡拉跟她说起自己的感受，哈娜看着姐姐，露出同情的笑意。妹妹告诉姐姐："卡拉，抑郁很难用言语描述，不过你可以这么想；有时候，我是巨魔手中的玩物，祈求它的饶恕。而有的时候，我就是那个巨魔。"

卡拉明白了，哈娜吞药自杀的时候，正是处于玩物状态，而当她所向披靡、无往而不利时，她就是巨魔。

不过，有一件事令卡拉心安：哈娜抑郁症的发作是有周期的。发作的时间几乎可以在日历上描绘出来，但是卡拉倾向于乐观思维，每次撑过抑郁症发作，她都希望这是最后一次。

卡拉听见艾娃急匆匆的脚步声，心里踌躇了一下。直到小女孩径直走过她的房间，她才松了口气。她还没有做好迎接这一天的准备，而且虽然她很喜欢跟艾娃相处，却有些怕小女孩机关枪似的提问。

思绪再次飘到哈娜身上。那天，她从新的工作地点回到家里，为终于找到一个不是收银、烤汉堡乃至给人刷厕所的工作而兴奋，对未来充满了无限的憧憬。

"猜猜我星期一要做什么？"她得意洋洋地问道。

卡拉把她们平日里做的职业猜了个遍——服务员、收银员，还有她们俩做过的许多其他工作。卡拉每说一个，哈娜都摇头否认，她只好认输。哈娜纵声大笑，接着说了出来。

保姆。

卡拉从来没有设想过哈娜能当保姆，但显然有人觉得她能胜任。她在某网站上找到了一个招聘启事，参加了面试，在奇迹般地击败几十个竞争对手之后得到了这份工作。

如果那几个孩子的爸爸没有觉得哈娜的高冷是欲擒故纵，或许一切都会好好的。他在妻子的眼皮底下苦苦追求哈娜，说尽了甜言蜜语，送给她各式各样的礼物，满足她的渴求，终于俘获了她。他像魅力十足的白马王子，慢慢侵蚀她们的生活，直到哈娜变成他的掌中玩物。

然后把她甩了。

如此的背叛导致哈娜第四次企图自杀。她吞下了三十多片强效抗抑郁药片，这一次，卡拉像个职业医生一样，处理起来得心应手。可悲的是，就算到了那个时候，她还是能清醒地知道要给妹妹喂什么样的催吐药，尽量让妹妹保持清醒，同时留心她的抑郁症突然发作。

挚爱之人一心求死，你却成了维持她的生命的专家，再没有比这更悲哀的了。每一次经历都是一场噩梦，卡拉觉得妹妹根本不知道这对她产生了多大的影响。

结局让哈娜甚为满意：寻死觅活的行为使得她重新回到了引发这场闹剧的无耻浑蛋的怀中。无论是因为担心摊上人命，还是因为哈娜恐吓要跟他老婆摊牌，他终究是手捧鲜花向她屈服了。卡拉说不清哈娜那次究竟是受害者，还是施害者。无论是哪一种，她总算用自己的行动得偿所愿了。

脚步声再次传来，艾娃敲了敲门："卡拉，你还来吗？"

"我马上出来。"卡拉喊道，慌张的感觉油然而生。

她想不明白，为什么这个小女孩会让人有种应付不来的感觉。艾娃叫人心情愉悦，可是一看到这个小姑娘，卡拉就会想起压在心底不愿回想的事情。

她没有为人母的可能。

痛经以及高血压等其他症状从初中就开始显现，到毕业那会儿，她已经看过了不少专家。经过数月的预约和检查，卡拉一次都没哭，直到最终诊断结果出来：卵巢多囊症，无法生育。

新指定的案件负责人带卡拉去预约，站在那里细心聆听，仿佛遭受沉重打击的是她自己，仿佛她未来的孩子被硬生生地夺走。面对这样一个陌生人，卡拉怎么哭得出来？

卡拉一个字都没说，不让任何人看出她的情绪。事实上，即便在那么小的年纪，她也已然万念俱灰。更何况，哈娜的完全崩溃让她没有时间去做出反应。卡拉站在一旁，看着妹妹冲医生大吼大叫，要他收回说出的话，仿佛他只是开了个玩笑或做了过分的恶作剧。当晚躺在床上，两人为这件事的讽刺性唏嘘不已：哈娜常说不想要孩子，却有生育能力，卡拉梦想着组建家庭，却被剥夺了生育的机会。

哈娜再度痛哭流涕，卡拉安慰妹妹说，到那时候，就让妹妹代孕，要么收养也行。听了这话，妹妹终于停止抱怨，不再说她讲的都是当权人士放的狗屁。

卡拉刷牙洗漱，把头发扎到脑后，迅速穿好衣服。她从托里的新一堆二手衣服里面选了一件卡其短裤和轻柔的T恤，穿上人字拖，摁灭浴室的灯，朝楼下走去。

大家都在厨房里，好像是在等她。海明在艾娃身边抬头摇摇尾巴，跟卡拉打了招呼。

"嗨，小家伙，亲一下吧？"卡拉原地蹲下，海明站起来，穿过屋子立着后腿冲她的鼻子舔了一下。这是艾娃教其他狗的小把戏，卡拉对于海明学得这么快感到惊喜。

"咱们会去多久？"艾娃问道。

"你们先吃饱饭，再讨论细节。"托里往吧台上添了一盘黄油吐司，"狗都吃过了，狗舍用水冲完了，接下来就该咱们吃早餐啦。"

"走之前需要我做些什么？"卡拉问道。

"填饱肚子。"托里说，"今晚轮到你收拾狗舍，早上我替你做了。"

"生死攸关的事情，哪还有时间吃东西。"艾娃说。

"艾娃，现在不是命悬一线的时候，它已经失踪好几天了。要是你饿得连路都走不动，怎么展开营救？"托里问道，"给，吃点水果也好。"

她捏起一片菠萝，艾娃勉强接过去。

"艾娃，如果你只吃那么点东西，我是不会带你去的。这回可能会很费时间。"卢克说完朝卡拉举了下杯子，"早安。咖啡煮好了。我打算十分钟内出发，尽量吃快点。"

"谢谢，不过我还是喝茶比较好。"卡拉说着去滤干器那儿拿了一个干净的杯子。她看了眼炉灶，发现茶壶正在冒烟，便向托里投去感激的微笑。自从知道卡拉喜欢喝茶，托里就每天早上提前烧好开水。

"卢克，她来之后每天早上都喝茶，你为什么老是让她喝咖啡？"托里不耐烦地问道，"你到底有没有用心听人说话？你非得这么大男子主义吗？"

卢克耸耸肩，就着杯子喝了一大口。卡拉看到他大手遮住的脸上露出一丝笑意，但没吭声。她跟托里开玩笑完全没压力，面对卢克时却始终放松不下来。一同工作的大多数时间里，两人基本默不作声，只跟照顾的猫狗说上几句。卡拉觉得这样挺好，毕竟说话就得谈自己的事情，就会有祸从口出的风险。凡事不掺杂感情，对她来说最有好处。

"咱们全都去吗？"卡拉问道。

托里摇摇头，抹灭了她的希望："我留在家里照顾小狗，以防有新的过来。如果那个女人信守诺言，今天可能会来收养。她对布鲁诺很感兴趣。根据电话沟通的情况来看，双方非常合适。或许这就是它的永久之家了。"

艾娃咧着嘴笑起来。每当有狗成功找到新家，她比谁都高兴。

"太好了，但是千万别让它不跟我说再见就走了。"

"确定她符合所有条件，仔细核对每一个担保人。如果她找不出三个担保人，就叫她走人。"卢克语气生硬地说道。

"是，哥哥，这些我现在都懂了。"托里翻了个白眼，又冲卡拉使了使眼色。

卡拉迅速倒了杯热水，把绿色茶包丢进去，喝一口茶，咬一口面包。布鲁诺要去新家了，她很开心。它是一只洛特维尔牧犬，而且从为数不多的接触来看，它特别可爱。人道主义协会原先忽略了它，导致它错过了收养时间，就被转到了这边。它个头虽大，却出人意料的温顺听话。

"走吧？"卢克从凳子上起身。

艾娃背着一袋包好的三明治冲进后院，屋门在她身后哐当一声关上。托里把装满湿狗粮的大碗和几瓶水递给卢克，挥手道别。

"万事小心。"她说。

卡拉跟着卢克走向艾娃。

出了门，一群狗围着他们博取关注。卢克随口说了几句，它们便退到一旁，空出一条路，让他们穿过大门，走上人行道。

"咱们要去哪里？"卡拉问道。

"码头。"艾娃领着路一本正经地说道。

卢克笑着点点头："对，我们有艘快艇停在码头。虽然我觉得狗是找不到的，不过我答应了爱芙瑞女士至少要试一试。"

三人转过街角，走到边上，让瘦削的老妪先走。卡拉发现艾娃根本不需要人说就自动让路。到了下一个街角，有个矮胖的西班牙人手持标牌给餐厅打广告。他用低沉欢快的嗓音唱道："起早吃早点，烤饼当早餐。营业时间长，八点到九点。"

"那是皮特烤饼，他家的早餐最好吃。"卢克说。走过那人身边时，卢克伸手跟他击掌。

卡拉还没弄明白目前的状况跟哈德利的关系。"你们经常出来搜寻失踪的狗吗？"她问道。

"不经常，但如果是当地人丢了狗，自己尽力找了却没找到，一般都会打电话给我。这一次非同寻常，机会渺茫啊。"

"具体是怎么回事？它怎么丢了？"卡拉问道。她看着走在前面的艾娃跳起来抓一根低垂的树枝，抓到之后发出胜利的欢呼，接着继续往前走。

"岛上有家人乘着平底船出海，他们横穿一道尾波的时候正好刮来一阵大风，全都溅了一身水。仔细一看，狗掉水里了。"

"他们没找到？"卡拉问。

"没有，天太黑，而且起浪了，他们打着头灯和手电找了好几个小时，半夜的时候放弃了。第二天回来接着找，第三天又找了一遍，始终没找到。这一次比较棘手，毕竟那只狗是爱芙瑞从小养大的。她伤心坏了。"

"失踪多久了？它会游泳吗？"

卢克重重地叹了口气："它是只金毛犬。金毛犬都会游泳，不过这是一般而言，谁也不能保证没有一见水就往下沉的。闹闹已经失踪三天了。"

"三天！不管是死是活，你真觉得我们能找到它吗？"

走在前面的艾娃停下脚步，转身指着卢克："爸爸，说是。我们得心态积极一点，闹闹才有生还的希望。"

"好，有希望。"卢克说，艾娃刚一转身，他又低声说，"可是希望渺茫。"

艾娃领着他们走过崎岖的小路，在大街小巷里来回转悠，终于走到了码头。卡拉环顾四周，收回目光时，艾娃不见了。

"她去哪儿了？"卡拉紧张地问道。他就这么随便地让女儿一个人跑开？万一遇到变态呢？万一被绑架了呢？万一遇上坏人呢？各种恐怖的情形在她脑海里涌现，可是她没有资格去发问，只好缄默不语。

卢克哈哈大笑，八成是感觉到她越来越恐慌："她没事的。她把自己当成了船长，先跑去快艇那边了，现在肯定正在巡查呢。"

卡拉只看到了一溜船，却没看到艾娃："是哪条？我看不到她。"

"唉，不是那艘二百七十英尺长的运动艇，你再看也没用。"卢克指着一艘边上涂着"海螺共和国二号"的漂亮大船，"我的是J16快艇，二十马力的，这动力已经满足我的需求了。"

"我分不清船与船之间有什么区别。"卡拉边说边四处张望，想知道艾娃跑去了哪里。

"那艘船主要是用来飞钓的，后来我哥们想干点大事，就便宜卖给我了。我们不经常钓鱼，但是艾娃喜欢坐船去探索小岛屿。船本身不大，耗油也不多。"卢克说。

两人走过水区的十几条船，卡拉终于看见了艾娃。虽然只是隐隐约约的，但幸好她还站在码头上，旁边是一艘小船——确实非常非常小。他们见到的船大多都有控制台或蓬盖，这一艘并没有。

卡拉举目望向大海。风吹过来，每一道波浪都会掀起一层白色泡沫。

"水流这么湍急，你确定这艘船够安全？"

"船虽然看着不大，一直以来都很安全。别担心，铃木先生不会让人失望，把我们困在大海中间的。"

两人走到艾娃和船的近旁："铃木先生？"

艾娃笑着说："卡拉，他说的是发动机。很多人都会给船起名字，但是在我们拥有大船之前，爸爸只给发动机命名。"

两人——艾娃是主要讲解人——大致给卡拉讲解了乘船守

则，他们便全都穿上救生衣，爬进船里。卡拉从一侧望着深不见底的蓝色海水，心跳有些加速。

"这船跑得快吗？"

卢克哈哈一笑："哦，当然，天气好的时候，每小时能跑十二节，所以你没什么可担心的。"

"最重要的是——"艾娃说，"千万别站起来。"

这倒不用提醒，卡拉一边想着，一边祈祷骤然的起伏会消减下去。

卢克解开缆绳，推了一下，漂离码头数英尺的时候，他开启发动机，转个弯开走了。

卡拉紧紧地抓着船帮。她没坐过船，更不要说出海了。她俯视着海水，满脑子都在幻想下面藏着什么东西。可能有鲨鱼吧，不过她赶紧努力驱走这个念头。

"爸爸，先往哪里开？"艾娃的声音盖过了引擎的轰鸣。她坐在船头，帽檐低垂在面前，双眼搜索着海面。

"咱们绕几座岛跑一圈，看看有什么发现。"卢克大声回答。

如果不是出海的原因让人揪心，卡拉可以好好享受。她和哈娜在高中的游泳队待过一年，两人技术都很好，如果不是出不起钱——出行费、制服费用之类的——她们会继续练下去。卡拉一直为退出游泳队感到惋惜，因为除了比赛之外，游泳算是一种单人运动，她所向往的也正是这一点。入水之后，周围的一切全部消失——听不到声音，也看不到他人同情的眼神——就像天堂一样静谧。

一股冷水溅到脸上，把卡拉从白日梦里赶了出来。

"不好意思。"卢克抬高嗓门，好让她听到，"这种平底船遇到急流就会搞得水花四溅。"

十五分钟后，卢克大声说他们抵达了狗落水的区域。他转过头，盘算着往哪个方向走，然后向南开去。

"我查了它落水那天的洋流走向，如果我猜得没错，它应该是往这个方向漂了。"卢克喊道，"我打算去大船到不了的几个地方看看。"

在扫视海面寻狗的过程中，卡拉第一次放松了心情。她这些天拼命干活，试图向卢克和托里证明她能胜任这份工作，根本没时间静下心来庆祝自己达成了目标。

她也没时间去深入思考自己为什么来这里，为什么要逃离，也不敢去想人们可能还在追踪她。故意对卢克隐瞒事实也让她内心不安。卢克曾问她有没有犯过罪，她说没有，但这并不代表她没有因为某种罪行而受到追捕。心里藏着一个那么大的秘密，让她的心里像是堵了块石头。

卢克指指远处的一群海鸥，调低发动机转速，方便其他人听到他说话。

"那边有海豚。"他说，"一看到海鸥就知道了。"

他重新加速，船跑出好远。三个人小心翼翼地扫视着海面，每当开到小岛附近或看到嶙峋的岩石时，卡拉都会更加专注。专注于静止的物体还有助于减轻波浪起伏所引起的恶心感。

找了三个多小时后，卢克开到距离最小的岛屿大约一百英尺位置，熄灭了引擎。

"咱们吃点东西，补充点水分，然后再找几个小时。"卢克说，"要是到正午还找不到，就得返航了。中午阳光太毒，咱们在海上受不住。"

艾娃继续扫视着周围的海面，不过卡拉看得出来，她快要生气了。

她突然站起来，整个身体直愣愣的，目光投向某个具体的位置。

"爸爸，我看见那有个东西！"她大声喊道。

"哪儿？红树林里面吗？"卢克前后张望着问道。

她点点头，用手指着构成形似岛屿结构的两丛红树林。树木盘根错节，海水在其中来回拍击。卡拉没看见狗的踪影。

卢克重新开启发动机，把船调了个头，朝那边开去，靠近的途中将发动机减速到近乎空转。

"就在那儿。"艾娃喊道。她再次用手指着那里，在小座位里上蹿下跳。

卡拉顺着艾娃指的两丛树木之间的一条水道仔细看去。起初，她以为那是纠缠在一起的树根，但往前凑近了一看，发现那的确是一只狗，只是它趴在一条树根上，晶莹的水光照在它的眼睛上，只能看见一部分躯干。

它还活着吗？

"好眼力，艾娃。找到它了。"卢克说，"记住，它不一定还活着，你站稳点，别把船弄翻了。我试试把船开近点，不过，我觉得可能开不进去。"

如果船不能靠近闹闹，卡拉也不知道该怎么办。假如它在那里待了三天，肯定没有力气游过来。她深吸了几口气，看着艾娃急乎乎地扭来扭去，每过一秒便愈加焦虑，她心里也急得不行。

卢克绕了几个弯，试图接近那只狗，可每次都被红树林挡住了去路。那只狗一动不动，不祥的预感让卡拉有点想吐。

最后，卢克吹起口哨，接着大喊一声："闹闹，快过来！"

那只狗略微抬了抬头，就又躺下了。

"爸爸，它还活着。"艾娃说着转过身来，"它受伤了。"

卡拉看见小女孩眼中有了泪光，心里既同情那只狗，又同情艾娃。找到闹闹已经算得上是一个奇迹了，可现在他们接近不了。她也有想哭的冲动。

"不一定，艾娃。我觉得它只是太累了。"卢克说，"如果我们能——"

他的话还没说完，艾娃便扯掉救生衣，一头扎进水里。

"艾娃——别！"卢克喊道。

卡拉的心跳骤然停止。艾娃从红树林某个地方的深水里露出头，继续朝闹闹游去，但是万一她脱力了呢？

卡拉转身看着卢克："下去追她啊。"

"你会开船吗？"卢克问道，惊恐的目光在卡拉和水里的艾娃身上来回扫视。

卡拉摇摇头："不会，我今天第一次坐船。"

"水流太急了，如果我跳下去，船漂走了，我们怎么上船？"他一脸无奈地盯着她，仿佛她有办法。

她的确有办法。

她身体前倾，脱掉救生衣拿在手里，像艾娃一样一头扎进水里。

她哗啦啦地从水下钻出来，这才发现海水比她想象中的要冷很多。她甩掉眼睛上的海水，抓紧救生衣，看清艾娃的方向，再次游动起来。

艾娃先行游到闹闹旁边，爬到它骑着的树根上。卡拉停下来调整呼吸，看到艾娃两手抱着闹闹，脑袋紧贴着它，仿佛在述说共同的秘密。

"艾娃，待在原地。千万别动！"卢克在船上喊道，声音里充满了恐惧，"卡拉去救你们了。"

卡拉重新游起来。她好些年没游泳了，但本能还在。她迅速拉近距离，用空着的那只胳膊控制方向，半游半爬地绕过丛生的树根，终于来到艾娃和闹闹身旁。她喘着粗气爬上旁边的大树根。

远处的卢克用手遮在眼睛上方，试图看清楚她们在做什么。

卡拉转身看向闹闹。它看起来完全脱力，目光呆滞，可能已经陷入了休克。

"没事了，小家伙。"

"卡拉，我们该怎么办？"艾娃不再像个老成的大人那般问道。恐惧开始在心里滋生，她需要卡拉做出下一步的安排。

卡拉不想让艾娃知道她也很害怕。她用最有把握的语气跟艾娃说出自己的计划："艾娃，接下来这么做。你爸爸将船开近了一点。我给闹闹穿上救生衣，咱们一起把它拉出来，让它跟着我们游到船那儿。"

"可是它游不动啊，它太虚弱了。"艾娃说。卡拉看得出来，她在强忍着泪水。

"它可以的。艾娃，狗和人一样，都有生存的本能。咱们把它从树根上弄下来，放进水里，救生衣会帮它浮起来，它就会自己游，因为它不想被咱们丢在这里。"

艾娃点点头，脸上重新露出往日里坚定的神色。

卡拉首先把救生衣的带子调整到最大，罩住小狗全身。它呜咽了一下，艾娃赶紧安抚它。把带子扣在闹闹腹部之后，卡拉深吸一口气，看向艾娃。

"艾娃，这是一次团队营救，全靠你我了。"她说，"你准备好了吗？机会只此一次。"

艾娃点点头。

"卢克，我们要过去了！"卡拉喊道。

卢克喊着要她们注意安全。

"艾娃，下水之后，你守在闹闹旁边鼓励它。咱们游慢点，以免太早脱力。"卡拉说着滑进水里，抱住闹闹，把它从树根上拉下来。艾娃伸手帮忙，和她一起把试图拽住树根的闹闹拖进水里。

它一入水就开始狗刨，卡拉把它转过来正对着船："走吧，闹闹。咱们一起回家。"

她和艾娃各占一边，领着闹闹慢慢游动。游到中途，卡拉发现艾娃有了疲惫的迹象，她把胳膊揽在闹闹的身上，让它带着自己一同游动。这样的状态只持续了几英尺，艾娃便松手继续游起来。卡拉做好了随时抓住她的准备，但她很高兴不用真的动手。她知道，那样做会伤到艾娃的自尊。

离船只有大概两英尺的时候，卢克弯腰一把将艾娃从水里拽了出来，紧紧地抱在怀里。他坐在船上，脸埋在艾娃湿漉漉的头发里，直到她挣脱。

"爸爸，快停下。去救闹闹。"

卡拉在船下往上推，卢克从船里往上拉，合力将闹闹拽上了船。刚一上船，闹闹的腿便像新生的马驹一样哆嗦起来，一头栽倒在船底。

"该你了，大英雄。"卢克低头看着卡拉说道。透过他眼眶里的泪光，卡拉看到了深深的感激。他伸出一只手，卡拉一把握住，一阵颤栗从胳膊径直传到仍在冰冷的海水里踢腾的脚尖。他打破这短暂的瞬间，笨手笨脚地把卡拉拽上了船。她迷迷糊糊地翻过船帮，跌倒在闹闹旁边。

她挣扎着起身，赶紧坐在原先的座位上，掩饰自己彻底乏力、衣衫不整的样子。

艾娃拿出狗粮盒子，把它放在闹闹面前。它一动不动，艾娃拧开水瓶，往他们带来的碗里倒了点水，它便一口气舔了个干净。

"虫子，它能喝多少就给它倒多少。"卢克说着开启了发动机，"咱们回家去。今天的刺激体验够多的了，某个爱狗的妈妈看到老闹闹肯定会高兴得手舞足蹈。"

第二十章

卡拉和托里肩并肩地站在案台和深水池前，卡拉负责冲洗、擦干，托里负责检查、剃毛。卡拉尽量不去想两人从天刚亮一直忙到现在正是自己的过错。不幸的是，昨天下午，卢克出门接货，托里忙着处理文书，卡拉就成了负责人。

掌管哈德利之家真的好费工夫啊！吃早饭的时候，托里告诉她，有几只狗需要更多的一对一照顾，现在有几个合格的领养家庭。但是在领养之前，要对领养者进行严格的审查，他们必须提供个人担保、兽医信息和住宅详情，比如房子是自家的还是租来的？有没有后院？养没养别的狗？在托里看来，大多数申请人都过不了审核这一关，因为哈德利之家的狗本身经历过走失、遗弃、虐待或漠视，受过很多苦，她和卢克绝不能冒险让狗再次遭罪。

审核工作很繁琐，卡拉非常渴望自己能帮得上忙。

想着自己的工作已经步入正轨，应该勇于承担责任，她接收了一只狗。然而，虽然她完全依照示范填好了文件，却忘了把那小家伙隔离开来。正当她反复核对文件以确保万无一失的时候，它跑进了群狗中间，慷慨地分享自己拥有的一切，其中就包括一大窝跳蚤。跳蚤扩散得很快，他们今天只好一起把狗舍里的每一只黏着皮肤吸血的家伙清理干净。

托里扫了眼卡拉："你越来越熟练了啊，我都快跟不上你了。卢克看了我给狗剃毛的成果，一定会大发雷霆的。"

卡拉哈哈一笑。不得不说，托里剃毛的技术真的上不了台面。技术不行，那就靠热情来弥补。卡拉饶有兴致地看着她跟狗说着"改头换面"，拿它们跟莱西和托托——据卡拉所知，它们是由名为泰利的小母狗扮演的——等动物明星相比较。

说实话，卡拉从小就羡慕托里这种姑娘——头发随便一扎，随意涂点睫毛膏，就能靓丽十足；随着心中的音乐节奏起舞，却不会显得神经兮兮。卡拉想象着托里站在啦啦队三角队形的最前端，晒成棕褐色的双腿纤细苗条，笑意盈盈地甩动着毛绒球，跟着卡拉永远赶不上节奏的战歌带领大家跳动。要是她和哈娜遗传了妈妈精致的面孔，她们的人生会有多大的不同？

"那个犬类小知识是艾娃教我的。"托里说着朝卡拉眨眨眼，把她从白日梦里扯了出来。

本来不用给每只狗剃毛，但是既然要全部冲洗一遍，干脆就把该剃毛的全剃了，连海明都未能幸免。它板着脸坐在那儿，直愣愣地盯着卡拉，默默地责怪她让自己丢脸。不需要剃毛的都被艾娃带走了，逃过电推子摧残的愉悦感显而易见——它们谨慎地竖起耳朵，跟着艾娃手里的绳子蹑手蹑脚地走开。

刚说到艾娃，她就来了。

艾娃风风火火地冲进门，橡胶鞋哐当哐当地踩在地上，声音大得像个成年人。她摆出军训教官的架势，指挥着狗来来去去，必要时或牵或抱，再送剃毛完毕的去卢克早上收拾好的院子里。

"萨什是最后一个，给它剃完就结束啦。"艾娃长叹一口气说道，"结束之后，我能去找乔希玩吗？"

"只要把你爸交代的事情全都做完，我就不会拦你。"托里一手扶住正在剃毛的狗，一面转头对艾娃说。

卡拉强忍住笑。艾娃最好的朋友是个男孩，而且不是恋爱关系的那种，她觉得这真的很酷。几天前，小男孩来过一次，她透过厨房窗户观察两人：他们在院子里走来走去，一会儿跟狗玩耍，一会儿比赛谁最先爬到狗舍旁边最高的那棵树的树顶。

两个小孩恰好有着共同爱好，比如爬树、斗剑，还有读他们这个年纪的孩子一般不会去读的英雄冒险故事。最有意思的是，艾娃根本不明白，对于她这个年纪的小女孩来说，跟小男孩做好朋友是一件多么不寻常的事情。

卡拉发现卢克也在密切留意着两人。

艾娃把萨什送到卡拉身旁的大号板条箱，然后朝门走去。"爸爸说，要是卡拉愿意，今天的晚饭还让她做。"她说完就跑了出去。

"这个小叛徒。"托里嚷嚷了一句，接着大笑起来，"不过，你成了做饭的主力军，我倒没觉得伤感。我讨厌做饭，而你做饭很在行。万一他们喜欢吃你做的，嫌弃我做的，我该怎么办？"

"你做的饭也很好吃啊。"卡拉被人夸得有些不好意思地说道。她不习惯被人夸赞自己某些事情做得好。

托里瞥了她一眼："你我都知道这句话言不由衷。你只做了一次松软饼干，艾娃和我那傻哥哥就拜倒在你脚下了。我有句话早就想跟你说了：你做的饼干可以跟我妈妈做的相媲美。她是佐治亚州人，最拿手的就是南方烹饪了。"

"她还在世吗？"卡拉问道。

托里摇摇头："不，她过世了。我爸爸的身体倒还硬朗，现在住在圣西蒙斯岛。"

"他常来看你们吗？"

托里摇摇头："没。"

卡拉没问为什么，托里也没再说下去。每当聊到过于私人的话题，顺势收口总比冒险说出自己的事情要容易得多。卡拉觉得，托里和卢克对自己这么好，她却瞒着这么紧要的事情，实在羞愧，但除此之外，她别无选择。

如果他们知道了真相，肯定会赶她走的。

"对了，今晚做什么菜？忙完手头的事，我去商店里，把你需要的材料全买回来。我估计卢克已经装好了狗窝，和艾娃用水冲了一遍狗舍。这简直是个奇迹，不过我看傍晚之前应该就能完事。"

两人没听见卢克进来的声音。父女俩正好颠倒过来，他走路轻手轻脚的，除了偶尔发号施令，整天像个闷葫芦。卡拉不得不承认，每次卢克出现，她的心跳就会被打乱一小段时间。

"我今晚打算带卡拉去个地方吃顿早晚餐。"他打断两人的谈话，"如果四点左右出发，我会在吃饭之前领她去几个地方参观。"

卡拉愣住了，双手圈住狗耳朵一动不动。卢克要带她出去吃晚餐？只带她？

"好吧……"托里拖着长音说道，"那我就跟艾娃做点东西凑合一顿。我看干脆让她做好了。"

卢克朝她们走近，卡拉却没转身。她继续冲洗，把泡沫揉进狗的脖颈。她知道自己应该搭话，却不知该说什么。卢克要带她去吃晚餐？为什么？她觉得自己的舌头被打成了一个结，像个羞怯的少女一般满脸通红，脑袋深深地埋在身前。

卢克在她身后轻咳了一声。"最近比较忙，我没顾得上正式感谢她跳进水里救艾娃。"他说，"而且我们没有尽到地主之谊，她连海明威故居都还没看过。"

卡拉仍然没转身。她觉得自己稍不注意闹出了重大的跳蚤传播事件，根本不配出去吃晚餐。但再细想一下，她就是为了看海明威故居而来的，只是到现在也没敢开口请假罢了。大家全都在努力工作，她不想把负担加诸在托里和卢克的身上，自己却跑出去玩。

可是，看完海明威故居之后该作何打算？虽然已经过了两个星期，她却只存了一点钱，肯定不够重新踏上旅途。

卡拉瞄了托里一眼，发现她正盯着自己，而且挑着眉毛，似乎在等自己说点什么。

卡拉拼命找话说。

"呃……这个……卡拉，你愿意去吗？"卢克突然不自信起来。

卡拉凑近小狗，手指分开狗毛，假装在找残留的跳蚤。她头也不回地答道："可以吧。这边应该很快就好。"

卢克转身走开，卡拉松了口气。

"卡拉，你这么紧张做什么？他又不是要给你授勋，只不过带你出去一个下午而已。"托里说道。她松开剃毛的狗，把它轻轻放在地上。

艾娃恰好出现，准备把刚刚洗好剃完毛的狗关进狗舍。

"爸爸说他跟卡拉今晚要去马洛里广场。我也想去。"

马洛里广场？是餐厅的名字吗？卡拉希望那只是家普通的餐馆。

"不行，小屁孩。"托里说道，"今晚咱俩要单飞啦。要是你乖乖的，我就让你做你最拿手的烤芝士和香肠三明治。"

艾娃冲着空气顶了一拳——这是她表达喜悦的最新方式——领着那条狗走了。

"烤芝士和香肠？"卡拉问道，同时本能地皱了皱鼻子。

托里哈哈大笑："一旦过了心里那道坎，其实还挺好吃的。更何况她只会做这一种，逮着机会就做。眼下最重要的，是讨论你第一次逛基韦斯特该穿什么。"

卡拉感觉自己的脸又红了起来，便再一次给狗检查跳蚤。她过一会儿得安慰一下这只狗，但是现在呢，假装检查跳蚤是避免遭到托里揶揄的最佳办法。

走向海明威故居时，卡拉一眼便认了出来，它跟照片里一模一样。面前是栋两层小楼，窗户精美雅致，数量多到数不清，全都是高耸的黄绿色殖民地风格百叶窗。据说，这处故居是岛上最大的民宅，即便是从公路上望去，卡拉也能感觉到它的确名副其实。

"这处故居有超过一百六十五年的历史了。"卢克说道。他推开门，等卡拉先进去，随后跟上。

"它是由造船工程师阿萨·提福特建造的，后来他的妻子和两个儿子死于黄热病，他便任由杂草丛生，很少收拾房子了。不过他有个女儿，叫作安妮，她活了下来。在阿萨老死之前，这所房子一直在提福特家名下。"卡拉柔声说道。

卢克朝她咧嘴笑笑。"后来海明威知道了这么个地方，就把它买了下来。他和第二任妻子用了好几年的时间，终于把它恢复原貌。有人说，她的枝形吊灯和对艺术的热爱给这里增添了光彩。不过，她也迁就着海明威的户外生活爱好，给他留出了放置心爱之物的空间。"卢克说。他领着卡拉走上蜿蜒曲折、绿植横生的小路，绕着房子转了一圈，一路上看见好多打盹的猫，最后在游泳池边停下。

"建这个游泳池的时候，他们用的是从地底深处挖出来的盐水。"

卡拉盯着池水，沉浸在海明威和妻子招待一众好莱坞男女演员朋友的幻想之中。

她转过身，目光投向现为图书馆的小建筑。那里原是马车屋，被海明威改造成私人工作室，许多著名作品都是在那里诞生的。"他有大房子住得逍遥，却惟有在这栋小房子里，一个人，几只猫，一台打字机，与世隔绝，才最自在。"

"总而言之，尽管海明威拥有众多房屋和装饰品，我却觉得他追求的是返璞归真，独处的时候才最潇洒。"卢克说道，"这跟我近些年的状态有些相似。"

卡拉没有搭话。通过托里偶尔吐露的细枝末节，她猜测卢克的妻子英年早逝，他心里肯定非常难受。妻子一走，蹒跚学步的女儿便只能靠他挣钱抚养、殷勤照顾，日子过得很艰难。但卡拉看得出来，他尽到了应尽的责任。

"想进去看看吗？"卢克问道，"今天人挺多的。"

他们刚进到里面，一辆观光车便拉来了一车游客，卡拉不想在几十个四处张望的人中间来回挪动。"要不改天再看里面吧？"

卢克点点头，领着卡拉回到前院，路过一只睡在长凳上的猫，走出大门。临近晚餐时间，卡拉的肚子咕噜咕噜地叫起来。她给狗洗澡洗了一整天，已是饿得前胸贴后背了。

狗毛湿漉漉的余味残留在鼻腔里，她希望别散出来被卢克闻到。洗澡的时候，她往头发上抹了三次肥皂，又洗了三次，还使劲搓弄皮肤，直到把皮肤搓得通红。与卢克靠得这么近，要是浑身狗毛味，那就太惨了。

人行道旁边的树丛里突然沙沙作响，卡拉吓了一跳，定睛一看，一只彩色大鬣蜥蜴惊慌失措地爬上高耸的棕榈树。

卢克拍了拍她的胳膊："别怕，它们不会伤人。"

"我以前没有这么近距离地看到过它们，尤其是这种野生的。这里的鬣蜥蜴很多吗？"

卢克点点头："据说，首批鬣蜥蜴是很久以前跟着南美洲的水果运输船偷渡过来的，或者是从宠物交易行里逃出来的，现在在基韦斯特随处可见。"

"它们不会惹麻烦吗？"卡拉问道。那只鬣蜥蜴趴在大片的棕榈叶上望着他们。它个头很大，单看躯干都得有至少七八英寸。

"麻烦与否，得看你问谁了。鬣蜥蜴究竟是敌是友，人们争论得热火朝天。有人说，鬣蜥蜴喜欢糟蹋庄稼和花朵，会造成严重的损失。还有人说，鬣蜥蜴也有在这里生存的权利，何况又吃不了多少东西。"

"要是我花大笔钱搞绿化，鬣蜥蜴却跑来把它们吃得一干二净，我也会生气的。或许人们应该为串门的爬行动物另外再建一个花园。"

卢克哈哈大笑。

一路上，卢克给她讲述了很多她不曾听闻的基韦斯特历史中的小细节。卢克显然深深地爱着这个小镇，从他说话的语气，乃至说起每年旺季夜里扰人的派对的时候，都能听出他的深情。

"周末天黑以后，我都会让艾娃待在家里。"他说，"但是说实话，白天的时候，尤其是工作日，基韦斯特挺冷清的。太阳一下山，来这里潇洒的人才会真正放纵起来。"

两人走上便道，接着拐上另一条路，一直走到托马斯大街，停在一栋颜色亮丽的建筑前。上面的大霓虹标识写着"蓝色天堂"，下面的小字表明这是一家餐馆酒吧。

卢克面向卡拉："这家餐馆可能有点寒酸，但你要是没在这里吃过饭，就不算来过基韦斯特。"看他一副恳求的神情，卡拉点点头。

"我没问题的。"卡拉刚说完就听见一阵鸡叫声。那叫声很近，可以说是特别近，她低头看到脚边站了一只鸡，身后还跟着一群鸡仔，那些鸡仔着急忙慌地前后摇摆，好跟上母鸡的步伐，惹得卡拉哈哈大笑。

"我就说吧，这里挺寒酸的。"卢克揽住她的胳膊说道。

两人走过拱门，沿着正热闹的外围走去。一位女招待朝卢克挥了挥手，叫他随便坐，两人便坐到入眼的第一张空座子旁。

"先提醒你，这里还有猫。"卢克用她从未听到的揶揄口吻说道。

就餐区位于一排遮荫树下，太阳照不到人，不过卢克点了柠檬水，跟女招待说他得消消暑。卡拉客随主便，庆幸没人强求她喝更烈性的饮品。每当哈娜让她一起喝而她不愿意的时候，妹妹都会给她脸色看，这是两人之间的痛处。

"咱们能坐在这儿，是因为你勇敢地跳进水里，那么你对闹闹和爱芙瑞女士重逢有什么想法？"卢克问道。

卡拉笑着说："很甜蜜。我估计她本以为你根本找不到吧。"

爱芙瑞女士走进大门看到闹闹和闹闹看到她的场景依然历历在目。

　　闹闹虽然虚弱得站都站不稳，却还是挣扎着走到爱芙瑞女士身前，一人一狗躺倒在地，抱在一起，狗的尾巴摇个不停，众人的泪水流个不停。爱芙瑞女士感激万分，心情平复之后，立刻给哈德利之家签了一张丰厚的捐赠支票。

　　"那真是个奇迹，对吗？"卢克若有所思地说道，"狗走失一般不会有这样的好结局。有些狗丢了就是丢了，主人再也见不到，只能想象它们去了哪里。我很替艾娃高兴，因为我们幸得上天保佑，一切平安。当然，不能算上她不穿救生衣就往海里跳这件事。"

　　卡拉点点头。艾娃的举动着实吓人，幸好她没事，而且闹闹也跟家人团聚了。令人震惊的是，闹闹被困期间体重降了差不多十二英镑，不过他们猜测它顶着湍急的洋流，游了至少三英里才游到那片红树林。

　　卢克再次哈哈大笑，卡拉觉得自己喜欢他的笑声，只是他不经常笑罢了。卢克眼睛周围的笑纹因此而变得更加明显，却也更加让人感到放松。

　　"艾娃看见闹闹身上粘的海藻特别开心，说它这是出海冒险了一趟。我估计爱芙瑞女士得给它洗好几次，才能把所有的海藻洗干净。"

　　"我惊讶的是托里竟然没有主动请缨。"卡拉开玩笑道。

　　卢克翻了翻白眼："可别提她了。我就应该免去她的首席剃毛师头衔，不过说实话，我也是半斤八两。说出来不怕你笑话，她是我们的最佳人选，除非你……"

"哎，停。我连自己的头发都不会剪。相信我，把那活交给我准出错。"卡拉举起双手做出一副投降的样子。

女招待端来柠檬水放在桌上，等他们点菜。卡拉完全不知道该点什么，卢克问她要不要代点，她便同意了。等待烤虾和黄尾笛鲷上桌期间，两人安静地听着露天平台上歌手的吟唱——那个嗓音慵懒的牙买加男子唱出深情的雷盖音乐，让所有人都不由自主地放松下来。

可是卡拉放松不下来。

她心里只想着自己隐瞒的秘密，只想趁还没给哈德利之家惹上麻烦之前赶紧一走了之。她跟托里和艾娃相处得越来越融洽，还有卢克。她不想让他们发现她的身世，继而对她恨之入骨，或者更严重——置哈德利之家于危险之中。

可是她好喜欢这里。她陷入了两难。

"你在想什么呢？"卢克把她从越陷越深的负面思绪中拉了回来。

卡拉耸了耸肩。

"那么……"卢克一张口，卡拉便紧张起来，"说说我还不知道的你的事情吧，这应该很好聊。"

他一副揶揄的样子，卡拉却觉得额头上冒出了一层汗。

"我……我……有个双胞胎妹妹。"为什么要说这种事？她真是个二愣子。

卢克一脸惊讶："这才对嘛。真不敢相信，你之前都没告诉我们。她叫什么？"

卡拉的心在颤抖，卢克却很享受聊天的过程，而她不愿对卢克说谎。她做不到。

"她叫哈娜。"

"她长什么样？你们俩的关系跟我和托里一样吗？"

"说来话长。"卡拉谨慎地说。如果本身不是双胞胎，谁能真正理解双胞胎之间的关系？

"怎么讲？"

卢克穷追不舍。卡拉的脚在桌子下方轻扣地面，好拖延时间。他问哈娜的个性，这绝对不会给她招致麻烦。

"她跟我性格正好相反，但是人人都说我们俩是一个模子里刻出来的。"

卢克一挑眉毛，鼓舞她继续说下去。

"哈娜脑子里想到什么就说什么。这不是什么好事，因为她的一些观点很极端。我总觉得她是个惹事精，而我会尽量少惹麻烦。"

"那你们有什么相同之处呢？"卢克问道。

卡拉犹豫了一下，想起她和哈娜在打电话时经常会被弄混，让人听不出谁是谁，也会在图书馆里莫名其妙地先后选中同一本书，中间只隔几个小时。她还想起某一年，生日卡一排排地摆在那儿，两人为对方选的竟然是同一张。

"我们的行为方式和声音非常像。"她专挑保险的话来说。可是哪怕只是提到这件事，她的情绪也会有些波动。

"你俩都跟妈妈相似，还是跟爸爸相似？"卢克问道。

卡拉还没从卢克的问题中缓过劲，饭菜就被端上来了。

她把有关哈娜和妈妈的回忆抛开，专心地吃饭。刚吃了几口，她便努力控制自己，免得自己像个原始人那样狼吞虎咽。毫无疑问，她喜欢吃自己给三个人做的所有饭菜，但偶尔吃顿这样的大餐换换口味也是很不错的。她已经不记得上次下馆子吃顿像样的饭菜是什么时候了，更不要说跟一个英俊的男人共餐了。

"呃，我有个兄弟。"卢克说道。

"是吗？比你大还是比你小？"

"比我小几岁，他叫罗根。我妈妈说想要双胞胎，结果未能如愿，所以沿用了她早已选好的名字。"

"卢克和罗根，好古怪的名字。"卡拉说完又吃了一口。她心想，罗根会不会跟卢克一样帅气。

"呃……卡拉。"卢克支支吾吾地说。

卡拉抬头看着卢克。他用餐巾纸指着自己的嘴角，朝卡拉咧嘴笑了笑。

"噢，哇，好尴尬。"卡拉有些懊恼，纵然百般小心，脸上还是沾了东西。她擦掉嘴角的食物，强迫自己把还剩有一点食物的盘子推开。她绝不会屈服于将盘子舔干净的冲动。

女招待走过来把账单递给他们，巧妙地避开女招待关于他们是不是夫妻的问题后，两人溜了出来。天色已晚，卡拉惊讶地发觉他朝着跟家相反的方向走去。

"我们这是要去哪儿？"卡拉问道。

"我想着你可能会想去马洛里广场看看闻名天下的日落。我有空的时候就会到那里走走。那儿很适合在熙熙攘攘的人群里想心事。"

卡拉没有搭话，卢克便当她默认了，领着她向前走去。一路上，他不时地走下人行道，给女人或孩子让路，卡拉被他的骑士精神深深感染。过去与她交往过的男人根本不懂礼仪。

两人来到广场，卡拉尽情地看着人们来来往往，像波浪一样有来有去。广场上有几个音乐表演家，其中一人吸引了她的目光。那人一边漫不经心地拨弄琴弦，一边跳舞，周围的人怂恿他速度再快点，再快点，他便加快了速度。他弹得越来越快，跳得越来越疾，最后猛然停住，双手甩到空中，引得众人爆发出热烈的笑声和掌声，许多人还往他脚旁的帽子里扔了钱。

"那是快手马尔文。"卢克跟着众人又笑又鼓掌，节奏很是合拍，让卡拉大为吃惊。

"他可真厉害。"卡拉说道。

"是啊，在这些岛上，你会见识到很多厉害的人物。有人说，如果捏着美国的耳朵把它拽起来，来回甩上那么几下，那些撑不住的人就会掉到基韦斯特。"

卡拉抿着嘴笑了。卢克的话在她脑海中形成了一幅生动的画面，印证了她这几周所看到的情景。游客是一方面，但正是她所见到的有趣的当地人，才让基韦斯特具有这般的混搭风格。她发觉自己爱上了这里，爱上了这里的当地人，爱上了这里的游客。

他们都对她产生了无穷的吸引力。

卢克揽住她的胳膊，带她走到码头尽头的一处地方，两人站在那里，眺望远处的海水。他们所在的位置比较清静，两人看着金棕色的阳光从仿佛世界边缘的地方消失不见，任由寂静将他们包裹在中间。

"很壮丽，对吧？"卢克低声说道，"想想那些故去的人，他们曾经站在这个位置，看着太阳西斜。马克·吐温、海明威、吉米·巴菲特，还有那些依然在世的人，比如肯尼·切斯尼。"

卡拉哈哈大笑。肯尼·切斯尼是个著名的乡村歌手，可是把他和实实在在的传奇人物摆在一起，还是有些亵渎。接着，她想起另外一件事。

"慢着，吉米·巴菲特不是也还活着吗？"

卢克朝她眨眨眼："我就想看看你能不能听出来。"

一群人走到近旁，没过多久，又来了一对夫妻，他们这个圈子逐渐扩张。卡拉感觉被人撞了一下，便后退几步，给他们让出位子，结果跟卢克离得更近了。这原本应是让人尴尬的场面，她却丝毫没有感觉到。

"你经常来这儿吗？"卡拉问道。

卢克摇摇头："我妻子刚去世那会儿才经常来。"

卡拉想起从来没有人提起卢克的妻子的名字，不禁十分好奇。她能够看出卢克还没有从丧妻之痛中走出来，她想这可能会成为他走出伤痛的第一步。

"她叫什么？"

卢克犹豫了一下，泪水险些涌出眼眶，他连忙眨了眨眼睛。

"格蕾丝。"

卡拉如遭重击。这也太超现实了吧：哈娜的中间名是艾娃，她的中间名跟卢克已逝的妻子一模一样。

她庆幸自己不需要跟卢克说出全名，便努力专注于当前的对话。

"之后你就开始来这里了吗？"她引导他重回稍微保险一点的话题。

卢克点点头："她去世之后，我在我们的小公寓里待不下去。我为自己的任性感到深深的愧疚。"

"为什么这么说？"

"来基韦斯特是我的主意，她本不愿意来的。我们卖掉了一切，搬到这里，租了间单身公寓，像沙滩流浪汉一样过了很长一段时间。她怀孕的时候，我才发觉自己的梦想有多么荒唐。我努力劝她重回家乡，她拒绝了。当时她已经安定了下来，习惯了基韦斯特的生活方式。"他的声音越来越小，卡拉竖起耳朵仔细聆听，"后来，她得了癌症。我带她去迈阿密治过几次，可是她告诉我，她觉得我从一开始就是对的，来这里是上天注定的，这里就是艾娃的家。她还说，要死的话，就要死在这里。"

卢克的话是那么的沉重，那么的悲伤，卡拉一时无言以对。她伸出手，轻轻放在卢克的肩上。

"我爸爸曾经说过，如果我从一开始就像个成年人一样负起责任，而不是梦想着生活在天堂，或许我还能保住这个家。他曾劝我带妻子回家，在他手下干活，直到格蕾丝身体好转。我告诉他，我的妻子好不起来了。或许他说得对，不管我的妻子愿不愿意回去，我都应该带她回家。"

卡拉用手捂住嘴，震惊得说不出话来。可即便张口，她也不知道该说什么。人得了癌症，怎能怪住在哪里，或者做出了怎样的人生抉择呢？

"节哀顺变，卢克。"

卢克耸耸肩："没事，我已经接受了现实，但是我敢肯定，我爸爸还没有。他最初只是生我的气，后来他说我把托里哄骗到这里，就彻底跟我断绝了联系。我灰心丧气了很长时间，靠着乱七八糟的工作和当地的救济站过日子。但是无论处境多么艰难，我都没有向他求助。"

"你的妻子生病，又带着个孩子，是怎么挺过来的？"

"格蕾丝去世之后，我才得到了哈德利之家的这份工作。我那时万念俱灰，没有精力去想带艾娃去别的地方，但是我知道，我得挺直腰板，做个顶天立地的男人，让我的女儿过上好日子。负责人退休的时候叫我接管，我便答应了他，搬了过去。要维持哈德利之家的运营，我那会儿根本不知道自己接下的是一个近乎不可能完成的任务。"

"那你为什么还要坚持做？你不能找个轻松点、压力小点的工作吗？"卡拉问道。从卢克的行事作风来看，他是个聪明人，卡拉觉得只要他下定决心做什么事情，就一定能做成。

卢克转身看着她。

"我看见艾娃跟狗一起睡在狗舍的那天早上，我才明白格蕾丝早已参透的道理。她让我保证留在基韦斯特，是因为她凭着当妈妈的直觉，早就知道我会在这里让艾娃过上理想的生活。现在我知道了这些，就更不能带艾娃离开那些狗，离开我们的工作了。那会伤透她的心。艾娃没把这当成工作。我们永远挣不了大钱，我也不知道该怎么供她读大学，或者花钱为她举办婚礼，但是艾娃认为我们所做的事对狗有着重大的意义，而她天生就是为了做这样的事儿存在的。就算全世界的钱都给我，我也不会剥夺她的这份天赋。"

卡拉听得热泪盈眶。卢克把女儿看得比什么都重要，他日夜操劳，不是为了获取财富或利益，只是因为他相信，这是对孩子的成长最有利的选择。

如果能够拥有这样的父母，卡拉愿意做任何事情。想到这里，她开口说道："终有一天，艾娃会为此感激你的。"

卢克耸了耸肩："我只希望我能把哈德利之家维持下去。每月处理账单可不容易啊。说到这儿，咱们该回去了。明天又要一如既往地早起了。"

两人走出码头，往回走去，而卡拉反复回味着卢克的手放在她的胳膊上所带来的触电感和莫名的刺激感。

第二十一章

卡拉伸手到桌下整了整裙子，还特意把脚踝交叠起来。她的思绪飘忽不定，飞到了留在家里的海明和其他狗身上。哈德利之家刚刚收进一只小母狗，那是一只名叫罗拉的狮子狗，卡拉希望托里记得在它鼓起勇气出门去后院的时候好好夸赞一番。

在过去的几周里，罗拉的状况大有改观，但它刚刚度过了一个充满恐惧的繁殖期，要想克服这种恐惧心理，它还需要大量的时间，而跨过门槛就是它惧怕的事情之一。除此之外，它还惧怕草地以及人类。不过它很安静、忧伤，特别能感染人，至少能感染卡拉，对艾娃也有一点点。

眼看它逐渐走出阴影，适应新生活，卡拉感觉自己的付出得到了回报，一点儿都舍不得离开它。

"我们在向风群岛周围航行了两个星期。"有人傲气十足地在她身后说道，"我觉得马提尼克和圣卢西亚很漂亮，但是温斯顿更喜欢格林纳达。"

没错，处在一群妈妈中间，看她们炫耀钻石戒指，听她们谈论异域度假、搭车旅行、面部按摩和在基韦斯特高尔夫俱乐部打球的经历，让卡拉如坐针毡。

她在这里显得很另类，这种感觉再熟悉不过了——她多么希望年轻的时候就把这种感觉甩得远远的。

她之所以还坐在这里，拈着小烤饼——旁边的那位妈妈的说法——往嘴里送，偶尔啜一口树莓茶，完全是因为艾娃邀请她参加女童子军登记委员会组织的母女茶话会。

刚来时的情形并没有那么糟糕，反而让卡拉多年来冰封的思想观念有了稍稍融化的迹象。等待安排座位期间，卡拉跟走廊里的一位妈妈聊了起来。

那位妈妈自称卢安娜，身材高挑，一头金发，女儿却是亚洲人。小女孩满脸笑意，活泼好动，叫作珍珠。

卡拉原本没想提起那个话题，但是在艾娃和珍珠跑去玩的时候，那位妈妈随口说起女儿只用一年时间就适应了家庭生活。珍珠对参加女童子军非常向往，而且她们所描述的收养过程很让人心动。

"收养流程需要多长时间？"卡拉问道。她想起自己没用的生殖系统，希望它烂在地狱，总比这么顽固要好。就因为这，她或许永远也无法实现拥有家庭的梦想了。

"我们用了两年，如果收养各方面都健全的孩子，可能需要更久。"卢安娜说，"你打算收养吗？"她挑起眉毛，等着卡拉回答。

打算收养吗？两个小女孩恰好跑回来，卡拉看着她们，心想她们相处得真好。接着，她又想到，何不考虑一下收养？跨国的也行。如果说上天注定要她收养，那么答案就是肯定的，她一定也可以收养。

她笑着摇摇头。她从来不会过多地吐露心事。

"我只是好奇。"她说道。

"如果你有这个想法——"卢安娜说，"我可以把收养机构的名字告诉你。他们做事挺靠谱的。艾娃是你的独生女吗？"

卡拉倒是希望如此。

"噢，她不是我的女儿。我还没结婚，今晚只是临时替人来的。"

卢安娜翻了翻钱包，拿出一张名片递到卡拉面前。"呃，我觉得应该给你这个，以防万一。"她说道。

卡拉接过名片。那是收养机构的名片。

她把名片塞进包里。

"谢谢。名片我留着，但是要做全职妈妈估计还得等好久。"

"兴许比你预期的要快呢。"卢安娜朝她眨眨眼。

这时一个中学女孩走过来，请卡拉和艾娃跟上，她才免于回答。女孩领着她们走进用于茶话会的房间，带她们去到指定的桌子旁。

桌边围坐着另外三对母女，两人刚一坐下，三个小姑娘就看着艾娃，好像她身上长满了水痘，或者比水痘更恐怖的东西。

艾娃试图跟她们说话，她们三个叽叽喳喳，每次却只用一个字敷衍她。最后，艾娃说要去上厕所，便跑了出去。

卡拉只好孤军奋战。整整十分钟的时间里，她听着人们谈论下个季度推出的最新式低卡路里点心，努力摆出感兴趣的样子，心里却提不起丝毫的兴致。要是哈娜在这里，一定会比她表现得更好。她妹妹最擅长角色扮演了。

卡拉环顾整间屋子，想看看卢安娜和珍珠坐在哪儿。很可惜，她们两个坐在离得最远的那张桌子旁。她很想再听听她们聊出外旅行，还有当养父母需要具备哪些条件。当然，这纯粹是作为将来的参考而已。

假如我要求换地方，会不会很没面子？

人家不会同意的，她心想。于是她喝了口茶水，挤出一丝微笑。她不爱喝树莓茶。她觉得低热量女童子军点心十分荒唐。点心就应该有点心的样子，要的就是高热量之类的。但最重要的是，她希望艾娃回来把她从闲谈中解脱出去。周围的女人不再谈论点心，转而回忆起大学生联谊会的日子。

卡拉担心她们问到她读的是哪所大学，或者问她的底细，不由得紧张了起来。她们真的想知道她的底细吗？恐怕她们会接受不了吧。

"社会大学。"哈娜会轻蔑地告诉她们。

卡拉祈祷她们千万别聊这个话题。紧接着，她开始回想佐治亚州的社区大学名称，想从中找一个谁都没有听说过、不可能去过的。

"那个，你说你是哪里人来着？"旁边的女人问道，"你跟艾娃的爸爸订婚了吗？"

"我——呃——"卡拉支支吾吾，艾娃恰好走回来。

"艾娃，我刚刚正担心你呢。"她说道，注意力全放在了小女孩的身上，庆幸对话被打断。

桌对面的女人盯着她们，一脸看不上艾娃的短裤的表情。卢克原本想让她穿上崭新的花边裙，卡拉告诉他，如果他想让艾娃接触哈德利之家和拯救小狗之外的活动，最好别强迫她打扮成小姑娘的模样，哪怕只是一次茶话会。

艾娃把盘子撂在桌上，无精打采地坐在椅子上，双手抱在身前。卡拉明白这个表情的含义。

"怎么了？"卡拉小声问道。

"我想走了。"

卡拉也想离开，但是主旨发言人还没到，现在就离开的话，委员会的人更要乱嚼舌根了。卢克可能早已听说她这个人难以相处这类的流言蜚语，她不想再因为行事鲁莽而导致他丢面子。

"跟我说说怎么回事吧。"她凑近艾娃说道。她看了看桌子对面三个讨人厌的小姑娘，心里已经有了答案。

"喝茶、吃这种奇怪的玩意很无聊。乔希去了索耶营，这会儿可能正在翻石头、捉螃蟹或者生火，或者做些同样好玩的事情。"

卡拉旁边的女人听见艾娃怒气冲冲的声音，鼻子往上扬了至少一英寸，同时还把脸侧过去，仿佛两人的对话散发着臭气，或者可能具有传染性。

乔希是艾娃多年的好朋友。他肯定对即将到来的野营十分兴奋，什么事都跟艾娃讲了，或许他根本不知道艾娃有多羡慕吧。

"卡拉，他会学射箭，还会睡帐篷。"艾娃轻轻地补了一句。她挑着眉毛，仿佛在等待卡拉的辩解。

"这个……"卡拉张着嘴，不知道该说什么。艾娃不是一般的小女孩，捉螃蟹、生火乃至捕鱼等活动，自然比茶话会和女童子军的活动更有吸引力，更何况两人目前对女童子军的活动没有一点了解。

"咱们坚持到茶话会结束，回家再聊。也许女童子军也有那些活动呢，咱们至少要听听有什么安排，对吧？"

艾娃惆怅地长叹一声，放松下来，试探性地咬了一口盘上的小纸杯蛋糕。

第二十二章

卡拉有条不紊地工作着，完成了托里安排的每一项任务。她连午饭都没吃，艾娃来喊她吃晚饭，她把小女孩支开，说自己不饿。自从那晚跟卢克出去吃饭之后，气氛就发生了变化。在之后的几周时间里，与他共事变得更加轻松，感觉更加自然，哪怕是在不说话的时候。

在不该卡拉做晚饭的时候，卢克又带她绕着小镇逛过几次，吃了几顿晚餐，说她应该尝遍基韦斯特的美味。

自从女童子军会议之后，卡拉的心态发生了更大的变化。她不再觉得自己是个过客或者外来人。有几天晚上，她甚至和卢克、艾娃一起窝在沙发上看电影，而且不知道怎么回事，电影结束的时候，他的胳膊悄悄跑到了沙发的靠背上，离她很近，近到她能感受到那股热力。

好些时候，她得闲走出家门，跟卢克相处时再也不用担心两人接触时带来的反应。两人会溜出来买杯思木西，海明习惯了拴着狗绳走在两人中间。他们混进夜里游荡的人群，释放工作日沉重的压力。两人坐在街边的桌旁，倾听不同地方传来的歌声或乐队的演奏。

几天前的一个夜里，她遇到一个特别合口味的，卢克说很快会带她再去一次。那位歌手年纪轻轻，詹姆斯·泰勒的歌却唱得十分感人——卡拉听得十分想家，忍不住泪流满面。

著名歌曲《火和雨》唱至末尾，她陷入了沉思，卢克察觉她的悲伤，将手伸过桌面，握住她的手。他一句话也没说，只是静静地、稳稳地坐在那里，让卡拉有种被人呵护的感觉。

还有做女人的感觉。

在这半辈子里，头一次有男人——还这么帅气——如此看重她的想法和感受。没错，她对卢克的情愫与日俱增，越来越热烈，而且她很确定，卢克对她也有着同样的感觉：在餐馆或酒吧里动人的歌声中，他的双眼总是会盯住她的双眸；走到家门口时，两人会因突然靠近艾娃而松开牵在一起的手，他的手指却徘徊缠绵不肯抽开。

可她以前毕竟受过伤，这次是不是会错意了？

让她觉得生活再度完美的不只是卢克这一方面。她十分享受自己所做的每一点工作，享受这种得心应手的感觉。她头一次体会到了充实：处理狗舍里的问题，学习照顾收进来的小狗，跟活泼调皮的小艾娃打交道，甚至和卢克一起在镇子里漫步——这一切都是那么的惬意。

而正因为如此，她才知道自己不该沉浸于此。

卡拉努力让自己相信她可以留下来，只要做的好事多于伤害，一切就都会随之改变，然而，那个最终的决定——离开这里——并不是她主动做出的。

而是艾娃促使她做出来的。

昨天晚上，活泼可爱的小艾娃·玛丽半夜上完厕所溜进卡拉的房间，挤在她和海明中间，温暖的身体贴着卡拉，呜咽着说自己做了个噩梦。

两人在黑暗中低声交谈，艾娃说她梦见了妈妈，问卡拉有没有梦见过妈妈。小姑娘敞开心扉，说她总在想是不是自己做了什么事导致妈妈去世。艾娃的话激起了卡拉未曾道出的想法，让她想起在最黑暗的夜里，心情最低落之时以及努力回忆妈妈的声音或爱抚——哪怕只有一点点——的时候苦苦追求的东西：妈妈的陪伴和爱抚，哪怕她有着种种不足，却依然理解、爱护她，给予她关注。

两人聊了一个多小时，艾娃在卡拉怀里沉沉睡去，原本哭喊着要找印象模糊的妈妈，变成了偶尔的啜泣。卡拉常常希望哈娜能够像这样倾诉，却从来未能如愿，因为妹妹总是会躲进坚不可摧的硬壳里，把所有感情挡在心门之外。

后半夜里，卡拉一直没睡，她借着窗户照进来的月光打量着艾娃精致的侧脸。没错，尽管有着各种不足，艾娃仍是个精致的孩子。可是艾娃属于别人，如果哪天形势急转直下，她不应该承受卡拉带来的背叛。

是的，卡拉终于和艾娃形成了情感的纽带，可在这纽带形成之后，她便知道再也无法继续下去了。

她不会让这情感的纽带继续强化，因为她要走了。

爱了就放手。

她原以为经过和这群狗的相处，她已经学会了如何放手，可她现在才明白，原来上天给她准备了更加艰难的抉择。

如今她只需撑过这一天，做好分内的事，好在离开的时候对得起自己的良心。她刚刚冲洗完室内狗舍，卢克便从门外把头伸进来，一手拿着手机。

"把我的橡胶鞋脱下来，跟我走。"卢克说完就走开了。

卡拉不知道要去哪里，但她照做了。她脱掉沾满泥巴的橡胶鞋，放回角落里，穿上人字拖。她出了门，不到一分钟就看见了卢克的身影。她追上卢克，一同走到前廊。海明和几只狗躺在走廊的木板上，挡住了厨房的入口。

"挪挪地方。"卢克对那群狗命令道，然后扶着门让卡拉进去。

卡拉跟海明对视了一眼，看出它眼中闪过的惊慌。

"我会回来的。"卡拉说道，海明听了明显放松下来。艾娃的训练起了作用。艾娃告诉卡拉，把这几个字当作命令，天天对狗说，每次走开几分钟，再逐渐延长，让海明知道，她说她会回来的时候，是真的会回来。多数时间里，只要海明知道她在哪里，而且能找到她，就会安安心心地在院子里跑进跑出。

两人进了厨房，托里转过身。

"有件事得谈谈。"卢克说道。他走到厨房中央，坐到凳子上。

卡拉看出他心事很重，一阵恐惧感袭上心头。卢克知道了？她走到桌旁坐下，胃里有些翻腾。

"怎么了？"托里走到桌子另一侧问道。

卢克看向托里，又转头看着卡拉："董事会要派人来做审计，明天一早就到。"

托里抬头看着天花板，翻了个白眼，气呼呼地甩了甩双手："卢克！你吓死我了。你干什么一副天塌了的样子？财务都整理妥当了，他们审计一整天也找不出任何错误。如果他们在一年之前来审计，那会儿我还没来帮你处理，唉，那你可能就惨了。"

卡拉突然松了口气，原来跟她没关系。

卢克看着卡拉，又看看托里："卡拉怎么办？她住在这里，我们至少得说她是拿薪水的志愿者吧。你知道规矩，我不想有任何不清不楚的。我们要在明天之前把她录入系统，还要核查所有的狗狗收养文件，保证准确无误。"

托里镇静地点点头："你说得对。卡拉负责整理狗狗收养日志，我负责理清账务。我几周前就该整理的，但是之前一直给卡拉付的是小额现金。我原本打算一有时间就给她录入的，这事怪我，但是我发誓，只要系统认证顺利，我一定能及时搞定。"

卡拉的心又吊了起来。系统认证听起来就跟背景调查一样让人有种不祥的预感。这绝对不行。

现在不跟他们说她要离开，更待何时呢。她深吸一口气，站了起来。她还没来得及开口，兄妹俩便你来我往地互相提醒，列出了所有需要处理的事务。她讨厌半途而废，但只能把事情留给他们来做，他们得在没有她的情况下应付审计了。

"卡拉。"卢克说道，"你给托里两张认证表，她会着手处理，咱俩核对所有支票和收支表。核对之后，你过来填写志愿者文件，把认证弄完。对了，我们还得核对宠物药、免疫药物的日期，还要确保所有食物都在保质期内。"

"说得对，卢克。上周捐来的几大袋狗粮也许过期了。我还没顾上去查。"托里说，"等我查完——"

"卢克，托里。"卡拉颤巍巍地说道。

两人也听出了端倪，立刻停止说话，全都看着她。

"我不能留下。我收拾收拾东西，立刻带海明走。"卡拉一口气说完，以免卡壳。这些话说出口，唯一让她安心的是艾娃放学后去了朋友家，自己不必跟她道别。

卢克一句话也没说，只是盯着她。

"什么意思，你要走？"托里一手叉着腰问道，"没事的啊，我刚说了，我会把你的文件准备好，然后录入工资系统的。我会给你提高工资，抵消扣税的那部分。如果你是在担心这方面的话，你这块完全没有任何问题的。还有别的事吗？"

卡拉现在真的非常难受。她担心的正是这方面，可是她不能说出来。他们对她是那么的信任，不仅让她照顾小狗，处理捐来的物资，还把艾娃托付给她照顾。如果他们知道了她的身世，肯定不会原谅她的。

"我必须得走，对不起。"她盯着桌上的番茄酱污渍，那是早饭时艾娃坚持要她做的薄烤饼留下的。艾娃还帮忙打浆，卡拉往她鼻子上抹了一点，惹得她哈哈大笑。卡拉觉得泪水马上就要冲出眼眶了。

她拼命忍住哽咽。

卢克仍然没说一句话，卡拉不敢拿眼睛看他。她没有回答托里的问题，转身快步走出厨房。在走上楼梯去收拾东西的路上，她的腿像灌了铅，比以往任何时候都更加沉重。

回到卧室，她拉开抽屉，拿出自己带到基韦斯特的衣服。她把托里给的衣服放在一边，那是她心怀感激收下的二手衣物。她要把这些都留下，带走的话，她会良心不安。那些衣服不属于她，她已经骗取了他们的信任，已经欠下很大的人情了，留下来只会给他们带来更多的麻烦。

她使劲眨着眼睛，把泪水和愧疚压在心底。

她迅速换上牛仔裤和T恤，穿上破破烂烂的运动鞋。仅仅穿上来时的衣服就让她感到再度迷失，勾起她对旷野大路的回忆，让她想起以往的经历，而这一次上路，她没有了自行车，身上仍旧没有多少钱。

她把剩下的衣物、平装书和洗漱用品逐一塞进背包，走到梳妆台前，拉开最上层的抽屉，拿出钱包。里面只有几百块钱，但这已经比来时多很多了。这钱她要拿着——这是她挣来的。

一切就绪，她变回了几周前来时的模样——她已经不认得的样子。她转过身，目光在屋子里扫视了一圈。她打量着窗帘，风透过敞开的窗户，吹得窗帘轻轻摇摆，让她想起和妈妈一起制作的那些。她端详着床头被装在相框里的图画，试图将所有细节刻在脑海里。她走到床边，把枕头收拾平整，按她喜欢的方式摆放好。接着，她后退几步，看向角落里的椅子。自从卢克知道她在业余的时间里最爱读书，就把那张椅子摆在了那个角落。那是她的读书角，他放好椅子之后说。

卡拉曾经坐在那张椅子上，双脚踩着绣花小软垫子，喝着茶读了十几本书。这个房间是多么的舒适啊。

可它终究不过是一间屋子罢了。

这话说上多少遍都可以，但是她知道这是自欺欺人。这间屋子已然成了她的避风港，是她的圣殿，让她的心灵得以痊愈，让她体会到融入家庭生活的滋味，让她整理思绪，反思对卢克与日俱增的情感。

她会怀念这间屋子，这份怀念即便比不上她对所有人的眷恋，但也足够了。

她叹了口气，打开了房门。

卢克倚着门口站在那里，一看到他，卡拉就屏住了呼吸。

"你这是干什么？"卢克问道，语气一如既往的平静、低沉。

"我——我跟你说过，我要走了。"她把背包紧紧地揽在身前。

卢克一动不动，目光落到背包上，又转回卡拉脸上。他注视着她的双眼，等待她详细说明，可是她不让他如愿。

"就这样，嗯？"卢克最终说道，"就这么简单？"

卡拉看出卢克很受伤，她心里像扎了把刀一样，使劲咽了下口水。卢克说得对，她不能这么一走了之，把他蒙在鼓里，思考究竟发生了什么事。他有权知道真相。

卡拉不傻，她知道两人的关系有了新的含义，这段特殊的友谊可能会有更深层次的发展。这段关系进展缓慢而甜蜜，给卡拉带来前所未知的感觉：一方面充满期许，一方面又有些勉强。因为卢克求爱的方式是那么的微妙，她有时甚至会怀疑这是不是自己臆想出来的。

可通过他现在看着她的神情，她知道自己没有想错。

卢克对她是有感情的。

正如她对卢克有感情一样。

他们不该有这样的关系，这个卡拉——卢克自以为了解的这个人——并不是她的真面目。她做出了另一个决定——告诉他真相，但是她不能站着说出来。她拖着摇摆不定的双腿，走到床边坐下。卢克一动不动，只是下巴轻轻地抽搐了一下。他双眼紧盯着卡拉，等着她说话。

卡拉深深地吸了一口气。

"不，没有那么简单，卢克。但是我必须在董事会明天到来之前离开。相信我，让托里查我的身份是不会有好结果的。"

"卡拉，为什么？你有什么事瞒着我吗？"卢克终于露出了一丝疑惑，嗓音嘶哑地问道。

"嗯。"她缓缓地说道，这些话第一次说出口，她不知道会有怎样的效果，"我想告诉你……我杀了人，正遭到通缉。"

第二十三章

卢克脸上的表情让卡拉终生难忘：先是疑惑加深，紧接着转为沉默的决绝。卡拉猜测，或许他正在反思自己差点把女儿交到自称罪犯的人的手里。卢克的表情变幻不定，卡拉原以为他会大吼大叫，把脚跺得震天响，再将她赶出去，可是他并没有那样做。

卢克深呼吸了几次，目光一直没有离开卡拉的眼睛，继而走进房间。

卡拉起初很是惊恐，他却转身坐到了椅子上。他向后一靠，双脚抬起，双手叠放到腹部。他开口说话时，语气非常平静，却暗含恳求。这种语气她还是第一次从他口中听到，她没办法无动于衷。

"卡拉，说清楚点。"

她全都说了出来。

她先从起因——妈妈被人带走，她和哈娜被送进儿童福利院的那个晚上——说起，给他讲述那些不如意的寄养经历，还有为数不多的几次顺心的，展现自打出生就缔结而成并且贯穿她整个人生的姐妹情，细说双胞胎姐妹在生活的起伏中给予对方的支持，尤其是一方帮助另一方度过深不可测、痛苦不堪的抑郁症爆发期的那部分。

卢克没有插嘴提问，卡拉乐于说个不停，把一切都吐露出来。她把哈娜描绘得栩栩如生，把妹妹刻画成与生活抗争到筋疲力尽的勇士，说着说着，不禁泪流满面。事实上，哈娜有时控制欲极强，谁的话都听不进去，是个有情感缺陷的疯子，可是有的时候，她又富有同情心、慷慨大方，带给人愉悦，是个令人怜爱的好妹妹。

无论怎样，卡拉很想念哈娜。妹妹不在身边的日子，她就像一艘没有帆的船，像是缺少众星的月亮，像是被人挖去了珍珠的牡蛎。

讲到两人共同度过的诸多难关，她哭着笑了几次，把幽默当作武器，抵御童年时期被人遗弃的痛楚。她向卢克说起哈娜的优良品德——乐于奉献，心情好的时候能把身边的人全部逗笑；凡是她看上的人，都逃不过她的魅力，因为她能把什么都说得天花乱坠。

卢克静静地听着，让她慢慢吐露所有细节，直至讲到那个可怕的夜晚，那个改变了一切的夜晚。

"哈娜正处于一段不良关系之中。那段关系建立在秘密和谎言之上。"她柔声说道，"我叫她斩断这段关系，说那样有违道德，不会有好结果。她断了，断了好几次，那个男人也是。可是他们总是藕断丝连，那个男人对她越来越痴迷。"

卡拉停顿了一下。那段往事很难讲出口，因为它是如此的反常，不符合道德礼数。她打算先袒护哈娜，再进行责难。没错，哈娜确实把事情搞得一团糟，但如果她没有搞砸，卡拉还会遇到卢克吗？还会遇到小艾娃吗？

她再次深吸一口气。吐露秘密实在太难了，难以启齿，但她还是讲了下去："她最后一次跟那个男人断绝关系时，他却一直纠缠不休。哈娜找了份新工作，在新的地方工作便不会再见到那个男人。然而，那个男人查出了我们的住址，开始往她的车上放花，给她的手机发短信，还有恳求复合的长邮件，于是我们搬家换了地方。结果他又找到了我们。"

"她为什么不申请禁制令？"卢克问道。

"因为那个男人是个法官，那个镇子巴掌大的地方，你懂吧。谁要是敢告他，那是自取其辱。哈娜明白，就算她敢那么做，也只会引火烧身。"

卢克点点头，示意她继续讲。

"我们搬到了一百多英里外的另一个小镇。我不知道是不是哈娜跟那个男人说了她的去向，还是他自己查出来的，总之那天我下班回到家……"

她停下来，喘了几口气。那个场面依然鲜明地留在她的脑海里——到处都是血，哈娜躲在角落里，满眼震惊。卡拉看到地上的枪，心情由震惊转为惊恐，这是对哈娜所做之事以及可能面临的后果的担忧。

"我上班期间，那个男人闯进去欺负她。我不知道具体发生了什么事情，也没有时间细问。我只知道他四仰八叉地躺在床上，胳膊上跟前胸全是血，哈娜一声不吭。我觉得她是吓着了。我让她打电话叫救护车，等到警察来，就说是我干的。"

"她同意让你当替罪羊？"自从她开始讲述以来，卢克第一次打断她的话头。

卡拉摇摇头："她口头上没说同意，但事情也就那样了，向来都是我替她收拾残局，我俩的关系就是如此。她没有异议——无论出了什么岔子，都有我来顶，这是自然而然的解决办法。更何况，我绝不会让人把她带走。"

卢克点点头，卡拉多么希望自己能看透他的心思。

"你不知道接下来的事情吗？"卢克问道。

"不知道。我拿了几样东西，把它们扔进车里，开车就走。我连自己要去哪里都不知道，只是闷头开车。开了几百英里，车抛锚了，我就下车步行。那会儿正好发现海明，便决定往南走，能走多远就走多远。上路那会儿，我心里并没有明确的目的地，却莫名其妙地被引到了基韦斯特。"

"这太玄乎了。"卢克用手捋着头发说道。

卢克的话把卡拉从思绪中带了出来。难道卢克认为她是在撒谎，他们的相遇并非偶然，而是她特意选中他，利用他和哈德利之家作为掩护？

突然之间，她想起她和哈娜寄养出问题时总被人指责，想起无论她们怎么辩解，都会被当作惹是生非或打坏玩具的罪魁祸首，因为她们是孤儿，是属于收养体系的人，她们的话没有丝毫分量，不可信任。

卡拉站起身，重新拿起背包："如果你不肯相信我，大可以上网查证。但为了你的家人，为了这个地方，我还是要走。我一直很谨慎，文件上都没有留下我的签名，谁也不会知道我曾来过这里。"

她朝门口走去，边走边说出那个法官和她自己的名字。

"佐治亚州桑迪斯普林斯。"她再次催促卢克上网自己查。说完这些，她停下来，含情脉脉地看着卢克。

"再见了，卢克。谢谢你为我所做的一切，尤其是给我这么一个地方，让我感觉这么——"她说不出口，再说下去，只会吐露更多心迹。

她溜到了门外。

她以最快的速度走下楼梯，一路上没看到托里，便松了口气。她从厨房那边走，而是选择了前门。

海明在前廊上卧着，卡拉弯腰解开它的绳子，一声不吭地领着它穿过院子，出了大门。

海明紧紧地贴着卡拉，她明白，它感觉出了主人低落的情绪，这是在表示支持。泪水夺眶而出，她眨眨眼睛，把泪水压回去，挺直了腰杆。

这是对所有人最有利的办法。况且，卢克现在已经不信任她了，她还能怎么办？

她们刚转过街角，路过那天卢克把她拦下时所坐的长椅，突然又听到了他的声音。

"卡拉，你等一下。"

她转过身，看见卢克小跑着过来。瞧他仍然一副不肯相信她的样子，她心里一阵刺痛。

"我跟你说的全是真的。"她说道。

"不，不是。"卢克追上来，然后弯下腰，双手支在膝盖上，大口地喘着粗气。

"你为什么不肯相信我？你以为我会为了逗乐而编造出被人通缉的假话吗？难道你不觉得我多么希望这一切都没有发生过吗？难道你不明白我多么希望自己不是在逃命吗？你以为我不想跟我妹妹说说话吗？"

卢克站直了去抓卡拉的手。卡拉任由他握住，却再没了以往的战栗。

"卡拉，你听我说。我刚刚搜了你的名字，什么都没搜到。之后我搜了哈娜的，还有那个法官的。唯一的结果就是有条小新闻，说他遭遇了枪击事故。"

卡拉一下子迷糊了："就是说他是自杀的？意外身亡？"

卢克摇摇头："不是，他没死，只是肩上受了点皮外伤。文章里根本没提你妹妹，也没提到你。他是个法官，又是已婚人士，或许不想让这事传出去吧。为了不影响前途，他必须把这事压下来。"

卡拉一时无语。乔伊没死？她瞎跑了一场？她两腿一软，身子瘫在了人行道上。海明觉察出她的痛苦，卧到她身旁，呜呜地哀叫。卢克蹲在另一侧，她只是摇了摇头，不知道该说什么。

在路上的某个地方，或者刚来到哈德利之家，能使用电脑的时候，要是她能鼓起勇气自己查一查，也不至于逃命这么长时间了。她一直害怕，担心看到自己的名字——甚至她的照片——被列在罪犯通缉公告里。换成哈娜，她一定会上天入地，竭尽所能地查出每一个细节。

卡拉感觉自己像个傻瓜。

卢克用胳膊抱住她，但她浑身依然抖个不停。

"卡拉，我追过来是为了告诉你，你不必再逃命了，你可以联系你妹妹了。"

她直愣愣地看着前方，混乱的思绪互相交织。她自由了，以后不必再逃命了，也不必再隐姓埋名。负罪感骤然消除，她感觉身体轻盈了许多。可是，她又感到困惑，还有些担忧。

没有她的陪伴，哈娜在做什么？哈娜过得怎么样？根据去年的吵闹骚扰来看，那个法官绝不会白白挨上一枪，肯定会让哈娜付出某种代价。她突然想到，原以为逃离是最好的办法，她才会丢下哈娜，可是妹妹或许比任何时候都更需要她的陪伴。她本是好意，却做了错事。

"不过，从你跟我说的那些事情，你知道我得出了什么结论吗？"卢克柔声问道。

卡拉低着头，心里没了任何情绪，或者说不知道该如何去感知了。

卢克把她拉近了点："你听到我刚刚说的话了吗？我觉得，

你一辈子都在为他人而活。我一般不会管别人的闲事，但我要跟你说些事情。"

见卡拉没有任何反应，他继续说道："你以后不能凡事都听你妹妹的指挥。我明白，你觉得自己有责任照顾她，其实你不必那样。我会竭尽所能，和你一起帮她度过这次的难关，但你不应当为了给哈娜收拾残局而避开我们，避开对你有帮助的人。卡拉，你该为自己想想了。"

她看着卢克，不知道该怎么回答。紧接着，海明威的名言跃入她的脑海，十分契合她现在的心境，她便说了出来："在这个世界上，你要做的第一件事和最后一件事，就是坚持下去，别被生活打倒。"

卢克没有回答，她补充道："我只是在尽自己的全力，防止我和哈娜被生活打倒。"

卢克轻轻一笑，把她搂得更紧了："我知道这句。海明威还说过：'生活总是让我们遍体鳞伤，但到后来，那些受伤的地方一定会变成我们最强壮的地方。'我不了解你妹妹，但我知道，卡拉，你比我见过的任何人都坚强。"

她很感激卢克有这样的想法，可惜她再坚强，人生也没什么起色。"就算我很坚强，我现在的生活——还有以往的生活——都跟你的大相径庭，你不明白没有像样的家或者没有归属感会给人造成怎样的影响。这会侵蚀一个人的心灵，让他们成不了本应该成为的那种人。"她咽下泪水，转身直视他的双眼，"让艾娃和我这样的人相处，恐怕不是你所期望的生活。"

卢克摇摇头，起身看着卡拉。他开口说话时，卡拉能听出他语气里带着难以掩饰的愤怒。"那是你还不够了解我，因为让我女儿和你这样的人相处，简直是无上的荣耀。你说过，你一直想有个归属。卡拉，现在我给你一个机会。你我的关系怎么发展还有待观察，但我知道一点，在观察关系如何发展的同时，我们就是你的归属。你不用再四处流浪了。"他张开双臂，语气变得柔和起来，"就在这里，就在基韦斯特，哈德利之家，我和艾娃、托里，还有那群小狗，所有的这一切，我们都是你的归属。或者，至少你可以敞开心扉，看看这里会不会成为你流浪的终点。"

她不太明白他究竟在说什么，便将目光转向别处，回想把她引领到他和艾娃身边的所有往事。这一辈子过来，她一直认为人生充满了悲苦，谁都不会真正地关心她和哈娜。她们总是被人忽视，受人冷落，大多数人对她们都视而不见。可现在，当她回想起一路上给予她帮助的那些人，回想起是他们各自奉献的一点爱心才帮她抵达了目的地，她看待生活的角度便发生了改变。

生活并没有为难她，好人还是存在的。

或许卢克说得对。是该站在远处帮助哈娜，让她独自挺过去的时候了吧？谁知道呢，或许在没有卡拉的陪伴下，哈娜正在独自挺过难关呢。或许，在这次被迫分离之后，两人的生活都有所好转了呢？

她端详着脚旁毛茸茸的海明，那是不知不觉间第一个勾起她牵挂的羁绊。海明是她的守护小天使，单单是它的名字就把她引来了基韦斯特。无论生活是喜是悲，海明都守在她的身边，忠诚地陪伴着她，在她只想蜷缩在树叶堆里永远睡去之时，给予她无尽的动力，促使她迈出一步又一步。

接着是巡逻警察格雷格，他坚持送她到能吃上好饭的地方，实际上何止是一顿好饭呢。梅兹和吉姆女士让她感到自己学有所成，甚至被人需要。吉姆女士让她明白人世间是有天使的，那些人奉献自我，不求任何回报。大公无私，她第一次有理由用到这个词，而吉姆女士名副其实。

还有克莱德。素未谋面之时，他就为她忙活了几个小时，给她准备了自行车和拖车，让她能够走得更快，至于去往哪里，他并不知道，只是觉得那里一定非常重要。

之后还遇到了劳伦、莱西和汤米。这一家人和她小时候的家庭是那么的相似，只不过她们正在努力克服困难，守在一起。当然，麦克功不可没——这个男人经历了人生的苦难和彷徨，却能毫不动摇地履行作为弟弟的责任，她知道，只要他姐姐还需要帮助，他就会一直守护着她们。

想起兄弟姐妹之情，哈娜的面庞便在脑海中浮现，她把这段思绪抛到一边。她得仔细想清楚，撇开任何人的干扰。哈娜会叫她别相信任何人，会说她肯定会受到伤害。放到一个月之前，她或许会赞同妹妹的话，可现在，一串串的记忆拷问着她，思绪像泉水一样涌入。或许，她和哈娜这么多年来奋力构筑的藩篱终究该被推倒了；或许，这就是命运一直以来想让她明白的道理。

就连亨利老头都肯收留她，给她住的地方，让她恢复身体。想到亨利和他的伙伴布斯特，她就忍不住想哭。他跟她这辈子遇到的许多人一样，起初不把她当回事，粗暴地对待她，可是他内心温暖的一面没多久就暴露了出来。几天相处下来，她明白了一件事：人不可能独自过活，每一个人在某处地方都有一个精神伴侣，在永远脱离尘世之前，每一分每一秒都应当和精神伴侣一起度过。

她抬头看着卢克。

卡拉拉是亨利的精神伴侣，卢克会是卡拉的精神伴侣吗？他会是她永久的归宿吗？生活会不会再给她一次谋求幸福的机会？她不得不承认，以前工作的那些地方，没有一处比得上哈德利之家这么舒心。在这里跟小狗朝夕相处，而且它们和她一样，只想找个安定的落脚点，不再被遗弃，或者每次都被放弃。

卢克看着她，耐心地等待着，仿佛知道她正在缓慢地整理思绪，盘算留在基韦斯特的好处和坏处，或许还有把心交给他的好处和坏处。他对身边的人抱有无穷无尽的耐心，这正是她看中他的又一个品德。

卢克有很多方面都让她敬佩，在过去的几周里，卡拉曾试图否认或无视这些方面。比如当卢克走近她时，他会像珍视转瞬即逝的礼物那样呼吸；或者当他凝视她的双眼时，她会觉得他看透了她的内心，看到了她的真面目，看到了这辈子没有人费心思去了解的那个人。

她坐在那儿，思绪飘到了别的事情上去。海明威曾在一本书中写过："即使不停地流浪，你也无法摆脱自我。"这句话她几乎从小就知道，以前却从未品出其中的真切含义。现在她明白了，她以为这一辈子四处游荡，都是为了寻找一个家，可事实上，她只是在逃避自我，逃避她不想成为的那个人。

遇到卢克、艾娃，还有托里和哈德利之家，她找到了全新的自我，这个自我是她所喜欢的，也是她引以为傲的。这个自我对人生的奇迹心怀敬畏，明白其中蕴含着美好。然而，这或许并不是所谓的全新的自我，或许在她的内心深处，她一直就是自己原以为到了基韦斯特才会变成的那个人。

"卡拉。"卢克柔声说道，"告诉我你想让我做什么，我尊重你的选择。"

卡拉知道，卢克说得出做得到。如果她叫卢克走开，他会尊重她的决定，抬脚走开。但是如果她想要——如果她可以迫使自己战胜疑虑，鼓起勇气走出这些年来构筑的自我封闭的泡沫——或许她就能改变自己的命运。

她又踌躇了一下，几乎不敢相信以往厄运不断的她，这次竟然遇到了转机。她从前只知道逃避，现在她终于意识到，逃避毫无益处。

她深吸一口气，把手伸了出去。

卢克握住，卡拉只觉得自己仿佛浑身被包覆在温暖之中。肌肤相接之下，酥麻感传遍全身，她觉得身体轻了好多。卢克轻轻一拉，她便站了起来。

"不如我们重新来过吧？"卢克低头看着她，目光里充满希冀，"先不要做出承诺，慢慢来，每天迈出一小步，直到你把思绪理清。"

慢慢来，每天迈出一小步。这听起来很容易。

她点头说道："我可以接受。"

卢克握住她的手，牵着她把胳膊放入他的臂弯，带她转过身，海明跟在两人身后。她任由卢克牵着，走向代表希望的灯塔——哈德利之家。

第二十四章

卡拉往鸡腿上蘸了些调过味的面粉，放进热锅里炸至褐色，撒上蒜末。过了一会儿，她翻翻鸡腿，让另一面炸上几分钟，然后捞出来，摆在慢炖锅底。

她小心翼翼地浇上昨夜熬制的番茄酱。这番茄酱是她多年来不断完善的独家配方，她已经等不及要让艾娃和托里尝尝了。

她手上沾了点番茄酱，便舔到嘴里，闭上双眼，仔细品味气味浓郁的香草味和番茄味。她从碗里抓起切好的欧芹，散到番茄酱上面。

她发觉自己在微笑，便顿了一下。她突然想到，切菜的每一个动作，每一次搅动，每一下调味，都是在传达她想要分享的爱意，这种情感在她的心中封存已久，只等着合适的情境以及合适的人。她无法用语言来描述这种情感，但它的每一分每一毫都在她做的菜里得到了体现。

和哈娜一样，她从小就不知道如何表达情感，可是她很想学会。与此同时，她希望他们能明白，她为了让他们填饱肚子而做出的努力，其实就是情感的外延。

可惜，只有意大利面的话，可不会让卢克跟另外两个女性那样激动，所以她发明了适合所有人口味的饭菜。其实这些饭菜并没有新颖之处，她以前经常给自己和哈娜做，因为价格低廉，做一顿能吃好几天。

自她跟卢克坦承一切的那天起，已经过去了六个星期。卡拉原以为两人之间的关系会变得很尴尬，却发现远远不是那么回事。不知怎么的，她跟哈德利之家的这家人十分契合，仿佛从一开始就跟他们在一起一样。慢慢地，她和托里摸索出各自最擅长的方面，互相交换了家务和公务，以提高效率。而卢克呢，他……他……

她发觉笑意再次爬上她的脸庞，感觉自己像个傻瓜。

室外家务已经做完，艾娃在学校读书，托里带着一只狗去看兽医，卢克在门外忙这忙那，卡拉有了几分钟的独处时间。她从昨天半夜做的碎巧克力点心堆里拿出一块，径直朝办公室走去。海明轻轻地跟在她的身后，然后卧在办公桌下。

卡拉坐下来，打开显示器。

发现乔伊没死之后，她给哈娜打了电话。刚开始，当听到卡拉的消息并且知道她平安无事时，哈娜显得非常高兴，但正如她所料，随后哈娜便问她何时回家，得到的答案却并不如意，那股兴奋劲儿就消失了。

哈娜习惯了事事顺遂，但是这一次，尽管要拿出超乎想象的意志力，卡拉也绝不会让步。至少在她做好准备之前。或许基韦斯特的生活不适合她；或许她和卢克的感情只是陌生人第一次见面时都会有的心动。但冥冥之中，卡拉觉得不是这样的。她觉得，卢克、艾娃和哈德利之家很可能就是她命中注定的归属。在把一切弄清楚之前，她要留在这里。

每次打电话过去，哈娜都想方设法地劝她回佐治亚州。昨天晚上，当哈娜问卡拉，卢克会不会是把她当成了免费劳动力时，卡拉说要挂断电话冷静冷静。她以前从没挂过妹妹的电话，可是哈娜说个不停，她感觉天旋地转，挂断电话是唯一的选择。

不跟妹妹说话会不会导致她抑郁症发作？卡拉对此很是担忧，因为如果真是这样，她一定不会原谅自己。她坐在那儿，握着电话的手还在微微地颤抖，托里从门缝往里瞥了一眼。

"你还好吧？"托里问卡拉，把她从沉郁的思绪中拉了回来。

卡拉努力挤出笑脸："我没事。哈娜惹得我很担心。她不想让我留在这里。"

"她经常这样吗？"

"唉，很难说。但是我受不了这种紧张感。对不起，它影响了我和这个地方。"

托里拍了拍桌子："要不要喝杯茶，聊聊天？"

现在喝茶正是好时机，卡拉心想。她跟着托里走进厨房，却没要喝茶，而是给自己倒了杯橙汁。她觉得身体疲乏无力，需要补充些维生素C。

她端着杯子走到桌边坐下，手里拿着毛巾，在指头上缠来绕去。

"首先，我声明一点，我没有偷听，不过我听得出来你在努力跟哈娜讲道理。"托里说。

卡拉长长地叹了口气："我说什么她都听不进去。她想让我回佐治亚州。她说她遇到了好多事，却不肯说到底是什么。"

"那'你'有什么打算？"

卡拉愣住了。她有什么打算？她想留在哈德利之家，不想离开卢克、艾娃乃至托里一步；可是，她又觉得进退两难。

"我想帮她。我们毕竟是姐妹，应该互相支持。但是她根本不愿意来这里。"卡拉最终说道。

托里啜了口咖啡。

"我这么问你吧——"她说，"她觉得你在佐治亚州究竟能做成什么事？你在那儿连个家都没有。"

卡拉不知道怎么回答托里，因为这个问题根本没有答案。

"卡拉。"托里接着说，"我不是要泼冷水，但你有没有想过，这又是你妹妹想要控制你的把戏？"

"怎么说？"

"我仔细思考了你说的事，感觉她对你有很强的占有欲。"托里说，"从我所了解的情况来看，向来都是哈娜决定你住哪里，什么时候搬家，甚至是交什么样的朋友。"

"从某种程度上来看，你说得没错。"卡拉坦承道。

"我知道，有研究表明，双胞胎里总会有一个较为强势的，但在你从这里联系她之前，我就已经看出了你的性格，而且在遇到我们之后，你真的开朗了很多。现在呢，我感觉你又开始自闭了。是因为哈娜吗？如果真是这样，你觉得这样对你有好处吗？"

卡拉再次长叹了一口气。托里说得对。哈娜的性格强势，总想独占卡拉。可是卡拉深爱着妹妹，哪怕只是一次争吵，也可能会害得哈娜坠入无休止的抑郁之中。如果她陷得太深，麻烦就大了。

凡事顺着她的意思是比较简单的处理方式。

直到现在。

"我真心觉得，她之所以烦躁，是因为你遇到了特殊的人。"托里挑起眉毛，等待她做出回应。

卡拉觉得自己卡在了理智和情感之间。

"哈娜没理由讨厌卢克，她只是担心我受到伤害。"她终于说道，但她心里很没底气。

托里点点头："这我懂，真的。但是你不觉得我也担心我哥哥会受到伤害吗？自从艾娃的妈妈去世之后，你是第一个让他显露出兴趣的人。他经历了太多苦痛，看着他萎靡不振的样子，我也心如刀割。不过，他在逐渐向你敞开心扉，再次去感受爱情。如果你们谈崩了，我又得重新安抚他支离破碎的心。我很怕，但我想让他内心的虚无得到填充。"

卡拉压下几欲夺眶而出的眼泪。她之前从未站在这个立场上考虑过这件事，她知道哈娜可能也没这么想过。卢克也是在冒险啊。

"我知道他在敞开心扉。"她终于说道，"他在让我融入艾娃的生活，这对我意义重大，远远超出你的想象。"

"对，艾娃很特别。"托里说，"感情还没有个头绪，你真就舍得一走了之？你不觉得你也有追求幸福的权利吗？"

卡拉耸了耸肩。她觉得她从来没做过什么事情能够让自己拥有追求幸福的权利，但她也没有做过不能让自己拥有追求幸福的权利的事情。目前为止，她只是默认自己的命运就是不断地抗争。那么哈娜呢？她说得对，自出生以来，一直都是两人相依为命。

托里叹了口气，脑袋埋在双手里好一会儿，然后抬起头，用最严肃的眼神看着卡拉。

"好，那我们这么办。"托里说，"你记住，这些话我真的不想说出口，但是作为卢克最亲近的家人，我不得不说。"

卡拉的心被吊到了嗓子眼。这是干什么？

"如果你觉得你不能长久地维持这段关系，我希望你能趁早结束它。"托里说道。

两人凝视着对方，让这句话沉入脑海。卡拉不知道该如何回答。她爱卢克，从相处的第一周开始，她就意识到了自己的这份情感。可是现在牵扯到哈娜，她的生活就变得十分棘手了。她能不能，或者说应不应该，把卢克和艾娃卷入她持续混乱的生活之中？这对他们公平吗？

"老天啊，瞧你那表情，好像我把你的狗撞死了一样。"托里说，她把手覆在卡拉的手上，"我只是说，在某些时候，卡拉，你得在你的个人幸福和你妹妹的幸福之间做出取舍。我只希望我哥哥和艾娃不会成为牺牲品。"

"我从来都无意去伤害卢克和艾娃。"卡拉说道。

"我知道。"托里说,"好了,咱们换个话题,别毁了一天的心情。我该说的都说了,现在你已经知道了我的想法。我得去干活了,邮件跟文书工作落后了一大截。对了,卢克好像要跟你聊聊一日游的事情。"

她朝卡拉笑了笑,沉重的气氛立刻烟消云散。仅仅是一个瞬间,一切便都变得轻松了起来。她真的很佩服托里的这种能力。

"什么一日游?"

托里慢慢露出笑意:"噢,我可不清楚。他没具体说,可能是要带你去某个地方,给你个惊喜,做些天真的小孩子和小狗狗们不能知道的事情。"

有那么一瞬间,卡拉觉得心里涌起一阵悲哀。她和托里这种轻松的交谈,原本是她和哈娜天生就应该拥有的,可是现在,两姐妹之间却充满了隔阂。

她拿抹布朝托里扔去:"别闹!你知道我们要慢慢来的!"

"慢慢来不代表不会做傻事啊。赶紧办吧!"托里说道。卢克恰好从后门走进来,一脸莫名其妙的样子,惹得两人同时哈哈大笑。

第二十五章

接待员领着卡拉走进一间豪华办公室，叫她坐在柔软的黄色皮质沙发上就离开了。卡拉环顾四周，期望像电影里演的那样看到一张长沙发，旁边摆着一盒餐巾纸，精神病医生让人在沙发上躺下叙述悲惨的童年。

"相信我，你会喜欢和瑟拉诺医生相处的。"接待员喊卡拉的名字之前，卢克这么告诉她，而后独自留在走廊里。

卡拉对此持怀疑态度，但她知道，屋里没有长沙发。除了那些让人精神抖擞的椅子之外，还有一张大号红木办公桌，角落里摆着大个的盆栽，它们与墙上画着蓝白条椅子的图画一同构成了让人心情平静的装饰风格。

她从包里拿出平装本小说，打开读了起来，努力不去思考即将到来的心理会诊。

过了十分钟，她把书放下，刚刚读过的部分一个字都想不起来。卡拉不敢相信，自己竟然听卢克的劝说来做心理会诊。读高中那会儿，政府规定她们每个季度都要跟精神健康专业人士进行会谈，不过毕业之后，她和哈娜就没再"跟人谈谈"了。自从知道她们所说的每一个字都可能——而且一定会——被用来针对自己，两人便约法三章，无论谁来跟她们谈话，都绝不会把自己的麻烦事吐露出去。多年来，她一直把所有的问题都憋在心里，难道现在就能开口跟其他人倾诉了吗？而且对方还是个陌生人？

她提醒自己，她们已经不是小孩子了，但凡她们不愿意去的地方，谁也强迫不了。况且，卢克就在一门之隔的走廊里等着，这让她略微安心了一点，可她的心依旧怦怦直跳，想要——

"嗨，我是朱尔斯·瑟拉诺。"

身材高挑、性感优雅的金发女子从办公桌后面的门走出来，让卡拉大吃一惊。她不知道瑟拉诺这个姓来自哪里，但她想她可能是古巴人或意大利人，或者别的种族。

这位瑟拉诺穿着紧身裙和纯白上衣，脚蹬高跟鞋，跟卡拉预想中的样子大相径庭，一点都不像个心理医生。

怎么不是戴着眼镜、手拿纸板的秃顶老男人？她自己想象出来的人物，或者从久远的童年记忆里抽出来的那个人呢？

这位非凡的女子伸出手，悬在空中等着卡拉的回应。"请问您是？"她问道。

"我叫卡拉。"

两人迅速地握了下手，卡拉满手大汗，更显出她的尴尬。

医生没有走向大号办公桌，而是坐到卡拉旁边的椅子上，仿佛两人只是见面喝咖啡的老朋友。她把一条腿搭在另一条腿上，又换了一下，调整成舒服的姿势，然后盯着卡拉。

"今天来是有什么事吗？"她露出灿烂的笑脸问道。

卡拉突然感觉自己仿佛回到了十二岁那会儿，被人们在她的档案里写的那些东西支配着。可怕的记忆如潮水般急速涌来，她感觉自己仿佛瞬间就陷了进去，不可自拔。

首先，卡拉只有一个念头，那就是跟旁边的人相比，自己是多么的粗鄙。瞧那双腿——她不禁好奇卢克是怎么认识人家的，他跟这名医生交往过吗？

"卡拉？"

"我——我，呃……我不知道。"这下可好，除了身材，卡拉现在觉得自己的智力也跟人家有天壤之别了。

"卢克让我和你谈谈。"

卡拉很好奇他们还说过别的什么话。卢克跟她很熟，熟到能请她帮忙立刻做心理治疗。这是个不祥的兆头。

"嗯。呃，医生——"

"叫我朱尔斯吧。"她说道。

卡拉瞧见她抓弄指甲，低头一看，发现她的指甲乱七八糟。卡拉原以为她的指甲会被修剪得完美无缺，可是，嘿——朱尔斯毕竟也是个凡人啊！

卡拉深吸一口气。

"我觉得我的大多数问题源于我跟双胞胎妹妹之间的关系。现在我夹在自己想做的事和她想让我做的事之间进退两难。"

"这让你产生了什么感觉？"朱尔斯问道。

"愧疚。"

"那你为什么让她得逞？"

她为什么让妹妹得逞？卡拉思索着答案，陷入了沉思。朱尔斯坐在那儿，耐心地等待着。

"哈娜这辈子都在忍受抑郁症的困扰，每当她要犯病的时候，我都能感觉得到。她的病没别人知道，只有我俩。现在我想知道，怎么才能既不放弃我的追求，又能帮助她。"

话一出口，一点也不像她想象中的那么糟糕，只除了她宁愿吞指甲，也不愿把自己和哈娜的众多秘密吐露给任何人。然而，话已经说出口了。

朱尔斯拿铅笔顶在唇边，陷入了沉思。

"在你看来，导致你妹妹抑郁症反复发作的主要原因是什么？"

经过穿着时髦的医生几个精心设计的问题和评论，卡拉不知不觉便把一切和盘托出了。她坐在那儿，把将近三十年的悲惨记忆压缩成团，像卡壳的机关枪一般朝朱尔斯喷射而出：妈妈去世，多次寄养失败，哈娜的抑郁症反复发作，跟已婚男人扭曲的情爱。随着心情的逐渐平复，她压低声音，给朱尔斯讲了哈娜几次自杀未遂的经历。

说完之后，她气喘吁吁，同时又因为把她和哈娜的人生摆出来任由陌生人审视而羞愧。

"我不太明白你说的是让你自己焦虑的事情，还是让你妹妹焦虑的事情。"朱尔斯说道，"把你妈妈去世的事情说出来，有没有让你的心里好受点？"

"我觉得惊讶。"卡拉说道。她从没跟人聊过妈妈的死。对于这个疯狂的小秘密，她宁愿用刺钢网把它紧紧地捆在心口，一个人承受尖刺带来的痛苦，也不愿向其他人倾诉。

"把你的记忆、妈妈造成的挫败感和你在儿童福利院踽踽独行的感受封存起来，你觉得这对你或你妹妹的心理健康有好处吗？"

卡拉耸耸肩："我们只会用这种方式去应对。"

"那好，我认为应该教你几种别的应对方式。不过，既然你是因为你妹妹而来到这里，就先谈谈她吧。她看过心理医生吗？"朱尔斯问道。

"从小就没看过。"

"你担心她会跟你妈妈一样离开你，对吗？"朱尔斯紧盯着卡拉问道。

卡拉别过头，不打算回答。

朱尔斯轻扣着铅笔："你觉得她现在会想要伤害自己吗？"

卡拉犹豫了一下。这个问题很刁钻。如果据实相告，说哈娜总是距离自我伤害一步之遥，他们会不会立刻派人去找哈娜？找到她，然后把她关起来？

如果说谎，那她就是在浪费时间。更何况这么多年来，卡拉一直在努力帮助哈娜，却都以失败告终。承担这样的责任并不容易，它给她造成了不良的影响，让卡拉陷入了不计其数的愧疚和自责的怪圈。

现在到了寻求后援的时候了。

"我不确定她现在是不是会伤害自己，因为我很长时间没见到她了。不过她以前尝试过，而且以我的直觉判断，她现在正'大团临头'。"

"'大团'？"朱尔斯问道。

"大团云朵，我们称之为黑云。哈娜说，抑郁症发作时，感觉就像乌云笼罩在头顶。她会突然被浓密的黑暗包裹，连呼吸都变得困难，移动更是一种挑战，她的身体只想停止运转。"

"你说那黑云笼罩着她，让她窒息。"朱尔斯说道，"我想让你从今以后从另一个角度来思考。"

卡拉不明所以地看着她。

"哈娜不是云朵。"朱尔斯说道。

"我知道她不是。"卡拉觉得荒唐。

"她其实是天空。"朱尔斯说道，"那些云朵代表着每一种情绪，即便是最沉重、最黑暗的，最终也会飘过。有些云朵代表开心，有些代表平和，当然，其他的代表悲伤和抑郁，但是这些云朵都在移动。黑云比白云更沉重，移动得更缓慢，但它们不会永远滞留在那里。我们要让她明白，她能撑过去，黑云飘过之后，她仍然是完整的人。"

卡拉专心地听着。她从来没有往这方面想过，现在打定主意，等下次黑云飘来，她会把这些话说给哈娜，帮助妹妹渡过难关。

"我想见见她。"朱尔斯说，"你能让她到这里来吗？"

"不行，让她知道我在这儿跟你说她的事情，她会杀了我的。

更何况，她人在佐治亚州，至少目前是在那儿。"

"好吧，这个以后再说。今天先学习几种方法，好让你帮她撑过这次发作。"

卡拉点点头，两人开始聊起过去几年的往事，以及哈娜的症状是如何变得越来越严重的。聊得越久，卡拉越喜欢朱尔斯，也越来越为自己以貌取人而感到羞愧。朱尔斯其实很随和、优雅，无拘无束的样子能让卡拉的心情放松下来。

"要想帮你妹妹，最好的办法就是陪着她。"朱尔斯说，"即便只是听她哭也行。如果她不肯说话，就由你来说。跟她说她对你多么重要，想办法缓解她的紧张情绪，问问她你该做些什么才能让她开心。"

"这些我都做过了。每次犯病我都陪在她身边，说我爱她，说她对我至关重要，总之全都做过。"

只是相隔一个州那么远，这下要难办了。

朱尔斯点点头："很好。有些人觉得应该采用强硬的方式，但对于本身已经处在情绪最低点的人来说，这种方式的破坏性简直没法描述。它不但帮不上忙，还会造成伤害。你想想，人家得了癌症，你还能置人于不顾，或者采用强硬的方式吗？我不是说抑郁症跟癌症一样，但抑郁症也是疾病，不是能自主控制的情绪危机。永远别让她觉得可以自主决定自己要不要抑郁。"

"我没有。"卡拉说道，"我只想尽力多学点，等到她病情发作，我就能多帮点忙。现在我总是会感到很无助，对她的病情无能为力。"

"我觉得你并不是无能为力啊，你是个很好的姐姐。"朱尔斯说道，"不过，一旦你了解了抑郁症，就可以更好地帮助她，帮她撑过去。"

卡拉心里燃起了希望的火苗：或许终有一天，她可以帮助哈娜恢复健康，让她快乐起来。她仔细聆听朱尔斯谈论面对发作的患者时的注意事项——手势动作、不要妄下判断和适时地提出建议等，把每个字都记在心里，并且将它们分别归类，以备将来反思。

"我想重新回到这次谈话的重点。"朱尔斯把腿放下，欠了欠身，伸手抓住卡拉的手——幸好她手上的汗已经干了，"在你离开之前，我得告诉你，我发现一个比这更重要的问题。我刚刚让你大谈特谈你妹妹，因为我觉得你需要把情绪发泄出来。但在我看来，最紧要的问题在于，你觉得你是妹妹的监护人，要负责保证她的精神健康。卡拉，你不能担负这个重任。你可以去支持她、帮助她，但她怎么过日子，或者她想不想活下去，你终究是管不了的。"

朱尔斯顿了一下，她的最后一句话让卡拉震惊得不知该说些什么。

朱尔斯继续说道："我能感觉到你一直抓着童年时期的辛酸紧紧不放，尤其不能忘怀你的妈妈。我提个建议，你别把对那件事的感受都藏在心里，要想办法倾诉。如果你还愿意来，我会帮你。今天就到此为止吧。"

卡拉怀疑自己不会再来了。让她把心窝子掏出来给人看，虽说在某种程度上产生了释放的快感，却也让她感到自己毫无掩饰，容易受到伤害。

朱尔斯起身，朝卡拉嫣然一笑。

卡拉也跟着起身："非常感谢，医生——"

"朱尔斯。"医生说道，"叫我朱尔斯就行。卡拉，虽然不能叫哈娜过来，我还是很希望能够再见到你。作为她的支持者，你也要注意自己的精神健康。找时间放松放松，别让她的问题变成你的负担。"

双胞胎姐妹不就应该互相分担所有的问题吗？卡拉怀疑这个建议是否管用，不过她还是点了点头。

"我正努力变得硬气一点，在不让她的抑郁症加重的前提下拒绝她的要求。"卡拉说道。

朱尔斯的手握住门把手，停下了脚步："等一下，你说她想让你干什么来着？"

卡拉犹豫一下了。她知道哈娜究竟想要干什么。

"她不想让我和我男朋友相处，要我回佐治亚州。"她低声说道，仿佛只要把这些话说出口，情况就会变得更加严重。

"但是'你'怎么做？"朱尔斯问道。

"我想追求幸福，可我也想让妹妹过得开心。"卡拉说。这是真心话。她一直尽力帮助哈娜找到生活的平衡点，可现在她开始明白，以前的种种牺牲并非解决之道。

朱尔斯看了她一会儿，伸手拍拍她的肩膀。

"呃，你要这么想：到了哪种地步，你才会停止牺牲自己的幸福，来换取妹妹的幸福？除此之外，我希望你能搜索出一些美好的记忆，来替换那些不好的。"她说着打开了门。

卡拉想告诉朱尔斯，对于那个悲剧之夜以前的妈妈，她几乎没有任何印象，她的记忆——如果真的存在美好记忆的话——全都紧紧地锁闭着，难以唤起。她曾经多次尝试唤起记忆，却都失败了。

然而，朱尔斯没有给卡拉回答的机会。她朝走廊里瞥了一眼："卢克？帅气的小伙子，真是你啊？"

看着卢克起身走过来热情地跟朱尔斯拥抱，卡拉的身体绷得僵直。她感觉自己像那个丑陋的继姐一样，站在光彩照人、人见人爱的灰姑娘身旁。她想起哈娜多年前说过的话，千万不要爱上帅气的人，因为那样的人会让所有的女人趋之若鹜。

卢克和朱尔斯松开彼此，她伸手捏了捏卢克的脸蛋："瞧你长多高了！怎么着，你有巨人血统啊？我以为你还跟小时候那样笨手笨脚，满脸痘痘，喜欢跟我和我朋友四处乱跑呢。"

接着，朱尔斯看向卡拉，朝她使了个眼色："我表弟有没有跟你说我每年夏天钓鱼都比他和托里厉害？别被我这一身漂亮衣服骗了，我可是这个家族里响当当的鲈鱼大师。"

第二十六章

　　卡拉这一觉睡得比前几个月都安稳，而且醒来之后，她的思绪没有径直飘到妹妹身上，这可是很长时间以来的头一次。她的思绪飘到了卢克身上，心想这天两人会不会有时间独处。她从床上下来，蹑手蹑脚地溜进走廊。

　　天色尚早，卡拉往艾娃的房间瞥了一眼，发现凹凸不平的被子下面露出了一只小光脚。她把门拉上，沿走廊继续走去。

　　卡拉悄悄拉开卢克房间的门，走进去，随手关上门。正当她穿过房间时，卢克翻了翻身。

　　卢克四仰八叉地趴在床上，长胳膊长腿霸占了四个角。卡拉爬上床躺在卢克身边，用手抚摸他宽阔的背部。卢克一动不动，卡拉吸了一口气，把他身上的气息带进肺腑，充溢各个感官。

　　他散发着力量和勇气的味道，那是男子汉的气概。

　　卡拉明白，她对卢克产生的情愫是以前对任何人未曾有过的，这让她感到害怕。她配不上卢克这样的人，也不配过这样的生活。

她把手从他温暖的身体上拿开，悬在离得很近的半空。

卢克察觉她在犹疑，便翻了个身，把她拽得近了一点，按倒在床上。卡拉任由他完全贴在自己身上。如果可能，她会钻到他身体里面，把他当成茧，把那些不请自来、不受欢迎、如影随形的功能障碍统统挡开。可是骤然之间，他的双唇吻了上来，所有的一切刹那间被全部遗忘，外界的嘈杂全部消失，只剩下两人的心跳声合成完美的旋律。

在她做好准备之前，两人只是浅尝辄止。她无需明说，他便已然明了。一方面，她多么希望自己能允许他勇往直前，可另一方面——过去曾经受过那么多次伤——仅仅和他肌肤相接，她就已经心满意足了。

目前为止，她喜欢抚摸他、亲吻他，两人互相探索对方的身体，却每次都适可而止。她再一次感慨这一段关系的独特，在这种年代堪称闻所未闻。相比以往沉浸得太快，以至于像轨道不规则的星星一样嗖地一下便消失掉的恋爱关系，这一次太过不同寻常。

卢克和我是真的在恋爱，她心想。此时此刻，卢克轻咬她的耳垂，一阵美妙的愉悦感流遍她的全身。

半小时后，两人听见走廊里传来窸窸窣窣的脚步声，便分开了。卢克从床尾拿来衬衫，刚套在头上往下拉，艾娃就推开了门。

"你俩在干什么呢？"她问道。

"摔跤。你在干什么呢？"卢克一脸严肃地问道。

卡拉使劲咬着嘴唇，强忍住笑意。

艾娃翻了个白眼："该起床了。小狗们在外面呜呜叫呢。"

艾娃关上门，卢克猛地抓住卡拉，一把抱在怀里，吓得她叫了一声。他用手在她旁边的床垫上拍起来。

"一、二、三，我赢了。"他说道。

是啊，大个子，你赢了。

卡拉一边想着，一边挣脱开，回到自己屋里穿衣服，迎接新的一天。

她洗了个澡，化了妆，穿上夏季的衣服和拖鞋，赶紧下楼梯给大家安排妥当。她做了燕麦片和水果早餐，叫所有人进来吃饭，自己则朝办公室走去。

她不想去考虑妹妹的事情，哪怕清静一天也行，可是哈娜的面容像扑向火的飞蛾一样不断地浮现在脑海中。卡拉没办法不去思考妹妹的状况。

或许等哈娜心情平复之后，两人能好好聊聊。谈话很可能不会很轻松，但如今这年月，哪有什么省心的事情？她不禁好奇，她们有可能过上平静的生活吗？哈娜对卢克、艾娃和哈德利之家有成见，她感觉姐妹间的沟通会变得更加棘手。卡拉不想看到这种局面。

哈娜需要她。

她们需要彼此。

她叹了口气，打开邮件扫了一遍，发现大多都是垃圾邮件，但有一封吸引了她的目光。邮件标题行写着"致卡拉和哈娜，我作为法院指定咨询专员照看的姑娘们"，她看了眼发件人，心里有些疑惑。她好多年都没有跟那个女人联系了，所以乍看之下，她没认出发件人的名字。

卡拉大吃一惊。梅琳达女士现在应该很老了吧，她怎么会联系她们呢？

卡拉注意到，哈娜并不在邮件收件人里面。

她点开邮件。

亲爱的卡拉，见字如晤，如果你能收到这封邮件的话。我想见你和你妹妹一面。我想同时发邮件给哈娜，但是找不到她的邮箱地址了。我身体抱恙，请尽快回复。祝一切顺利，梅琳达·巴恩威尔。

卡拉感到一阵头晕目眩，这才发觉自己屏着呼吸。这位年迈的女士想干什么？

她拿起手机打给哈娜，铃声响了一下，径直转到了语音信箱。她不想留语音信息。

她刚挂断电话卢克就走了进来，她把邮件的事告诉了他。

"你觉得她想干什么。"卢克问道。

"我不知道。"卡拉说完长叹一口气，"要是梅琳达没联系我，我都不知道她还活着。但她只会带来更多的坏消息，现在我不需要雪上加霜。我想把过去全都撇开，我不想听她细讲妈妈是怎么死的，我们是怎么被送进儿童福利院的。"

"万一还有别的事情呢？"卢克说，"或许完全跟你妈妈无关呢。"

卡拉没回答。她向来认为人们告诉她们的所谓实情有着很大的漏洞，觉得如果寄养系统没那么繁忙，社会工作人员就能找到姐妹俩的亲属，而不用把她们交给福利院。

"我不知道还会有别的什么事。如果跟我们的童年有关，我们早已把那段记忆抹除了。"她最后说道，"在我们记事之前，爸爸就抛弃了我们。妈妈跟抑郁症作斗争，直到再也承受不住，撇下我们。无论是爸爸的家人，还是妈妈的家人，谁都没有出面说要收养我们。就这么简单。"

这些话像铅块一样压在她的舌头上，大声说出口之后，她的心脏怦怦直跳。她一直难以释怀的并不是住儿童福利院，虽然这也是一道心结，而是知道妈妈对她们的爱不足以支撑她活下来。自杀，是最终极的遗弃。

"你说得对，或许旧事重提对你并无益处。"卢克走到桌边说道。

"或许我原本已经够痛苦的了，它就再也伤害不到我啦。"卡拉说。

"不，还是会的，它会把你带到你不想去的地方。如果你这次没办法从中解脱出来呢？你的想法已经改变了很多。求求你，就当是为了我，别再想了。"

卡拉犹豫起来。或许卢克说得对，但回复邮件总是无伤大雅的，对吧？只不过是提几个问题，然后就把这事尘封起来。但是，她们的故事里早已充满了悲剧和创伤，她真的想敞开心扉，承受更多痛苦吗？

可是她一定要弄清楚。

她会把这事弄清楚，但不会把它告诉卢克，或者她妹妹。没有必要再给哈娜增加忧虑的缘由，卡拉自己就能处理得了。她不想让卢克知道自己是个心灵残缺的人。她所展现出的样子——坚强而有能耐——就是他应该看到的样子，而不是某个跟功能障碍纠缠不清、让人怜悯的人。

"你说得对。"她说，庆幸他没从她空洞的话语中听出端倪。她会放手的，只是得在简短地回复这封邮件之后。

第二十七章

卡拉在餐馆里环顾一周，手指轻敲桌面，正因为把海明留给托里和艾娃照顾而充满担忧。如果出了急事，他们可是身在几十英里之外啊。什么事都可能发生的。万一海明跑出去了呢？其他狗都被圈在狗舍里，小点的住在屋里，可是卡拉走的时候，海明在门口噘着嘴，眼神里满是不想让她走的渴求。她还在思考梅琳达的话。互相发了几封毫无信息含量的邮件之后，卡拉打给了梅琳达。

梅琳达绝对有重要的事情想跟卡拉讲，但是她执意面谈，不肯在电话上透露任何细节。

卢克劝卡拉别再深究，可她觉得不应该，特别是在梅琳达强调只有卡拉回到佐治亚州才会进一步说明之后。这就更吊人胃口了。她怎么可能随便就把这事丢开？

她对梅琳达说需要考虑几天，如果一切顺利，她会准备出行。这就意味着她要跟卢克坦白了，而且越早越好。

她深吸了一口气。瞎担心不会有什么好结果，现在她要对卢克彻底坦承。两人独处的时间少之又少，而卢克对于正经约一次会非常热忱。

卢克说服她开三十英里的车来到大松岛，好第一个向她介绍基韦斯特著名的地标建筑——无名酒吧。这家酒吧的历史可以追溯到一九三六年，卢克坚持认为她在这里已经待了那么久了，一定要来这里看看。一路上顺风顺水，他们还有幸看见几只基韦斯特鹿沿着公路游荡。这种小鹿只存在于基韦斯特地区，而且受到保护，严禁狩猎。

车在一只鹿旁边停下，那只鹿直愣愣地跟卡拉对视。卢克说那只鹿已经成年了，不过卡拉觉得它的个头只有她见过的那些鹿的一半，它的眼神仿佛在传达着什么信息。那深邃、黑暗的眼眸中充满了智慧，瞬间吸引了她的注意力，扫清了她的忧虑。

可是到了之后，两人却不说话了。

几个女招待在周围走来走去。

"我发现一个狗粮配方，往后不用再买狗粮了，可以省好多钱。"卡拉试图打破这种尴尬的沉默，开口说道。

卢克朝她挑了挑眉。这是示意她继续说下去，她心想。

"只需要四种配料：花生酱、南瓜酱、鸡蛋和全麦面粉。揉成面团，切成各种形状，放进烤箱里烤二十五分钟就成。咱们可以大量制作，冷冻起来，每次拿出够三四天用的量。"

卢克微微一笑，她不自在地低下头。为什么他不说话，只让她扯东扯西？现在她倒希望刚刚想出的是比狗粮配方更让人感兴趣的事情。她觉得脸上开始发烫，她哪天才能不在约会的时候像个姑娘家一样啊？

幸好有个女招待及时出现，她把菜单递给两人，放下订书机和红色马克笔，朝卡拉笑了笑。"有只小鸟告诉我，这是你第一次光临此地，所以我拿来了纪念到此一游所需的工具。"

卡拉疑惑地看着卢克。

"我来解释一下——"他说道，然后目光转到女招待身上，"请给我们上两杯冰茶。"

女招待点点头，走开了。

"卡拉，你看周围都是什么？"卢克问道。

"都是人。"人多得她心慌，尤其是跟回头率这么高的男人一起进门，她担心自己不够漂亮，不配做他的约会对象。

卢克哈哈一笑："还有什么？"

卡拉又看了一圈，突然明白了过来。在低矮的天花板和每一面墙上，到处都钉着纸币，大多数纸币上都有红色、绿色或黑色马克笔写的签名或缩写字母。

"哦。"她呆呆地说道，"我没带——"

卢克早料到她会以此为借口，伸手在钱包里翻出两张纸币。他递给卡拉一张，拿起马克笔在自己面前的那张上面写了些东西。

卢克把马克笔递给卡拉，她迅速写下名字。

"你想钉到哪儿？"卢克问道。

卡拉耸了耸肩。

他朝环绕着两人的包间的墙侧了侧身："就钉在这里，纪念

274

我们第一次到'无名酒吧'。"他把纸币钉在墙上，伸手接过她的，钉在自己的那张旁边，然后侧身回来，朝她笑了笑。

"怎么了？"卡拉问道。他笑得很诡异，好似掌握了她不知道的秘密。

卡拉凑到墙边，看了眼他在纸币上写的东西。

"卢克&卡拉，天造地设，共图伟业。"上面写道。

"什么伟业？"她双颊绯红地问道。

卢克握住她的双手："很多很多。如果你愿意留在基韦斯特，和我在一起，谁知道我们能有什么样的成就呢？"

女招待端来冰茶，然后为他们点菜。听到卢克点半边基韦斯特虾肉和半边加勒比鸡肉的披萨，卡拉扮了个鬼脸。卢克朝她眨了眨眼，一再保证她会喜欢，女招待也表示赞同，叫她不必担心，说这种披萨是用意大利传来的古老秘方烹制而成的。

女招待离去，卢克抿了口茶，靠在椅背上。卡拉努力不去想他是多么的沉着冷静，多么有男人味。他该理发了，可是那头发卷曲在锁骨上的样子让她忍不住心旌荡漾。还有他进屋时转动眼眸的样子，真是让她占有欲暴涨。

不过，卢克本来就是属于她的。

单单是看着他，一阵悸动就从她的脚趾传到全身，她便知道卢克的确是属于她的。她默默地朝卢克笑了笑。

"你笑什么？"卢克问道。

"和你一起出门，我很开心。"餐馆里人声鼎沸，她的声音细如蚊蚋，几不可闻。

"不，应该是我的荣幸才对。你是这里最漂亮的姑娘。"卢克往前凑了凑，"失陪一下，我去趟洗手间。"

他起身穿过房间，沿着走廊离开，然后不见了踪影。卡拉看见一对夫妻进门，那个年轻的姑娘紧紧地揽着男人的胳膊。她笑得很大声，行为夸张，有些轻浮，让卡拉想起了哈娜。

没过多久，女招待端来了披萨和两个盘子，刚把东西全都放在桌子中央，卢克便回来了。他对女招待表示谢意，她回眸一笑，然后走开。

"开吃吧。"卢克从大盘里捏起一块放进小盘子递给卡拉。

他给自己盛了一份，接着点点头，等待卡拉咬下第一口。

卡拉看了看披萨，庆幸他为她选择的是鸡肉。她迟疑地端起盘子，从边上咬了一小口。

味蕾享受到超乎寻常的美味，她的眉毛不禁竖了起来。太好吃了。

卢克放下自己那块，笑着摇了摇头。

"怎么了？"卡拉问道。

"我在去洗手间的路上遇见了疯老头比利。他这人很有意思。他说他看见咱俩一起进来，叫我早点拿戒指把你拴住，免得别人把你抢走。"

卡拉的脸唰地一下红了起来。

卢克抬胳膊抓住她的手，摸了摸她的无名指："我告诉他，咱们现在还处在恋爱的阶段，他笑着拍了拍我的胳膊，说真够老套的。"

276

卢克顿了一下，往前凑了凑，压低嗓音说道："不过我想跟你说句话。"

"什么话？"

他把卡拉的手翻过来，用手指在上面画圈圈，这动作引得卡拉心里升起一团火。她的手动了动，卢克却紧紧抓住，他手上的力道传进了她的掌心。

"我在你的手心里放了定金。咱俩试着相处期间，这里不许向别人开放。我知道这话根本不该说，但是谁知道你那妹妹会劝你做什么事。"他用开玩笑的口吻说道，但卡拉听得出来，他是认真的。他想让两人独属于对方，不希望二人共同构筑的世界被哈娜的远程影响摧毁。

卡拉决定等到第二天再告诉他自己要去佐治亚州。这样的时刻太过特别，让人不忍心扫兴。

卢克正等待着她的回应，而她只是点了点头，为两人的关系再进一步而感到高兴。可是，她和卢克之间的关系在外人看来真的有那么明显吗？她向来为人低调，把自己的情感——当然，还有卢克的——展露在众目睽睽之下，她不禁羞得局促起来。她还要提醒自己，她不是个骗子，她在卢克面前表现的就是真我。但问题是，卡拉看不透自己是个怎样的人。

第二十八章

开车去桑迪斯普林斯有八百英里，除去晚上在旅店睡觉，卡拉还得经常在半道上停车，好让海明下去撒拉。她一路缓行，走了差不多两个白天才到达目的地。她知道自己这是拖延时间，而且离得越近，行驶速度就越慢。

在此之前，她跟卢克说了心中的疑点。她觉得只要解开这个疑点，就能更加安心地过以后的日子。卢克听完便催促她赶紧成行。

"我以前想错了，但我现在想明白了。"卢克说，"正如朱尔斯所说，如果咱俩想要将来真正过得好，你就必须直面过去，打开心结。"

之后，两人跟托里讨论，托里和卢克都盛情邀请哈娜来哈德利之家，让她在这个叫人安心的地方整理思绪。原本专属卡拉一人的善意，如今溢流给她任性的妹妹，卡拉深受感动，竟一时说不出话来。

"哈娜，他们说你可以来哈德利之家住下。"当天晚上，卡拉打电话给妹妹说道。

"不用，谢谢。"哈娜说。

卡拉沉默了一会儿。她捂住话筒，沉重地叹息了一声，尽量让接下来的话显得礼貌。

"你考虑考虑吧。"她最终说道。但她知道，哈娜是不会考虑搬到哈德利之家的。她妹妹的顽固任性是刻在骨子里的，一旦下定决心，九头牛也拉不回来。

此时此刻，卡拉回到镇子里，回到了这个只给她留下了惨痛的记忆的地方。

我不属于这里，她在等红灯的时候想道。*我从来都不属于这里，这个镇子和这里的人对我从未真正抱有善意。事情办完就走人。*

"小家伙，咱们到了。"她对海明说。它舒舒服服地蜷在副驾驶上睡觉，不管卡拉想做什么、去任何地方，它都愿意跟着。

它连动都没动。

卡拉说出门几天时，艾娃的情绪特别大，这让她大为惊讶，也在她的心上压了块石头。卡拉想，或许自从妈妈去世之后，艾娃便对生活中的每一个人都保持着一份警惕，总担心他们也会一去不返。

卡拉会在睡觉前打电话给她，让她安心。

哈娜不知道卡拉要来，卡拉弄不清楚究竟要不要告诉妹妹自己回来了。毋庸置疑，妹妹必然会坚持要她留下，而这定然只会以姐妹俩闹翻为收场。

只有在弄清楚梅琳达到底要说什么事之后，卡拉才会为下一步该怎么做拿定主意。通电话时，梅琳达显得十分犹豫，对要说的事守口如瓶，有那么一会儿甚至给人一种不确定是否要见面的感觉。

但是现在退缩已经太晚了，因为卡拉正开着卢克的皮卡车进城。她对这里的熟悉感已然消散，如今只余错愕，让她觉得自己与这里格格不入。

卡拉打算把车开去梅琳达家里，看看她到底瞒着什么，然后很可能直接转头开回基韦斯特。卡拉和哈娜大可以在电话上争论，况且，卡拉打心眼儿里不愿在这个只给她留下了惨痛的记忆的镇子里多待一分钟。

梅琳达住在镇子边缘，卡拉驾车朝那边驶去。她驶过摩根瀑布大坝和下水点。在过去六年的查塔胡其河夏水节上，她和哈娜曾跟镇子里的大部分人一起沿河漂流上六英里，到终点处整夜地聆听音乐，享用美食。姐妹俩买了一艘二手的小艇，这算是卡拉比较快乐的记忆之一，也是在谈论没有家人就没有年度传统之后，两人共同设立的诸多传统之一。哈娜坚持当年夏天就开始那个传统。她人就是这样，总是努力巩固两人的小家庭。

卡拉心头涌起一阵悲伤，海明仿佛能感受到一般抬起头。

"是啊，我真的很想她。"卡拉说，"跟你说，她不是一直那么不讨人喜欢的。你可能会喜欢上她呢。"

斯普林斯码头从右侧缓缓映入眼帘。哈娜说她在这儿租了间复式，租金比公寓还便宜。卡拉很好奇那座房子会是什么样子。

开到交叉口之前，卡拉瞥了眼海明。它直直地坐在那儿，双眼瞪着窗外。

有海明的陪伴，卡拉觉得很幸运。一路上，海明是她最好的朋友，忠实地陪她完成了基韦斯特之旅。如果当初没有海明在身边，她会走完那段路吗？她会遇见卢克吗？

卡拉把手放在海明的脖子上，手指在毛发之间摩挲。海明对她来说具有非凡的意义，卡拉对此坚信不疑。

卡拉知道，哈娜没有海明这样的伴侣来引导她开启新生活。她孑然一身，在缺乏支持和忠诚的情况下竭尽全力地躲避着命运的冲击。

卡拉想起朱尔斯的建议。把握自己的幸福，不一定要彻底抛弃妹妹，对不对？

只要肯想办法，卡拉就能做到兼顾。而现在，卡拉的第六感正驱使着她去看看妹妹。

卡拉在刚刚过去的两个小时里一直都有这种预感，这让她陷入了纠结，反复思考着不先去看妹妹，带她一同听听梅琳达的说法，这种做法究竟对不对。毕竟，如果这件事是跟"姐妹两人"的过去相关，那么哈娜就有权参与进来。卡拉一直在尽力压抑心中的愧疚感，可现在她发觉那不只是愧疚感，而是有些不对劲。

卡拉把车停在路边。或许可以先给妹妹打个电话。

海明看着她，露出询问是不是可以下车方便的表情。

"不行，坐稳，海明，马上就要开车走了。"她说完从钱包里拿出手机，按下哈娜的号码。

铃声响起，度秒如年。

没人接听。

她挂断电话，重试一遍。

还是没人接听。

她挂断电话，只用几秒钟就在网上搜出哈娜所说的最近正在上班的咖啡馆的号码，打了过去。

"鲁米餐馆。"有个男声说道。

"呃，你好。我是卡拉·巴特，我妹妹哈娜在你那儿上班。家里有点事，我正在找她。她在上班吗？"

那人顿了一下："没有，她三天没来上班了，也没打电话说一声。"

卡拉没等他说完就挂断了电话，开车回到路上，脚尖紧紧地踩在油门上。

"海明，咱们得绕个圈了。但是我可不能空着手去。你不了解我妹妹，不知道她能把人吓成什么样。如果她对人生不满意，要躲藏起来，肯定会不遗余力地打击我的。"

海明一脸困惑地看着她。

卡拉忍不住笑了起来。海明怎么可能知道，它接下来就要步入前所未见的暴风眼，即将见识巴特姐妹中暴躁如雷的哈娜·巴特了。

第二十九章

卡拉一手提着食品袋和海明的绳子，一手砰砰地敲门。她知道妹妹住在这儿——台阶上摆着哈娜四处倒腾、努力养活却蔫不拉几的盆栽。她们从跳蚤市场买来普通的花盆，用了一下午把它们涂成蓝色，再在上面画满向日葵。两人一起完成了这个项目，对着虽然有些丑却令人记忆深刻的成果哈哈大笑，然后在里面埋了向日葵籽。那些种子从来没有发芽。

后来又种了雏菊。雏菊几周后就死掉了。

再后来种了喇叭花。

每当花盆里的花死掉，哈娜就会种些新的进去。如果要用一个词描述妹妹，那就是不屈不挠。姐妹俩开玩笑，说她们这叫"寸草不生"手，花盆是"寸草不生"盆。现在，熟悉的花盆正摆在前廊，里面是枯萎的秋海棠，表明妹妹就住在这里。

卡拉把脸贴在玻璃上，试图透过百叶窗缝看清里面，可惜什么也看不到。

海明挣了挣，想跑回它刚刚在路边浇灌的灌木丛。

"海明，别动，待着。"

卡拉再次敲门，嘴里轻声咒骂了几句，仿佛这样就能让妹妹突然现身。

可是哈娜要么不愿应门，要么就是无法应门。卡拉回头看了看停在车道上的皮卡车。卢克有没有在后座下面放工具？她已经准备要去找撬棍或者别的什么东西来砸门了。

门开了。

哇。

妹妹的状态比死人还糟糕：身上穿着皱乎乎的T恤和宽松的运动裤，光着脚，头发耷拉在土灰色的脸上。

卡拉从她的眼神中看出了端倪，妹妹正在逃避全世界和所有人。她瞥了眼卡拉，一只手扶着门，支撑全身的重量。

"呐，我来了。"卡拉压抑住拥抱哈娜的冲动，绕过她把袋子放在案台上。

"为什么？"哈娜干巴巴地问道。

卡拉没搭话，把海明叫进来，放开狗绳，任由它在屋里四处嗅闻，直至放松警惕。

"它最好别尿在我的地板上。"哈娜说，"我这儿不能养宠物。"

见到妹妹走动起来，卡拉松了一口气。这说明她没做什么傻事，暂时没有。

卡拉动手拆食品袋，顺手推开薯片空袋子和翻了个的牛奶纸箱，给新带来的食物腾地方。她瞥了眼外卖盒子，看见那里面似乎是什锦菜肴的残渣，冲那股怪味道抽了抽鼻子。她拈起那只碗，扔进靠着橱柜的塑料垃圾袋。那什锦菜肴似乎一口未动。

"你走吧。"哈娜嘟囔一声，转身沿走廊进入房间，爬上床。

妹妹，恕难从命。

"我带了你最喜欢的辣味鸡汤和帕尼尼。别担心，你那份上面没有番茄。"卡拉语气平淡地说，"汤还热着，赶紧过来喝吧。"

海明绕着她跑了一圈就跑去探索别的地方了。

"你回来干什么？"哈娜埋怨着，一把将枕头扔进走廊。屋子很小，这感觉就像两人还待在同一个房间里。她能够很清楚地听到哈娜的声音，甚至能看到她躺回床上，盖着皱乎乎的棉被。

"你说过你不回来了。"

我不能告诉你我为什么回来，卡拉想对妹妹说。不过，卡拉要小心行事，别刺激哈娜，以免妹妹挑起事端把她给轰走。这一次非同以往，因为卡拉决意要让哈娜同意跟心理医生聊聊。她要把朱尔斯的事告诉妹妹，说说她走出办公室的时候心里有多么畅快。

"有很多原因啊。我给你工作的地方打了电话，老板说你三天没去上班了，也不接电话。他很担心。"卡拉环顾四周，厨房里廉价的橘黄色地毯和起居室中不配套的格子家具，使整间屋子显得十分逼仄。

"他根本不记得我。"哈娜恨恨地说道，"他肯定是别有所图。"

"你说过他人很好的，你刚失业那会儿，他给了你一份工作。"卡拉柔声说道，"哈娜，咱们真的需要敞开心扉，接受别人的帮助。我在去基韦斯特的路上想明白了，并非所有人都像你想象中的那么有心机。"

哈娜没说话。

卡拉觉得这个小房子有些幽闭，难怪妹妹的抑郁症又犯了。住在这样阴暗丑陋的地方，谁不得动自杀的心思啊？当然，哈娜只住得起这样的地方，两人还曾一起住过更差劲的，可让人想不通的是，为什么她宁愿独自忍受痛苦，也不愿来基韦斯特和哈德利之家？在那儿既能免费住宿，景色又那么美妙。

我不会强迫她接受我的新生活，也不会祈求她。当然，如果真沦落到那一步，我还是会的。

"哈娜，来吃吧。"卡拉说道。

"我不想吃。"哈娜在床上一字一顿地说道。

卡拉不为哈娜的语气所动。她要让妹妹冷静下来，照顾好海明，然后——假如能够得到幸运天使的帮助——劝服哈娜出来吃东西。她了解妹妹，知道这是个艰巨的任务，所以她首先要让汤的香气弥漫整个房间，去逗弄、诱惑妹妹，直到她说出口的第一个词不再是"不"。

卡拉用碗接了干净的水，海明在她的身旁摇摇尾巴，等待进食。她把碗放在地上，接着从水池里捞出盘子，整齐地摆在一旁。当整个水池盛满热乎乎、泡沫翻滚的热水时，她把盘子和杯子放进去浸泡，同时装好垃圾，拿到门外。希望腐烂食物的味道能够散去，一会儿吃饭的时候才不至于冲鼻。

"你在干什么？"哈娜咬牙切齿地吼了一声。

至少她还醒着。

"我先给你清理厨房。"卡拉镇定地说，"再给你挑几件干净的衣服，你得洗个澡。"

哈娜没吭声。卡拉很想走进房间，紧紧地抱住妹妹，跟她说一切都会好起来的，说坏心情会过去，她会好转的。可是那样根本不起作用。哈娜不喜欢身体接触，动之以情，晓之以理，这些都是不可能的。

要有耐心。

只有耐住性子，才能让哈娜下床走动。这是卡拉总结出来的经验，而且她知道，在这个世界上，唯有她才能引导妹妹再次走向光明。她想起朱尔斯的某些建议，但即便没有这些建议，她也了解哈娜的心性，知道什么才能够触动妹妹。

首先要把妹妹屋里的一切收拾得井然有序，再让她洗个澡，洗洗头发，让她有个好心情，最后再说知心话。

卡拉会把值得妹妹为之而活的事情一一列出来：未来的丈夫，未来的孩子。哈娜是如此的执着，性格如此倔强，卡拉毫不怀疑，妹妹一定能找到真正属于自己的兴趣爱好，把它做得风生水起，让自己从窘境里解脱出来。

卡拉会缓慢而坚定地帮她排解抑郁，让它远离妹妹，等到它消失无踪，她会帮妹妹重新面对生活。

帮她减轻压力，朱尔斯说过。

哦，她们俩会一起打电话给妹妹的老板。或许卡拉会带哈娜一起去见梅琳达，或许不带她去。无论梅琳达说什么，卡拉都会粉饰一番，以免搅乱哈娜的心情。希望在这个过程中，她能抽出时间劝服妹妹去跟心理医生谈谈，让妹妹明白生活不必像起伏不定、阴影与光明交错的过山车，她不必感到羞耻，而且抑郁症是能治好的。

但这一次，要帮助哈娜恢复常态还需要让她明白一件事，那就是她们两人不一定非要绑在一起过一模一样的生活，拥有属于自己的生活也是可以接受的。

再次承担这样的职责，对卡拉来说是不是沉重了些？是，但她能及时赶到，也让她感到解脱。因未能及时赶到而可能发生的其他情境此时正在她的脑海里徘徊，让她惊恐不安。

比如以后的日子里再没有哈娜。

不过幸好妹妹还在。虽然她精神萎靡不振，身体虚弱不堪，还散发着绝望的气息，但至少还活在人世。

又一次的缓刑——卡拉擦拭着脏碗，把对荼毒妹妹的疾病的怒意全都撒在了碗上干硬的污渍上面。

几小时后，屋外一片黑暗，卡拉坐在哈娜身后，梳理她湿漉漉的头发。说服哈娜洗澡花费的时间及其难度超出了卡拉的预期，但现在妹妹已经干干净净地靠在枕头上了，只是身体软绵绵的，没有力气坐起来。卡拉完全能明白哈娜的感受，知道她的所有精力、怒火以及一切使她具有人情味的东西都已经被消耗殆尽了。

黑暗的情绪对她造成了伤害，它欺骗了她，一次又一次。

"哈娜。"卡拉低声、平静地说。千万不要责怪。多年来，她学到了这个教训。只要说错一个字，就会让几个小时的努力前功尽弃。"你知道每当你犯病的时候，你都得扛过去。别让抑郁症夺去你的快乐。"

只有这一次，哈娜沉默不语。不过卡拉一眼就能看出她的想法，几乎能在脑海里听到她的沉默在呼喊："什么快乐？！"

想起在基韦斯特等待自己的幸福生活，那是哈娜从未遇到过的，卡拉便觉得愧疚，但她继续说了下去。

"我知道，你内心的阴暗面正在窃窃私语，说你一文不值，没人怜爱。"她放下梳子，把妹妹的头发分成三股，动作轻柔地编辫子，把安抚透过指尖传给妹妹，"但是我爱你，海明可能也已经爱上你了。等它跟你混熟之后，它一定会爱上你的。"

海明卧在床尾，把鼻子放在爪子上看着她们，在听到自己名字的时候晃了晃耳朵。

卡拉想起几年前，当她回到家时，发现公寓的门上贴了张纸条："卡拉，看到这张纸条，别进门，直接报警。我不想让你看到我这副样子。别为我哭，我不值得。"

卡拉急于找到妹妹，差点把门都拆了下来，幸好及时找到了她。卡拉哀求妹妹，让她明白自己值得，只要她能撑过去，每一次抑郁症爆发的尽头总会看见光明。可是从那以后，抑郁症一直折磨了哈娜好些年。

"你在听我说吗？"卡拉在声音里注入了信心和威信，"你一直都是这么的坚强。无论我们经历过多少年的艰辛，承受着多少压力，你都像扛着一只九百磅的大猩猩一样把它们抗在肩上。大多数人很可能会把它们扔到一旁，就此放弃，甚至会靠着某些东西麻痹痛感，但是你没有。你全凭自己一个人去承担这一切。你让我感到惊讶，哈娜，但你不必一个人扛着那怪兽。我在这儿，把那东西交给我，让我扛一会儿。"

哈娜仍旧没有说话。

"你以为我要抛下你去过自己的生活，剩你一个人孤苦伶仃，其实不是这样。我想让你成为我生活中的一部分。"

卡拉能感觉到妹妹渐渐开始默默地抽泣起来，但她知道，哈娜还没有做好拥抱的准备。即使妹妹永远都不会接受她的拥抱，卡拉也能接受，只是要让哈娜听她说话。

"没有你的生活，我宁愿不要。如果你夺去我的生活，我会永远对你怀恨在心。哈娜，别丢下我，让我一个人去熬剩下的日子。"

姐妹俩都明白，她说的是死亡，是自杀，但谁也没说出这个词。她编完辫子，在发梢扎上皮筋。

"还记得我们去年在网站上查到的内容吗？得了抑郁症，不代表你疯了，而是说你病了。这是一种疾病，就像脑子里有了病毒。求求你，咱们去看心理医生吧，你会慢慢好起来的。你跟妈妈不一样，你比她更坚强。"

哈娜像弹簧一样从床上一跃而起，冲进厕所，砰地一下关上了门。

海明猛然站直，四处环顾，不知道发生了什么事。卡拉任由妹妹去了。她毫不惊讶，唯一出乎意料的是，等她把要说的话差不多都说完了妹妹才爆发。黑云笼罩时，哈娜从来没觉得自己跟妈妈一样。或许卡拉不该拿她们两个做对比，但她想让妹妹记起妈妈做的那个最终的决定给两人造成的伤害。

卡拉伸展双腿，下床走到门边。她伸手按住门，把脸贴了上去。

"哈娜，别让抑郁症的声音扰乱你的心神，听听爱你的人的声音，听听我的声音。一切都会好起来的。求求你出来吧。"

妹妹一声不吭，她回到床边躺下，感到浑身乏力。卫生间早已清理干净，哈娜找不到可以用来伤害自己的东西。卡拉心里没底，但她觉得，或许妹妹正在经历最痛苦的阶段。

现在她只能静静等待，还有祈祷。

如果能够得到幸运女神的眷顾——或者比幸运女神更好的——哈娜就会走出卫生间，重振精神去面对这个世界，准备再次奋力一搏。她希望她能正视抑郁症，给它以迎头痛击，然后再啐它一脸口水。到那时候，再跟妹妹说说卢克，以及她在基韦斯特生活的决定。

　　"哈娜，我今晚睡在这儿。"话一出口，卡拉自己都觉得惊讶。梅琳达可以等，妹妹不能。

　　她想脱掉来时穿的衣服，又不想离开太长时间跑去车边拿手提袋，于是便在哈娜衣橱搁板上的衣服堆里翻了一遍，找出一件男式的白衬衫。她脱掉衣服，把衬衫穿上，系好扣子。

　　她迅速整理好床铺，又拽了拽枕头，爬上床等着哈娜出来。

　　最后，哈娜一脸苍白地走了出来，盯着卡拉看了好大一会儿。

　　"那衬衫——"她说到半截停了下来，只是盯着卡拉不说话。

　　"衬衫怎么了？"卡拉低头看着衬衫问道。

　　哈娜爬到床上。"是乔伊的。"她说道。

　　"什么？啊，好恶心。"卡拉一把将衬衫从身上扯下，扔到地上。她从梳妆台拿起自己的衬衫穿上，又爬回床上。"没想到你还留着。这样对心理不好，哈娜。告诉我，你还留着他的什么东西？"

　　哈娜犹豫了一下，再次开口前深吸了一口气，然后仿佛吐出一个深埋在体内的秘密一般把它呼出："他的孩子。"

区区四个字，足以改变姐妹俩的现状和未来，但卡拉为自己能够平静地对待这件事而感到欣慰。哈娜正在从最近的一次发作中走出来，精神还很脆弱。她需要的不是怪罪和妄议，而是帮助，是姐姐的陪伴。

而卡拉的身体下意识的反应却是另一回事了。她噌地一下从床上跳下来，在屋里走来走去，寻找合适的话。

"怀多久了？"卡拉走得双腿酸软，一屁股坐在床尾，手指情不自禁地摸着海明的皮毛，从那柔软之中获取安慰。

哈娜耸了耸肩。

卡拉看见她眼角的泪花，便没有继续追问下去。已经这样了，再问下去又有什么意义？这件事太过讽刺，太让人心痛了。卡拉想组建大家庭，却连一个孩子都生不出来。而妹妹呢，她可是经常说永远不要孩子的，现在竟然怀孕了。她很快就会生下一个朝气蓬勃、会哭会闹的……宝宝了。

"噢，哈娜。"卡拉想不出合适的话。妹妹惹上大麻烦了。

"我知道。我懂，卡拉。"哈娜把脸埋进双手。

"怀太久不能——"卡拉不敢把话说完。许久之前，她和哈娜曾说定，每个女人对自己的身体都有决定权，她们会尊重这一权利，不去评判，可是姐妹俩自己绝不会选择堕胎。她俩一直小心地采取保护措施的原因就在于此。

哈娜点点头，当作回答。

"怎么回事？"卡拉问道。

哈娜抬头冷笑道："呃，是这么回事，亲爱的姐姐，人求爱之后就会做爱——"

"一点都不好笑。你明白我的意思。你没有避孕吗？你跟乔伊睡觉到底是怎么回事？不是很久之前就断了吗？"

卡拉突然想起朱尔斯曾说过不要对病人妄加评判，可惜——太晚了。她想知道答案。

"你想让我先回答哪个问题？"哈娜充满嘲讽地问道，"对，我有避孕，但是失败了。对，我们分手了，但我也有七情六欲，懂吗？我很孤独，非常非常寂寞，卡拉。你好好想想，是你把我丢下，然后自己跑去基韦斯特过好日子去了。"

卡拉深吸一口气。让哈娜——还有乔伊——明白，她正是最初促使卡拉去基韦斯特的原因，但不管怎么说，只要出了什么事，最终都要怪到卡拉的头上。

"他是个神经病，哈娜。你开枪打了他！他竟然还跑来跟你折腾？玩那套蛊惑人心的小把戏？那家伙到底怎么回事？"

哈娜耸耸肩："他有一天跑过来，说带我去吃顿晚饭，让我开心开心。求求你，别说出来。我知道，我是世界上最愚蠢的傻瓜。可是那晚之后，我就没再跟他见面了。我发誓。我终于看透了他的本性。"

看透是好事，可惜木已成舟。

"你打算怎么办？"卡拉终于说道，"你自己养不了孩子。"

哈娜耸耸肩："我能怎么办？我走投无路了，对不对？"

"你不准备跟乔伊说吗？"卡拉问道，心里却害怕听到答案。

哈娜一脸惊讶。

"卡拉，你疯了吗？不，我绝不会告诉乔伊。他会立刻抢走这个孩子的，快得我摸不着头脑，或者想办法叫我把孩子打掉，以免影响他的事业。再说了，谁知道他对会我玩什么阴谋？"

"那你想留着孩子？"

"我不知道。我现在连想都不敢想。"

"可以让人抱养。"卡拉柔声说道，"如果你不打算养这个孩子，就交给愿意收养的人。我有个朋友，他叫麦克，是个律师。他可以私底下安排，或者起码知道谁能帮助我们。"

哈娜点点头："我知道。我也想过这种办法，这是方案之一。但是你不用担心，我不会扰乱你的表演。我去当服务员就是因为这个，我想工作攒点钱，之后再自己想办法。我不想在卢克和托里面前让你难堪，或者在哈德利之家白吃白喝。"

"别说了，哈娜，我想帮你。另外，我不是表演。那是我的正经生活。"

但是卡拉不知道该如何处置这个孩子。她回想起她认识的所有孤儿——他们出于各种各样的原因被送入孤儿体系，有些甚至只是因为父母还不想要孩子，所以不会养也不用心，才使得他们沦入孤儿院。

一时间，卡拉想到假如哈娜让她来收养这个孩子，会是怎样一番景象。她想象着自己和卢克一起将刚刚诞生的孩子搂在怀里，给孩子起名字，把孩子带回家，给艾娃添一个弟弟或妹妹。

紧接着，她的幻想便破灭了。那样就意味着她和哈娜不能再在一起生活了，因为哈娜肯定会受不了自己的孩子近在眼前，却不能尽到做母亲的责任的那种痛苦。虽然妹妹一副无所谓的样子，但卡拉知道，哈娜的内心十分敏感。

可是卡拉不愿去想象如果哈娜因贪图省事而把孩子交给孤儿院，会给她的心造成多大的伤害。

于是她不再细想。此时此刻，妹妹需要她。她不会像妈妈一样，仅仅因为生活艰难就抛弃哈娜。姐妹俩会耐心、系统地逐个商讨所有问题，想出应对的方法。

她起身走到哈娜的那一侧坐下来，身体往前一凑，胳膊圈住妹妹。起初，哈娜如她预期的那般身体一僵，毫无动作，但至少没有抽身躲开。

"哈娜，你不会让我难堪的。我们要共渡难关，就像以前一样。你可以害怕，但别想着我会把你丢下，让你独自面对这一切。"她轻声说道。

她想起托里对卢克的评价。把哈娜最新的状况跟他挑明，一定很难说出口，而且万一哈娜想要留下孩子呢？他们还会让她来基韦斯特吗？

她产生了另一个想法：或许她应该留在佐治亚州，总好过给卢克带去更多的坏消息。把哈娜和一个小孩带去卢克家，惊扰他为艾娃构筑的稳固的家，这样真的公平吗？

可是，一想到再也见不到卢克，再也无法体会那肌肤相接的触感，卡拉就感到后悔，因而有了退意。她能回到没有卢克的生活中去，再次成为哈娜长久的精神支柱吗？再次被不知所措和孤独寂寞淹没？

"会好起来的。"她再次说道，既是对自己，也是对哈娜。她要想到既能陪伴哈娜，又无需放弃自己的幸福的办法。

几秒钟过去，卡拉感觉妹妹的身体开始放松，一只胳膊抱住她的背部。这个小小的动作显示出妹妹的认可。大多数人可能对此不以为意，但哈娜能做出这样的动作，那可是突破性的进展。

第三十章

梅琳达老了很多，这是卡拉的第一印象。卡拉和哈娜坐在餐桌前的椅子上，之前领她们过来的那个紧张到双手乱颤的女人自个儿站在火炉旁。梅琳达起码得有六七十岁了，却依然像卡拉记忆中那样美丽，只是多了几道皱纹，满头白发而已。

"你们俩一点都没变。"梅琳达开门叫她们进屋的时候说，"我没想到你们真的会来。"

厨房不大，但是干净整洁。桌上铺着小小的手工桌布，上面绣着花朵，冰箱上贴着精巧的冰箱贴，整体充满了祖母辈的气息。

卡拉向来对梅琳达家的房子怀有好奇心。她有厨房吗？有孙辈吗？寄养体系规定，作为社会福利系统的志愿者，梅琳达不能把所负责案件的孩子带回家，甚至连上她的车都不行。因此，她们总是在别的地方碰面，从来不谈论梅琳达的私人生活。

"茶马上就好。"梅琳达头也不回地说道。

"感觉好诡异。"哈娜小声说道。

"我知道。"卡拉低声回答。她感觉和哈娜又回到了十一二岁，坐在那儿等着梅琳达揭示未来的命运：寄养失败；再找新的寄养家庭；一次又一次的听证会。

现在姐妹俩长大了，政府再也无法掌控她们的命运。她们随时都可以起身出门，而且卡拉现在就有这样的冲动。梅琳达一直对姐妹俩很照顾，但她毕竟代表着最好封存在过去的记忆，代表着家庭的离散，代表着政府体系，代表着一次又一次的被拒和心碎。

"我有点恶心。"卡拉说，她脑袋里的血液横冲直撞，不安即将突破禁锢，"要不咱们走吧。我不想把海明自个儿丢在外面，它跟迪克西还不熟。"

"嘘，我想听听她有什么话说。"哈娜坚决地说，"别担心狗。"

卡拉很庆幸把妹妹带了过来。现在她明白，她一个人是断然应付不来的。回想过去——对妈妈的记忆——让她深受煎熬，谈论过去就像主动承受折磨。她回想起朱尔斯坐在办公室里的画面，在那样的环境里倒可以接受。

"好，我可以的。"她低声回答，主要是为了说服自己，而不是妹妹。

哈娜的脸色比昨晚好了很多。一听卡拉说梅琳达要求会面，妹妹便从抑郁中挣脱出来，或者至少是把阴郁埋在心底，产生了听听梅琳达想说什么的兴趣。

热水壶咕咕作响，梅琳达倒了三杯水，跟一碗糖一起放在托盘上，端到桌边。

"你们俩总喜欢喝热茶。"梅琳达和蔼地笑着说，"请自便吧，我去拿东西。"

她转身离去，穿过走廊不见了踪影。

卡拉端过一个茶杯，用勺子往里放了点糖，庆幸有东西缓解内心的痛楚。哈娜如法炮制。

梅琳达回来时，胳膊下面夹了一个大文件袋。她把文件袋放在桌上，坐下来，双臂交叉放在文件袋上，重重地叹了口气。

"那是什么？"哈娜问道。

"你们的记录。"梅琳达说。

"我们的记录？"卡拉目不转睛，不敢相信将近五英寸厚、边上泛黄的文件，竟然都跟她和哈娜有关。

梅琳达点点头。"只是我个人记录的，没有政府方面的文件。"她说道，"作为法院指定咨询专员，每一件小事都得提交报告，比如会议的详细记录，听证会结果复印件，学校记录和教师观察结果，全都在这里。我每样东西都留了副本。"

平常人的童年都靠相册和装满图片的电脑硬盘来记录，而姐妹俩的童年全都浓缩在一个厚厚的、脏兮兮的官方文件夹里，卡拉不禁为这种不公平感到惊讶。

梅琳达拍拍封面："我想先告诉你们，我一直觉得整个体系对你们很不公平。他们对你们一家的所作所为都有悖良心，尤其是对你们那可怜的妈妈。"

卡拉只觉得头晕目眩，不知道该说些什么。

"我们妈妈？"哈娜问道。

"对，你们妈妈。我现在退休了，前段时间刚做完体检，知道自己在这世上活不久了。乳腺癌晚期。"她说着挥了挥手，仿佛要把致哀赶到一旁，"我这把年纪，就决定不再进行化疗了，所以我决定把压在心头多年的事情告诉你们。你们有权利知道真相。"

卡拉心里疑窦丛生，为自己不能对梅琳达的病情表示同情而感到愧疚。姐妹俩的童年一直是个谜团，现在终于到了填补空白的时刻了吗？

她深吸一口气，试图安抚自己躁动的神经。

"去他妈的，我们有权利知道真相——"哈娜的语气尖锐起来，"我们一直都有权利，现在你来跟我们说以往都是假的？"

梅琳达显得有些惊慌："我以前是受法院的约束的。你们要明白，如果不是怕惹大麻烦，我——"

"现在已经无关紧要了。"卡拉插嘴道。她觉得筋疲力尽，再也承受不了任何聒噪。她只想让这事早点结束。"拜托你，直接把你想要说的话告诉我们。求求你了。"

既然到了这一刻，既然已经与真相近在咫尺，她再也等不及了。

"我希望你们做好心理准备。"梅琳达缓声说道，她先看了一眼哈娜，又看了看卡拉，"首先，你们俩不姓巴特。"

卡拉的第一个念头是"谢天谢地"。她向来讨厌巴特这个姓，而且充满讽刺意味的是，这个姓她从来说不好，感觉像是被黏在嘴里，很不对劲，一直不对劲。她的第二个念头是"怎么可能"。

"你们进入福利体系的时候，还没有愿意领养两姐妹的人，所以就从南加利福尼亚州转到了佐治亚州，进了能让你们俩待在一起的福利院。"

我们不是佐治亚州人！难怪我总觉得与桑迪斯普林斯格格不入。

梅琳达继续说道："第一对夫妇叫查尔斯·巴特和南希·巴特，他们收养了你们两个，可你们年纪太小，什么都不懂。你们被收养一年后，我成了你们的咨询专员，去你们家才发现一切并非法院所预期的那样。我认为他们不适合收养孩子，提交了报告。压力之下，那对夫妇要求结束收养，法院予以准许，你俩立刻回到了福利体系，只不过政府没把你们送回南加利福尼亚州，而是留在了当地。这就是我跟你们人生交集的起点。"

几个人陷入了沉默。

被收养过。

虽然哈娜强烈反对，卡拉私下里总是渴望姐妹俩被人收养。卡拉一直都想有一个家，想要安稳的生活。哈娜坚持认为总有一天，妈妈会回来找她们。卡拉努力回想第一个收养家庭以及收养姐妹俩的人，却只记得那只叫雷诺的狗。这有什么用呢？他们最终也抛弃了姐妹俩。

"难怪我在网上找不到任何家人。"哈娜冷冰冰地说,"那我们姓什么?"

哈娜搜过家人?或许自己并不真正了解妹妹,卡拉被这个想法吓住了。

"摩根,哈娜·摩根和卡拉·摩根。"梅琳达泪眼朦胧地说,"对不起,姑娘们,我知道这个消息很惊人,但更为重要的是,我想告诉你们,你们起初根本就不该被送入福利体系。你们的妈妈——愿她平安——竭尽所能地做了政府要求的一切,而且不只那些,可是政府决意留下你们。这是对正义的歪曲,没能阻止这件事,我感到很愧疚。"

卡拉听得一头雾水。妈妈怎么可能做了政府要求的一切?正是因为她的死,姐妹俩才沦落到福利院的啊。

"这话什么意思?"她最终问道。

"我们的妈妈死了。"哈娜说,"她怎么还能做什么事?那天晚上,我们亲眼看到她被救护车带走。"

梅琳达摇了摇头。

"可她当晚没有死,你们爸爸到你们家里去,两人吵了一架,她吃了些药想要平复自己的情绪,可是弄错了药量。在这一点上,我相信她。"

卡拉想起那天晚上,那个男人进了家门,姐妹俩则听话地等在外面——妈妈曾要她俩小心那个男人。那是她们的爸爸?

梅琳达用纸巾擦了擦眼睛:"她在医院醒来,人们告诉她州级儿童福利院把她的女儿们带走了，她大概希望自己还不如死了吧。可她没有，她努力争取你们的抚养权。她像疯了一样闯过人们设下的每一道障碍，参加政府安排的每一次抚养课程、治疗程序和证明她能够抚养的情绪检查。她发誓你们的爸爸再不会来打扰，说她会保护你们两个免受他的伤害。不过，她再努力也没用，因为她根本不知道你们俩在哪儿。"

"怎么可能？"卡拉终于开口问道。

"因为那时候，州政府正忙着采取及时措施，有案件就立刻办理完结，这就意味着无论重聚计划结果会怎样，都全盘关停。你们要明白，在福利体系中，如果当妈妈的没有能力聘请好律师，那就真的是孤军奋战了。孩子的命运——至少在这种情况下——完全由法官或一撮行政司法官决定，他们权衡各方面的可能性，认为你们妈妈过量服药一次，就无法继续抚养自己的孩子。"梅琳达说道。

"她当时在进行药物治疗吗？"哈娜问道。

梅琳达坚定地摇了摇头："没有。我自己见过她几次，她参加的每一场模拟听证会，我都在场。她通过了每一次药检，她没有毒瘾。她不是个坏妈妈，她只是一时心情不好。"

卡拉看见哈娜的眼角涌出一滴泪水。心情不好正是妹妹大半生的真实写照，姐妹俩对这个词并不陌生。

梅琳达从桌对面伸手过来，快要触到姐妹俩时又停住了，卡拉对此很是欣慰。

"你们要相信我，她从来没想过抛弃你们中的任何一个。那可怜的姑娘根本没想服药自杀！那是无心之过。可是已经太晚了。把你们送回去，等于承认他们做了错事，他们是拉不下面子的。你们的案子就此陷在了系统里面，我尝试过替你们讨回公道。真的，我告诉他们，你们要跟你们的妈妈生活在一起，可他们不肯听，每一次上诉都被驳回了。"

梅琳达泣不成声，每一滴眼泪都代表一丝愧疚，沿着她扑了粉的脸庞流下，流到涂着粉红色唇膏的嘴唇上。

"我不想让你们觉得自己没有被爱过，哪怕只是一瞬间。"梅琳达轻声说。

卡拉一时不知道该说什么。妈妈当晚没死？她没有试图自杀？最重要的是，她没有抛弃她们？

这些年来，在每一个孤寂的夜晚，她会在睡梦中见到妈妈，渴望她的爱抚，渴望听到她的声音。她早就知道妈妈爱她们！她早就知道。那是深深地刻在骨子里的感受，她早就知道。

"等一下。"哈娜说，"你说我们妈妈当晚没死。你知道她现在是否在世吗？"

就是这句，这才是终极问题。二十多年来，卡拉早已习惯了妈妈已死这个想法，此刻并没有做好听到别的答案的准备。她不能再次为妈妈悲痛。她只觉得心脏怦怦直跳，紧张到头晕目眩。突然之间，一切仿佛都在以慢动作运行。

梅琳达的犹豫不决到底意味着什么？卡拉看向梅琳达，又转向哈娜——妹妹沉默不语，同样等待着揭晓可能改变未来的答案。天啊，这也会改变她们的过去，而卡拉不知道自己能否回到那里重写一切。那样的想法太过痛苦，她不敢再想下去。

"等一下……"卡拉把椅子推离桌边，站了起来，"我先出去一趟。"

泪水遮住了视线，她踉踉跄跄地走到门外，大口吸着气，双手仿佛在寻找着什么——只要能让痛苦消失，只要能让她回到妈妈把她放在床上，用嘴唇触碰她的额头，说爱她的弥漫着头发上新鲜的紫丁香味的那个晚上；回到她在妈妈的手的引导下制作窗帘的那个下午；回到妈妈带着她站在雪地里，她抓着妈妈暖暖的手，迷失在妈妈的笑意里的那一天；回到她幼儿园毕业，翘首期盼地望着窗外，起初满心慌张，一看见妈妈的笑脸就变得安心下来的那一天。

就是这样！记忆宝库的大门轰然大开，在她走下台阶时涌上心头。在那一瞬间，她没办法再正视梅琳达，或者哈娜。她想专注于每一个念头、每一段记忆，把它们取出来，独自审视。她想沉浸在尘封已久而不可得的美好记忆里，让自己没有被妈妈抛弃的幸福充溢全身。

最终，她知道了真相，所有带给她痛苦的链条骤然绷断。她感到一阵轻松和自在。这全都是因为那简单的五个词语。无论妈妈是尚在人世，还是久已长眠，卡拉现在已经明白了最为重要的真理，她会把这真理紧紧地抱在身前，借以治愈她多年的伤痛。

她曾被爱过。

后 记

卡拉坐在房间后方，身边环绕着对她至关重要的亲人。她静静地观察着，心中充满了骄傲，忍不住要为哈娜欢呼鼓掌。与骄傲混合在一起的还有另一种全新的情绪，那就是平和。

完完全全、彻头彻尾的平和。

海明静静地卧在她的脚旁，耳朵竖起，随时听候她的下一个指令。小侄子躺在怀里，一脸满足地沉睡着，为他妈妈飘满整个房间的话语声感到舒适。他肥嘟嘟的小手紧握着卡拉衬衫的一角，仿佛在说永不放手。

别担心，小家伙，你哪儿都去不了。

卡拉为自己对小家伙的情意感到惊讶，她知道，即便是赴汤蹈火，她也要保护好他。可惜轮不上她，他妈妈会像个熊妈妈一样守在洞穴边。哈娜虽然满心惊恐，却成了一个了不起的母亲。

瞧，她就站在那儿。那不屈不挠的哈娜正站在前排，主持这次自助会。她终于来到了基韦斯特，冷静而镇定，强大而威严。熟悉她的人会认不出今时今日的她，但卡拉知道，哈娜天生就是个当领袖的好料子。

哈娜身旁的桌上摆着她们一起绘制的那个花盆。这一次，花盆里种满了枝繁叶茂的石楠花，这种淡紫色的花活力十足，据说它代表着保护，是美梦成真的象征。

这一年的变化可真大啊。

这一年里，她们治疗了心理问题，一同检视落在她们头上的不公正，一同想办法克服。手握梅琳达的记录，两人提起改名诉讼，终于将巴特这个姓带来的耻辱和痛苦的记忆抛在身后。她们现在是卡拉·摩根和哈娜·摩根，而且再经过朱尔斯的几个月的心理治疗，她们就要开始寻找自己真正的那个家了。但此时，这是属于她们的时刻。她们要暂时抛开痛苦，借此庆祝布罗迪的出生，去寻找新的开端，去享受姐妹俩之间新的改善了的关系。

"谁来说一下最初的抑郁症经历？"哈娜环顾四周问道。

最大的惊喜在于，经过几个月的治疗，哈娜自己设立了一个互助小组。她担任负责人，用她所擅长的一切，确保她的经历可以用来帮助他人度过同样的难关。

一个女人举起手，哈娜点头让她说话。

"我哭个不停，而且不知道为什么哭。我只知道自己很孤独，就算屋子里充满了人。"

屋里的七八个人纷纷点头表示赞同。

"我只想一睡不起。"一个男人说道，"现在偶尔还会有这种想法。”

卡拉对这个症状很熟悉。帮助哈娜度过抑郁期的记忆涌上心头，她想起了那时妹妹身上那沉重的疲劳感和乏力感。有时候，卡拉只能帮哈娜刷刷牙，或者在连着三天不换衣服之后给她洗澡。

“症状最初显现的时候，我们都不知道是怎么回事。”哈娜说，“有数据表明，如果发作过三四次，复发的几率就会升到将近百分之八十。因此，趁着没有发作的时候，我们一定要尽可能地学习治疗的方法，以避免堕入黑暗。我们可以培养新的应对技能，寻求更好的生活方式。”

整间屋里的人纷纷表示赞同。

“个人的康复得由我们自己负责。”她看着卡拉的眼睛，笑着说道，“而且我们要坚定意志，学会依靠自己，而不是依靠他人的帮助。今天先到这里，大家请拿些我姐姐准备的小吃，之后分成讨论组。”

众人稀稀落落地鼓掌，之后起身走到小吃桌旁。卡拉熬了半夜，制作了许多种健康小吃。哈娜曾提醒她，饮食习惯可能是抑郁症的影响因素之一，所以姐妹俩钻研出了小组成员能够记下回家自己做的简单食谱。

哈娜走到后面，坐在卡拉身旁的椅子上。英姿飒爽的气息散去，只留下满脸的疲惫。她弯腰捋了捋海明的皮毛，惹得卡拉面露微笑。妹妹终于接受了海明，现在对它有了小小的爱意。她终于像卡拉一样，明白了海明真的会让人感到安心。

“你还好吧？”卡拉问哈娜。

"嗯，我还好。每次互助会之前，我都会感到很累，可是一站到台上，我就精神抖擞了。不过，发表演讲倒是真的能驱散我心中的阴霾。"

"哈娜，我很为你感到骄傲。"卡拉说。朱尔斯曾对两人强调过，姐妹俩需要更多地互相表达情感，把感受说出来。

卡拉起初以为哈娜不会回应，哈娜却把手放在了卡拉的手上。

"卡拉，要是没有你，我肯定做不到。为什么每次互助会我都要请你来？只要我一瞥，就能看见你，想起你时常要我别聆听抑郁的声音，只记住我有人爱。你救了我那么多次，你自己都不记得，但我记得，也永远不会忘记。"

卡拉感觉泪水马上就要涌出来了。哈娜从来没有坦诚地感谢过卡拉陪她度过情绪最低落的时刻。妹妹真的长大了，姐妹之间的关系也正朝着好的方向发展。她们俩一起经历了那么多的坎坷，卡拉终于得到了她期待已久的东西。

有人拍了拍卡拉的肩膀，她回头看去。

"嘿——为什么哭啊？再哭明天可就要哭丧着脸了，怎么能在第一次试衣服的时候红着眼睛、撅着嘴巴呢？"卢克说，"老天，摩根家的姑娘们怎么老是情绪波动这么大？"

哈娜哈哈大笑，把手从卡拉手中抽出来。"原来戳我手的是这个啊。瞧那大块的钻石！哇，卢克，能不能含蓄点。"她调笑道，"反正你也不能去。你不能看她穿婚纱的样子！"

"嘿，别惹我大哥。"

卡拉听到门口传来声音，扭头看见托里站在那里，旁边跟着艾娃。她未来的小姑迅速穿过房间，双手举在身前："我跟艾娃在外面等你们，她快把我烦死了。你们结束没？"她接过布罗迪，用鼻子蹭了蹭他，说的话全被浓浓的爱意卷走了。

人人都想对布罗迪展示自己的爱。

"走吧，卡拉。"艾娃喊道，然后抱住了卡拉的腰，使出了好大的力气，"爸爸要带咱俩去约会。去吃基韦斯特酸橙派，今晚公园放露天电影。不过呢，咱们要先去看看狗狗。"

卡拉觉得一股暖意流遍全身。这种氛围好温馨，正是她一直以来所渴求的。这是她的家人。

这是她的生活。

童话真的变成了现实。

"或者……你可以留在这儿，帮我收拾收拾。"哈娜冲卡拉挑了挑眉毛。

"怎样都行。"卢克耸耸肩说道。

他的眼神却别有意味，传达着专属于他和卡拉的独特信息。哈娜看了出来。

"你想去哪里？"哈娜凑过来，在卡拉耳旁低声说道，"放开胆量，说出来，你知道你想跟他走。"

她的确想走。

"一起回家。"卡拉对妹妹说。这一次，当她想到"家"这个词语时，她心中想的是哈德利之家，还有给予她保护、给予她爱意的家人。

作者寄语

兄弟姐妹之间的情谊错综复杂，双胞胎之间更是如此。我作为双胞胎之一，加上妈妈也是双胞胎，大部分时间都会为其他双胞胎而深深着迷。我发现自己一直被一个问题困扰着：他们是不是像我和妹妹一样，在人生的道路上行走时，会被无形又不可捉摸的羁绊互相维系在一起。或者他们会不会向世界证明，在努力保持对共同在一个子宫里生活过的对方的忠诚时，仍旧拥有自我的人格？在我把自己从情绪中抽离，去写这对双胞胎和她们的关系时，她们所代表的不是我和我妹妹，她们的故事并不以我们的经历为来源。然而，正如她们一样，我们姐妹俩也一直努力在度过人生重重障碍时保持紧密的双胞胎情谊。

借此提醒诸位读者，抑郁症是一种确实存在的医学疾病，它会影响一个人的正常生理机能，不是凭借主观意愿就能摆脱的。出现抑郁症状的人大多需要治疗，以便学会应对方法。对于患有精神疾病的人而言，医护人员至关重要，我谨在此向他们致以敬意。

如果你或你认识的人正在遭受让人意志衰弱的抑郁症，请记下这个号码：国家自杀预防热线，二十四小时畅通、保密、免费：1-800-273-TALK（8255）。

　　在此深切呼吁各地的养父母，提醒诸位，尽管卡拉和哈娜在寄养期间经历了许多不快，但这实属个例，许多慷慨善良的养父母会细心养育收养的孩子。致法院指定咨询专员和法定监护人志愿者，我作为前任法院指定咨询专员志愿者，深感这个角色肩负着重大的责任，作用之大，难以用言语描述。感谢你们的奉献，愿更多人加入志愿者的行列！

　　致走出福利关怀系统的人，我希望能有更多的书讲述你们的故事，揭露可能对孩子的心理产生永久阴影的各种情况。你们是生活中的真英雄，你们从不放弃，在人生中奋力前行，努力获得更好的归宿，追寻一个可以称之为家的地方。

致 谢

　　写作是一种个体化的经验，然而多年来，志同道合的朋友和同事一直在帮助我经历艰难险阻，让我明白，我不是黯然独行，在此谨致以衷心的感谢。凯特·丹利和凯伦·麦康星，谢谢你们鼓励我，监督我完成每周的工作量。感谢"湖中女神"的其他成员，幸得你们作为共鸣板，在必要时给予我同情。感谢乔安和哈利，你们是我忠实的朋友，也是我工作的支持者。

　　故事成形后，就像一块木炭，多亏让人赞叹不已的出版团队，把这块木炭雕琢成煜煜夺目的钻石。丹尼尔·马歇尔，感谢你冒险出版这本不同于我往常所写类型的小说。你对这本小说的兴奋之情，激励着我进行艰难的编辑和修改，使其符合你我对故事的构想。感谢夏洛特·赫歇尔，是你在背后引导我为每本书编织逻辑和注入感染力，让我有信心发挥自己的想象力。感谢联合湖的每一个人，谢谢你们将这本书纳入自己的出版计划，把它带给所有读者。拥有如此绝妙的出版团队，我不敢奢求更多。

　　感谢各位读者，正因为你的支持，我才会在第一本书《默泪》出版之后继续执笔书写。你们的喜爱和鼓励，以及忠实而溢美的评论，都让我不胜感激。

当然，写下有关兄弟姐妹的书，必然要提到我自己的兄弟姐妹。莉莎，作为双胞胎，我们一直心意相通。这份情谊，拿全世界给我都不换。米斯蒂，我仍然把你当作跟着我到处跑的马尾辫小妹妹看待。你总会勾起我的笑意，如今你抗过了癌症的侵袭，我为你感到骄傲。约翰，无论距离有多远，你永远是我的大哥，我永远会把你记在心里。

还有我的女儿海瑟和阿曼达，希望我能给你们树立一个好的榜样，让你们明白，无论命运带来怎样的艰难险阻，人都可以克服过往的自我，成为应当成为的人。身为你们的母亲，我有很多经验可以分享给你们，虽然你们可能并不总是喜欢的我抚养风格，但要记住，我深深地爱着你们。如果你们仔细地读了这本书，你们会发现我的思绪散落各处，你们会明白，我最希望你们做的，就是用一颗充满善意的心去看待人生。

最后，本，正因为和你在一起所打造的神奇的生活，才让我得以写出这些词句。初相识那会儿，你眼中的我并不是一个情感残缺的人。正如卢克看待卡拉那样，你看透了隐藏在痛苦之下的真我——一个可能变得更加幸福、更加安定的灵魂。与你共度的二十三年是我一生最幸福的时光，我们一起完成了很多事，记录了许多冒险的经历。我已经迫不及待地想要看看接下来的十年会是怎样的景象。愿它成为我们最美好的一段时光。